Ein Darkover-Roman

»Weit entfernt in der Galaxis
ungefähr 4000 Jahre in der Zukunft
gibt es einen Planeten
mit einer großen roten Sonne
und vier Monden.
Willst Du nicht mitkommen
und ihn mit mir erforschen?«

Marion Zimmer Bradley

Von der Autorin sind außerdem erschienen:

Excalibur – Das Schwert von Avalon
Jenseits von Avalon

Eine Komplettübersicht
aller Darkover-Romane finden Sie am Ende dieses Buches!

Über die Autorin:

Marion Zimmer Bradley, 1930 in den USA geboren, publizierte anfangs vor allem in Zeitschriften und Anthologien. Der Durchbruch gelang ihr 1962 mit *The Planet Savers – Retter des Planeten.* Mit dieser Geschichte war der Grundstein für die Romane um den Planeten *Darkover* gelegt, die innerhalb weniger Jahre zu einem der beliebtesten Fantasy-Zyklen einer riesigen Fangemeinde avancieren sollten. Seit 1962 hat Marion Zimmer Bradley über zwanzig *Darkover*-Romane und unzählige Kurzgeschichten geschrieben sowie eine Reihe Anthologien herausgegeben. 1983 wurde Marion Zimmer Bradley mit ihrem Roman *Die Nebel von Avalon* schließlich weltberühmt.
Sie starb im September 1999 in ihrer Heimatstadt Berkeley, Kalifornien.

Marion Zimmer Bradley

Die Weltenzerstörer

Ein Darkover-Roman

Aus dem Amerikanischen von
Rosemarie Hundertmarck

Knaur

Die amerikanische Originalausgabe erschien 1971 unter dem Titel
»The World Wreckers« bei DAW Books, New York.

Besuchen Sie uns im Internet:
www.droemer-weltbild.de

Vollständige Taschenbuchausgabe 2001
Droemersche Verlagsanstalt Th. Knaur Nachf., München

Umschlaggestaltung: ZERO Werbeagentur, München
Umschlagabbildung: Jonny Wurts
via Agentur Schlück, Garbsen
Satz: Ventura Publisher im Verlag
Druck und Bindung: Nørhaven A/S
Printed in Denmark
ISBN 3-426-60957-6

2 4 5 3 1

Vorbemerkung der Autorin

Jeder Wachstumsprozess hat ein Momentum. Auch das Terranische Imperium dehnte sich, wie bei menschlichen Unternehmungen üblich, in einer geometrischen statt einer linearen Reihe aus. Es begann mit ein paar isolierten Sternensystemen und Planeten, die sich entwickelten und ihrerseits Kolonien gründeten. Dann begann das Ganze ungehemmt zu wuchern. Ein unbeeinflusster Wissenschaftler hätte die Menschheit, in Jahrtausenden gerechnet, mit der Wasserhyazinthe vergleichen können, die sich in der Zeit vor der Raumfahrt auf der Erde verbreitete: anfangs ein vereinzelt auftretendes Phänomen, dann eine Studie in wildem Wachstum, schließlich eine Überschwemmung, die alles andere zu verschlingen und zu verdrängen drohte.

Ein Momentum ähnlicher Art lässt sich auch bei den Fortschritten des Terranischen Imperiums auf einem einzelnen Planeten feststellen. Zuerst ein kleiner wissenschaftlicher Vorposten, dann eine Kolonie, eine Handelsstadt ...

Darkover, einsam am Rand der Galaxis gelegen, mit einer so trüben Sonne, dass ihr Name nur in den Sternenkatalogen auftrat, war über hundert Jahre in der Anfangsphase stehen geblieben.

Aber jetzt – hüte dich, Darkover! Denn die Weltenzerstörer kommen.

M. Z. B.

Für vier Menschen, die – jeder auf seine Art –
meinen »sense of wonder«
am Leben erhielten:

Anne McCaffrey
Juanita Coulson
Ursula K. LeGuin
und
Randall Garrett

Prolog

GESELLSCHAFT FÜR PLANETENVERNICHTUNG Natürlich war das kein Firmenname. Aber darum handelte es sich, und das war den Männern klar, die auf ihrer Fahrt hinauf zu dem isolierten Penthaus von einem der gestaffelten Aufzüge zum anderen überwechselten.

Es waren zwei, einer groß, der andere klein, und beide hatten Gesichter der Art, die man sofort wieder vergisst, ein Vorteil für Polizisten, Detektive und Geheimagenten. Die Wunder der kosmetischen Chirurgie dienen für gewöhnlich dem Zweck, Menschen auffallend schön zu machen. Ein genauer Beobachter hätte jedoch vermutet, dass derlei Künste angewendet worden waren, um jede Spur von Individualität aus den beiden Gesichtern auszulöschen. Es war raffiniert gemacht und vollständig gelungen. Sie waren zu einem Teil der Menge, jeder beliebigen Menge geworden, und das allein war schon ein Triumph. Denn sie waren weder hell noch dunkel und wären in einer Gruppe, die ausschließlich aus afrikanischen und nordischen Typen bestand, weder als eindeutig zu der einen noch zu der anderen Rasse gehörend ins Auge gesprungen. Hätte es in diesem Jahr auf der Erde noch Massai oder Pygmäen gegeben, hätten sie sich von ihnen als atypisch abgehoben. Doch in diesem Zeitalter der Rassenvermischung, in dem die extremen Merkmale für immer verschwunden waren, wurden sie überhaupt nicht bemerkt.

Sie betraten den letzten Aufzug. Einer der Männer, der den Namen Stannard benutzte und so viele Namen benutzt hatte, dass er sich an seinen ursprünglichen Namen keine zwei Mal im Jahr erinnerte, überlegte:

Die Planetenvernichter. Er war fast überall gewesen

und hatte auf jedem Planeten, der ihn nicht von sich wies, fast alles getan. Aber mit denen hatte er noch nie zu tun gehabt.

Jeder im Imperium wusste über sie Bescheid. Meistens war es etwas, das man über Untergrund-Aktivitäten hörte, und man dachte vage daran, wenn das eigene Geschäft nicht von der gewaltigen Flut des planetaren Handels mitgerissen wurde. Wie vernichtet man einen Planeten, mochte sich der eine oder andere manchmal fragen, und warum liegt irgendwem daran, eine Welt zu vernichten? Es klang ein bisschen komisch, wie aus einem Drei-D-Drama.

Für Leute, die mit den Planetenvernichtern tatsächlich ins Geschäft kamen – wie ich, dachte Stannard –, war es nicht im Geringsten komisch.

Es war auch nicht tragisch.

Es war nur Geschäft.

Warum nur hatten sie es zugelassen, dass ihre Firma unter einem solchen Namen bekannt wurde?

Er verbot sich die Neugier – dafür wurde er nicht bezahlt. Der letzte Aufzug kam langsam zum Halten. Ringsherum hingen ruhige goldfarbene Vorhänge. An einem Empfangstisch prüfte ein Mädchen, fast ebenso unauffällig wie Stannard und sein Gefährte, ihre Ausweise und schickte sie durch eine Metalltür in einen kleinen, bescheidenen Raum. Was Stannard sich auch unter diesem geheimen Netzwerk, diesem halb illegalen Geschäft vorgestellt hatte, er war nicht auf eine Art Speditionsbüro mit diesen einfachen Computern, die Verkehrsströme aufzeichnen, Informationen speichern und Literaturhinweise geben, gefasst gewesen. Ebenso wenig hatte er damit gerechnet, dass der Kopf dieses weit verzweigten Unternehmens eine Frau war.

Eine Frau, schön und jung. Vielmehr – schnell berichtigte Stannard seinen ersten Eindruck – jung wirkend. Er sah keine

Narben kosmetischer Eingriffe, und er war darin geschult, sie zu entdecken, aber eine gewisse Gespanntheit um die Augen strafte die Unschuld des hellhäutigen, glatten Gesichts und des faltenfreien Halses Lügen. Ihre Stimme war tief und angenehm.

»Mr. Stannard und Mr. Bruce. Bitte, nehmen Sie Platz. Wie Sie wahrscheinlich wissen, haben Ihre Vorgesetzten sich bereits mit mir in Verbindung gesetzt und die Vorauszahlung hinterlegt, die wir verlangen, bevor wir Verhandlungen aufnehmen. Mein Name ist Andrea Closson, und ich habe Vollmacht, das Gespräch mit Ihnen zu führen.«

Die Männer setzten sich, und die Frau fuhr mit der gleichen ruhigen, leidenschaftslosen Stimme fort:

»An diesem Punkt bin ich bereit, Ihnen Garantien zu geben. Wie viel hat man Ihnen über diese Sache mit Darkover gesagt?«

Stannard antwortete: »So viel, wie wir für diese Konferenz brauchen, hat es geheißen.«

»Nun gut. Sie wissen natürlich, dass dies illegal ist. Durch die verschiedenen Verträge, die das Terranische Imperium abgeschlossen hat, steht jedem Planeten ein Abkommen Klasse D zu, was im Falle Darkovers bedeutet …« – sie warf einen flüchtigen Blick auf die Glasplatte ihres Schreibtisches, wo blasse Computerschrift vorüberhuschte, gedacht für geübte Schnellleser – »… den Bau eines großen Raumhafens für ein Verkehrsaufkommen Typ B, die Erlaubnis, Personal für diesen Raumhafen anzuwerben, eine Abteilung für Erkundung und Kartografierung, gegenseitige medizinische Hilfe und deutlich abgegrenzte Handelszonen ohne terranische Infiltration in die Gebiete der Eingeborenen und umgekehrt. Der Raumhafen von Thendara auf Darkover ist in Betrieb seit …« – wieder sah sie nach – »… achtundsiebzig darkovanischen Jahren, die aus je 389 Tagen bestehen. Handel gibt es mit kleinen medizinischen Geräten, Stahlwerkzeugen und ähnlichen Artefakten der Klasse D. Die Bedingungen einer Vereinbarung Klasse D verbieten Fabriken, Bergbau, Oberflächentransporte und ständigen Im- und Export von Waren und Dienstleistungen. Alle Bemühungen, mit darkovanischen Stellen Verhandlungen über eine Öffnung des Planeten für die Kolonisierung und Industrialisierung anzuknüpfen, sind bisher fehlgeschlagen. Richtig?«

»Eigentlich nicht fehlgeschlagen«, präzisierte Stannard. »Sie sind ignoriert worden.«

Andrea Closson tat das mit einem Schulterzucken ab. »Jedenfalls ist kein Erfolg zu verzeichnen. Deshalb wollen Sie unsere Dienste in Anspruch nehmen.«

»Planetenvernichtung«, sagte Bruce. Es war das erste Wort, das er sprach.

»Wir ziehen es vor, uns Gesellschaft für planetare Investitionen zu nennen«, erklärte Andrea gleichmütig, »obwohl wir in Fällen, wo Undercover-Agenten eingesetzt werden müssen, nicht offen als eine solche operieren können. Kurz, wenn ein Planet sich gegen die Ausbeutung wehrt – verzeihen Sie, ich hätte sagen sollen: gegen gewinnbringende Investitionen ...« – der ironische Ausdruck ihres Gesichts ließ sich nicht übersehen – »... sind unsere Agenten im Stande, der Ökonomie diese Art von – nun, kleinem Stoß zu geben, der es auf lange Sicht für jenen Planeten wünschenswert erscheinen lässt, Investoren von außerhalb einzuladen.«

»Anders ausgedrückt«, fiel Stannard ein, »Sie vergiften die Ökonomie so, dass dem in Rede stehenden Planeten nichts anderes mehr übrig bleibt, als das Terranische Imperium zu bitten, die Trümmer aufzulesen?«

»Hart formuliert, aber im Wesentlichen richtig. Und wie mir von den Investoren gesagt worden ist, profitiert der in Rede stehende Planet auf lange Sicht davon. Ich frage nicht danach, wer den Profit macht. Das ist nicht meine Angelegenheit.«

»Es ist unsere«, sagte Stannard. »Kann es im Falle Darkovers gemacht werden? Und wie schnell? Und in welchem Ausmaß?«

Andrea antwortete nicht gleich, sie drückte Knöpfe an dem Lesegerät auf ihrer Schreibtischplatte. Plötzlich schien sie etwas gefunden zu haben, das ihre Aufmerksamkeit fesselte, denn das Flackern ihrer Augen – es waren merkwürdige Augen, dachte Stannard, ein sehr helles, durchsichtiges Grau, eine Farbe, die er noch nie gesehen hatte – verlangsamte sich und hörte dann ganz auf. Stannards Meinung nach war sie bestürzt und erschrocken.

Sie fragte scharf: »Ist einer der Herren jemals auf Darkover gewesen?«

Stannard schüttelte den Kopf: »Ich weiche nie so weit von meiner Umlaufbahn ab.«

»Ich schon«, erklärte Bruce überraschend. »Ich reiste einmal hin, um – nun, das tut nichts zur Sache.« Er schüttelte sich. »Eine Hölle von einem Planeten; ich kann mir nicht vorstellen, warum irgendwer ihn öffnen möchte. Man wird den Freiwilligen eine zusätzliche Prämie geben müssen. Kalt wie der Weltraum und doppelt so trostlos. Völlig unverdorben, wie die Reisehandbücher sagen. Er könnte es vertragen, ein bisschen verdorben zu werden.«

»Nun, dafür sind wir ja da«, meinte Andrea munter und schaltete das Lesegerät entschlossen ab.

»Gentlemen, ich mache Ihnen folgendes Angebot: Für die vereinbarte Summe ...« – sie nannte einen Betrag in Milli-Credit-Einheiten, deren Kurs so schwankte, dass sie in dieser Woche ein kleines oder ein großes Vermögen darstellten – »... garantieren wir, dass der jetzt als Darkover bekannte Planet innerhalb von drei Imperiums-Standardjahren offen für die

B-Erschließung sein wird. Eine Vorbereitung auf die A-Erschließung würde zwanzig Jahre dauern und wäre nicht profitabel. Eine beschränkte Gruppe von Investoren wird die Erlaubnis erhalten, Bergbau und Export zu betreiben. Die Hälfte der Summe muss jetzt in harter Titanium-Währung auf ein Nummernkonto auf Helvetia II eingezahlt werden. Der Rest wird innerhalb eines Standardmonats von dem Tag an fällig, wo Darkover zu einer offenen Welt Klasse B erklärt wird.«

Stannard erkundigte sich: »Wie können Sie sicher sein, dass unsere Auftraggeber den Restbetrag zahlen? Nicht etwa, dass sie betrügerische Absichten hätten, aber als offen kann eine Welt nur vom Senat des Imperiums erklärt werden. Ist das einmal geschehen, könnten unsere Auftraggeber doch auf ganz legale Weise investieren wie andere Leute auch?«

Andrea lächelte, und das Lächeln glich so sehr einer Stahlfalle, dass Stannard seine Einschätzung ihres Alters um dreißig Jahre nach oben revidierte. »Nach dem Vertrag, den Sie mit den echten Identitätsnummern Ihrer Vorgesetzten unterschreiben müssen, gehen bei Nichteinhaltung der Verpflichtungen Ihre sämtlichen Interessen an dem in Rede stehenden Planeten auf die Gesellschaft für planetare Investitionen über – die, wie Sie erwähnten, als Planetenvernichter weltbekannt ist. Außerdem wird dadurch die Geheimhaltungsklausel ungültig.«

Sie haben an alles gedacht, sagte sich Stannard. Denn Vereinbarungen zur Vernichtung eines Planeten waren überall illegal, und jeder Investor, der, um einen Planeten zu erschließen, einen Planetenvernichter für sich arbeiten ließ, durfte jenen Planeten nie mehr betreten.

»An der Oberfläche ist unser Geschäft völlig legal«, erklärte Andrea. »Sie haben sich unserer Dienste für Werbung und Public Relations versichert. Die meisten unserer Agenten, diejenigen, die jeder sieht, werden nie näher als ein Lichtjahr an Darkover herankommen. Sie werden auf Empire Center mit völlig legalen Methoden versuchen, die Gesetzgeber davon zu überzeugen, Darkover müsse zu einer offenen Welt der Klasse B gemacht werden. Ein paar Weitere werden das Gleiche bei den darkovanischen Behörden tun.«

»Und die Übrigen?«

Andrea sagte: »Die Übrigen – gehen Sie nichts an.«

Stannard war ganz ihrer Meinung. Er wollte es gar nicht wissen. Er hatte ein Lebensalter damit verbracht, Aufgaben dieser Art für tausend Hintermänner zu erledigen, und er lebte gut und fast luxuriös davon, dass er nichts wissen wollte.

Sie unterzeichneten Papiere und wiesen die Identitäten ihrer Auftraggeber sowie ihre Vollmachten nach. Und dann gingen sie wieder. Sie verschwanden auf immer aus Andrea Clossons Leben und aus der Geschichte Darkovers. Sie waren so wenig einprägsame Persönlichkeiten, dass sogar Andrea sie als Individuen fünf Sekunden, nachdem sie ihr Büro verlassen hatten, vergaß.

Aber noch in derselben Minute drückte sie von neuem den Knopf des Lesegeräts und stellte es auf STOP. So wurde die Schrift unscharf. Aber Andrea schloss die Augen und sah es innerhalb ihrer Lider, in ihrer Erinnerung umso besser.

Hohe Berge, eine wohlbekannte Silhouette vor dem karmesinfarbenen Himmel der sich senkenden Sonne; eine Sonne wie eine rote und blutige Scheibe. Nur die Gebäude der Handelsstadt, die sich unterhalb des ach so vertrauten Bildes von Bergen und Sonne abzeichneten, waren neu und überraschend.

Also nennen sie die Welt jetzt Darkover.

Leise Musik klang in ihrem Gehirn auf. Dies totale Erinnerungsvermögen hatte sie die ersten hundert Jahre unerträglich gefunden, und sie hatte getan, was sie konnte, um es einzuschränken. Und jetzt fiel ihr der Name der Melodie nicht ein. Sie verbrachte ein paar Sekundenbruchteile damit, in einer Vergangenheit zu suchen, die sie willentlich beiseite geschoben hatte, bis der Name und der seltsame, trockene Klang der Weidenflöten daraus hervorstiegen:

»Müde sind die Hügel.«

Ja, so hieß die Melodie. Ein weiteres dieser unerträglich klaren Bilder leuchtete vor ihr auf. Ein Mädchen in einer kurzen gelben Tunika spielte auf der Flöte. Dann verzerrte sich ihr Mund, und ihre Augen öffneten sich. »Ein Mädchen«, sagte sie bitter vor sich hin, »ein Mädchen war ich nicht einmal damals. Ich war – ich habe mich entschlossen, nicht darüber nachzudenken, was ich war. Ich bin hier, und ich bin eine Frau seit – Evanda und Avarra! Seit wie lange? Es tut mir nicht gut, wenn ich darüber nachdenke, wie lange ich schon hier bin!«

Aber die Erinnerung blieb, und ihre Gedanken hatten eine Bahn eingeschlagen, auf der sie ihnen nicht Einhalt gebieten konnte. Schließlich gab sie ihrer Schwäche nach, denn nur so war ein Ende abzusehen. Sie drückte einen Knopf und zog das Mikrofon näher an sich heran. Sie sprach leise.

»Bereiten Sie für mich ein sich nach Absorbierung automatisch löschendes Band vor mit allem, was je über Cottmans Stern IV, genannt Darkover, eine geschlossene Welt Klasse D, geschrieben worden ist. Ich übernehme diesen Auftrag selbst.«

Die Stimme am anderen Ende der Leitung war eingehend darin geschult worden, niemals Überraschung zu zeigen. Trotzdem hörte Andrea mit ihrem plötzlich geschärften Wahrnehmungsvermögen Überraschung heraus.

»Sie persönlich? Mit welcher Tarnung?«

Darüber dachte sie kurz nach. »Ich reise als Tierhändlerin, die die Absicht hat, auf legalem Wege kleine Stückzahlen von einheimischen Pelztieren auf andere Welten zu transportieren, wo sie sich fortpflanzen sollen«, antwortete sie schließlich. Sie war so vieles auf so vielen Welten gewesen. Sie verstand und liebte Tiere, und sie brauchte bei ihnen niemals vor aufdringlichen Gedanken auf der Hut zu sein.

Das Band war absorbiert und weggeworfen worden, sie hatte gepackt und war bereit, für den ersten Abschnitt der unglaublich langen transgalaktischen Reise an Bord zu gehen, die sie zu jenem kleinen Planeten am Rand des Nichts, jetzt Darkover genannt, führen würde. Da wurde sie von Furcht gepackt. In den Gehirnwindungen, die sie nur teilweise benutzte, seit sie als Mensch lebte, wachten ein paar tief vergrabene Jahrhunderte auf.

Wenn ich nun nach dieser langen Zeit, nachdem ich so viele verschiedene Personen gewesen bin, von neuem unter den vier Monden stehe und das Licht der blutigen Sonne mich trifft – wenn nun das alte Ich, das wirkliche Ich, das, was ich war, bevor ich Andrea wurde, bevor ich Wanderer, Königin, Raumfahrer, Kurtisane, Geschäftsfrau wurde, wenn nun das alte Ich zurückkehrt? Was dann?

Was dann? Dann werde ich wenigstens da sterben, wo ich geboren worden bin, dachte sie mit müder Resignation und drückte die langen Hände auf die Augen. Es war niemand da, der hätte bemerken können, dass sie in diesem Augenblick weder wie ein Mensch noch wie eine Frau aussah.

Narzain-ye kui, dachte sie in einer lange toten Sprache. Verbanntes Kind des Gelben Waldes, wohin hat es dich noch nicht verschlagen? Kehre zurück, sieh, was die schweren Füße der Zeit aus der Welt gemacht haben, die dein Volk nicht halten konnte, und dann stirb dort, stirb allein, wenn du musst, und in dem Wissen, dass nicht einmal eine Erinnerung an die Spuren deines Volkes in den Festungen der Berge des Lichts übrig bleibt ...

1

Schon wieder spürte er Schritte hinter sich.

Es war beunruhigend. Das waren nicht die Schritte und die vertraute Gegenwart seines Leibwächters Danilo. Dessen Schritte hörte er überall, wohin er ging. Er liebte Danilo, er hatte den Jungen als seinen Friedensmann und Knappen angenommen. Deshalb machte es ihm nichts aus, und er hielt deswegen auf seinem Weg nicht für einen Sekundenbruchteil inne. Dani würde auch nur dann einen mentalen Kontakt mit ihm aufnehmen, wenn Regis Gesellschaft wünschte.

Regis Hastur dachte: *Ich bin zu empfindlich,* und versuchte, die Schritte auszukoppeln. Wahrscheinlich hatten sie gar nichts mit ihm zu tun; wenn sie sich ihm ins Bewusstsein drängten, lag es vielleicht nur daran, dass der Besitzer der Füße und Verursacher der Schritte überrascht war, einen jungen Hastur vom Comyn-Rat zu dieser Stunde zu Fuß auf der Straße zu sehen. Regis ging unbeirrt weiter. Er war ein schlanker Mann Mitte Zwanzig von der großen körperlichen Schönheit, die alle Hasturs und Elhalyns vom Comyn auszeichnete, und sein schmales Gesicht war umso eindrucksvoller, als das zu einer Pagenfrisur geschnittene Haar nicht feuerrot war, wie sonst bei den Comyn, sondern schneeweiß.

Wenn Dani seinen Willen bekäme, würde ich niemals ohne bewaffnete Eskorte ausgehen. Was ist das für ein Leben!

Und doch musste er sich zu seinem Kummer eingestehen, dass es so war. Die alten Zeiten Darkovers, als die Comyn unangefochten durch Krieg, Aufstände und Straßenkämpfe schreiten konnten, waren für immer vorbei. Er war jetzt unterwegs, um einem Mann seiner Kaste die letzte Ehre zu erweisen, von Mörderhand gefallen in seinem siebenunddreißigsten Jahr: Edric Ridenow von Serrais. *Ich habe Edric nie recht gemocht. Aber müssen wir alle sterben, wo schon so viele von uns tot oder im Exil sind? Die Häuser der Sieben Domänen stehen leer. Alle Altons sind fort. Valdir ist schon vor hundert Jahren gestorben, Kennard starb auf einer fernen Welt, Marius fiel in einem psychischen Kampf mit den Gewalten Sharras, Lew und Marja, sein letztes Kind, sind im Exil auf einem fremden Planeten. Die Hasturs, die Ridenows, die Ardais – dezimiert, verschwunden. Ich sollte ebenfalls gehen. Aber mein Volk braucht mich hier, einen Hastur von Hastur, damit es sich nicht völlig dem Terranischen Imperium ausgeliefert fühlt.*

Ein Blasterschuss ist geräuschlos. Regis hörte ihn nicht, spürte jedoch die Hitze und fuhr herum. Ein Aufschrei, dem eine entsetzliche Stille folgte. Jemand rief seinen Namen. Danilo rannte auf ihn zu, den schussbereiten Blaster in der Hand. Ein Stück vor ihm blieb der junge Mann stehen und senkte die Waffe.

Stur und mit unterdrücktem Zorn erklärte Danilo: »Jetzt werdet Ihr vielleicht auf mich hören, Lord Regis. Wenn Ihr noch einmal ohne angemessene Eskorte ausgeht, dann werde ich, das schwöre ich bei allen Höllen Zandrus, die Verantwortung nicht übernehmen. Ich werde meinen Eid zurückverlangen und nach Syrtis heimreisen – falls der Rat mich nicht vorher bei lebendigem Leib schinden lässt, weil ich nicht verhindert habe, dass Ihr vor meinen Augen getötet wurdet!«

Regis fühlte sich schwach und krank. Der auf der Straße liegende Tote hatte keine gewöhnliche Waffe bei sich, sondern eine Nervenpistole, die ihn zu einem – nein, nicht zu einem Leichnam, sondern zu einem pflanzlichen Wesen gemacht hätte. Alle seine Nervenbahnen wären gelähmt worden. Er hätte, mit dem Löffel gefüttert, noch vierzig Jahre am Leben bleiben können, völlig ohne Verstand. Mit zitternden

Lippen sagte er: »Sie werden frecher. Das ist der siebte Attentäter in elf Monden. Soll ich zum Gefangenen in der Verborgenen Stadt werden, Dani?«

»Wenigstens schicken sie keine Messerstecher mehr nach Euch aus.«

»Ich wünschte, sie täten es«, gab Regis zurück. »Ich kann es mit jedem Messerstecher auf dieser Welt aufnehmen, und du kannst es auch.« Er sah Dani scharf an. »Du bist nicht verletzt?«

»Ein Streifschuss. Meine Arme fühlen sich an wie in geschmolzenes Blei getaucht, aber die Nerven werden heilen.« Er wehrte Regis' besorgte Fragen, sein Anerbieten, ihm zu helfen, ab. »Ich brauche nur eine Hilfe, Lord Regis, und das ist Euer Versprechen, nicht wieder allein in der Stadt herumzulaufen.«

»Ich verspreche es«, sagte Regis. Seine Augen waren hart. »Woher hast du die Waffe, Dani? Eine vom Vertrag verbotene Waffe? Gib sie mir.«

Der junge Mann lieferte den Blaster aus. »Die Waffe ist nicht illegal, *vai dom*. Ich bin in die Terranische Handelsstadt gegangen und habe einen Waffenschein beantragt, mit dem ich sie hier tragen darf. Und als man hörte, wessen Leibwächter ich bin, gab man ihn mir gern – und das ist auch ganz richtig so.«

Regis wirkte beunruhigt. »Ruf einen Gardisten, um das da zu begraben.« Er wies auf den verkohlten Leichnam des Attentäters. »Ich fürchte, es hat keinen Sinn, die Leiche zu untersuchen. Es wird wie in allen anderen Fällen sein, ein namenloser Mann, nichts über ihn bekannt. Trotzdem braucht er nicht auf der Straße liegen zu bleiben.«

Regis wartete, bis Danilo einen Mann in der grünschwarzen Uniform der Stadtgarde gerufen und ihm Befehle erteilt hatte. Dann wandte er sich Danilo zu und sagte streng:

»Du kennst den Vertrag.« Seit Generationen waren Kriege

auf Darkover unbekannt. Das lag vor allem an dem Vertrag, dem Gesetz, nach dem alle Waffen, die über die Reichweite ihres Benutzers hinaus wirken, verboten waren. Der Vertrag erlaubte Duelle und Überfälle, hatte aber Schlachten und Massenmorden ein Ende bereitet. Die Frage, an Danilo gerichtet, war rein rhetorisch – jedes sechs Jahre alte Kind kannte den Vertrag!

Der junge Mann antwortete nicht. Nicht einmal vor Regis' zornigem Blick – und der Zorn eines Hasturs kann töten – senkte Danilo Syrtis die Augen.

Dann erwiderte er: »Ihr lebt und seid unverletzt. Alles andere kümmert mich nicht, Lord.«

»Aber, im Namen jedes Gottes, den du anrufen möchtest, Dani, für *was* leben wir?«

»Ich lebe, um Euch am Leben zu erhalten.«

»Und warum bleiben wir am Leben? Unter anderem, damit der Vertrag auf Darkover eingehalten wird und die Jahre des Chaos und des feigen Tötens nicht zurückkehren.« Regis war außer sich vor Zorn und Verzweiflung, doch Danilo zuckte nicht unter seinem wilden Starren.

Er entgegnete: »Der Vertrag würde noch viel weniger eingehalten, wenn Ihr tot wäret, Lord Regis. Ich bin Euer treuester ...« Die Stimme des Jungen brach. »Ihr wisst, mein Leben gehört Euch, *vai dom cario*, aber ist Euch wirklich klar, was aus dieser Welt und Eurem Volk würde, wenn Ihr tot wäret?«

»Bredu.« Regis benutzte das Wort, das nicht nur Freund, sondern auch geschworener Bruder bedeutet, und fasste Danilos beide Hände – eine seltene Geste in der Telepathen-Kaste. »Wenn das wahr ist, mein liebster Bruder, warum haben mich dann sieben Attentäter töten wollen?«

Er erwartete keine Antwort und erhielt auch keine. Danilo verzog das Gesicht. »Ich glaube nicht, dass sie aus unserem Volk stammen.«

»Ist das …« – Regis wies auf die Stelle, wo die Leiche gelegen hatte – »… ein Terraner gewesen? So einen habe ich noch nie gesehen.«

»Ich auch nicht. Aber seht den Tatsachen ins Gesicht, Lord Regis. Sieben Attentäter allein auf Euch angesetzt, Lord Edric mit einem fremdartigen Dolch getötet, Lord Jerome von den Elhalyns in seinem eigenen Arbeitszimmer ermordet und keine Fußabdrücke im Schnee, drei der Aillard-Frauen durch einen Kunstfehler im Kindbett gestorben und die Hebammen vergiftet, bevor sie befragt werden konnten, und – die Götter mögen mich strafen, dass ich davon spreche – Eure beiden Kinder.«

Regis' Gesicht verlor seine Härte und nahm einen Ausdruck tiefen Kummers an. Denn obwohl er die Kinder gezeugt hatte, ohne ihre Mütter zu lieben, nur um eine beschworene Pflicht gegenüber seiner Kaste zu erfüllen, trauerte er doch sehr um seine beiden Söhne, die vor noch nicht drei Monaten tot in ihren Bettchen gelegen hatten – an einer plötzlichen Krankheit gestorben, hatte es geheißen. Seine gewaltsam beherrschte Stimme war schlimmer als Tränen. »Was kann ich tun, Dani? Muss ich in jedem Schicksalsschlag die Hand eines Mörders oder eine Verschwörung sehen?«

»Wenn Ihr es nicht tut, wird es umso gefährlicher für Euch werden, Lord Regis.« Das tiefe Mitleid in seiner Stimme strafte die Barschheit seiner Worte Lügen. Immer noch barsch setzte er hinzu: »Ihr habt einen Schock gehabt. Kehrt lieber nach Hause zurück. Eure Trauer beim Begräbnis Lord Edrics, wenn man um einen wie den überhaupt trauern kann, wird seinem Andenken weniger Gutes tun, als wenn Ihr am Leben bleibt, um für sein Weibervolk und seine Leute zu sorgen!«

Regis' Lippen wurden schmal. »Ich bezweifele, dass man für den heutigen Tag noch Mörder in Reserve hat«, war alles, was er sagte. Aber er ging ohne weiteren Protest mit Danilo.

Dann war es also ein Krieg, eine komplizierte Verschwörung gegen die Telepathen-Kaste.

Doch wer war der Feind, und warum griff er an?

Vereinzelte Vorfälle wie dieser waren auf Darkover immer wieder einmal vorgekommen, obwohl der übliche Weg war, dass man gegen seinen Feind eine Tötungsabsicht eintragen ließ. Damit verhielt man sich entsprechend dem Jahrhunderte alten darkovanischen Duell-Kodex und genoss Straffreiheit. Tötung in einem fairen Duell war kein Mord.

Regis lächelte schwach. Er hatte es sorgfältig vermieden, sich in eine der sich bekämpfenden Richtungen und Fraktionen auf Darkover hineinziehen zu lassen, seit er erfahren hatte, dass Derik Elhalyn, der nächste Erbe der Herrschaft über den Comyn-Rat, wahnsinnig war und sein Amt niemals würde antreten können.

Deshalb konnte kein Mensch auf Darkover wahrheitsgemäß behaupten, Regis Hastur von Hastur habe ihm ein Unrecht angetan. Außerdem, wie er eben zu Danilo gesagt hatte, gab es wenige, die ihm in der Führung jeder legalen Duell-Waffe gewachsen waren.

Wer mochte es sein? Leute aus dem eigenen Volk, die die Comyn mit ihrer komplizierten Hierarchie von Telepathen und Psi-Talenten aus dem Weg räumen wollten?

Oder die Terraner?

Nun, das konnte er sofort nachprüfen.

Kurz nachdem er den Posten als Chef-Verbindungsmann zwischen den Terranern und seinem eigenen Volk angenommen hatte, war er in ein Haus in der Nähe der Terranischen Zone gezogen. Es war ein Kompromiss, den er verabscheute: weder eine terranische Wohnung, die, wenn auch eng und vollgestopft, doch wenigstens Komfort und Bequemlichkeit bot, noch eine darkovanische mit Raum und Luft und frei von Trennwänden, wenn auch im Wesentlichen ohne Komfort.

Noch weniger ließ sich seine Behausung mit Burg Hastur vergleichen, wo er den größten Teil seiner Kindheit verbracht hatte.

Sein Abscheu vor allen Artefakten der terranischen Technologie war so völlig kulturgebunden, dass er fast angeboren war, und sie täglich benutzen zu müssen, gehörte zu den größten Unannehmlichkeiten seines Postens. Ein einfacher Visifon-Anruf war für ihn ein langwieriger Prozess, weil er erst seinen Widerwillen überwinden musste. Das Gespräch selbst hielt er so kurz wie möglich.

»Handelsstadt-Hauptquartier, Abschnitt acht, medizinische Forschung.«

Als der Bildschirm hell wurde, verlangte er: »Abteilung für Fremd-Anthropologie«, und damit verbunden fragte er nach Dr. Jason Allison. Schließlich nahm das Gesicht eines jungen Mannes, zurückhaltend, aber sympathisch, vor ihm Gestalt an.

»Lord Regis, welch unerwartetes Vergnügen! Was kann ich für Euch tun?«

»Zunächst einmal kannst du die Formalitäten vergessen«, antwortete Regis. »Dafür kennst du mich schon zu lange. Und dann – würdest du zu mir herüberkommen?«

Er hätte sich seine Frage leicht über den Apparat beantworten lassen können. Regis war jedoch Telepath und hatte schon in jungen Jahren gelernt, sich nicht auf die Worte oder das Gesicht des Sprechers, sondern auf das »Gefühl« einer Antwort zu verlassen. Er glaubte nicht, dass Jason Allison ihn belügen würde. So weit, wie er jemandem, der nicht seiner Kaste angehörte, Vertrauen und Sympathie entgegenbringen konnte, vertraute er dem auf Darkover geborenen Jason und mochte ihn. Aber auch wenn Jason nicht log, wich er ihm vielleicht aus, bemäntelte die Wahrheit, um ihn nicht zu verletzen, oder redete über etwas, von dem er nichts wusste.

Jason kam. Nach den ersten höflichen Worten der Begrüßung und Erkundigung sah Regis dem jungen Terraner gerade in die Augen und sagte:

»Du kennst mich seit langer Zeit und weißt, dass ich kein Dummkopf bin. Sei aufrichtig gegen mich, Jason. Herrscht irgendwo im Terranischen Imperium die Meinung, Telepathen machten mehr Ärger, als sie wert seien, und – auch wenn das Imperium nicht gerade einen Preis auf unsere Köpfe setzen wird – dass man offiziell keine Tränen vergösse, wenn wir einer nach dem anderen ausgelöscht würden?«

»Großer Gott, nein!«, rief Jason. Regis hörte die Worte nicht einmal. Was er hörte, war der vollkommen ehrliche Schreck, die Verneinung und die Entrüstung im Geist des jungen terranischen Mediziners.

Dann waren es also nicht die Terraner.

Er bohrte jedoch weiter, nur um sein eigenes Gewissen zu beruhigen.

»Ist es nicht möglich, dass du noch nicht davon gehört hast? Nicht in deinem Abschnitt? Ich weiß zufällig, dass die Fremd-Anthropologie versucht hat, mit einigen von uns zusammenzuarbeiten.«

»Auch nicht in den anderen Abschnitten«, erklärte Jason fest. »Die Raumhafen-Verwaltung interessiert sich überhaupt nicht dafür. Die wissenschaftlichen Abteilungen – nun, sie sind eifrig dabei, eure Matrix-Technik zu erforschen. Es ist ihnen klar, dass Darkover einzigartig ist, ein Reservoir von Psi-Talenten, wie es Ähnliches, soweit uns bekannt, in der ganzen Galaxis nicht wieder gibt. Ihnen wäre es eher zuzutrauen, dass sie euch alle zusammentreiben und in – nicht gerade in Käfige stecken, aber in Schutzhaft nehmen, damit sie euch nach Herzenslust studieren können.« Er lachte.

»Vielleicht wäre das gar keine schlechte Idee«, erwiderte Regis bitter. »Wenn es so weitergeht, bleibt auf Darkover kein einziger Telepath mit *Laran*-Gaben am Leben.«

Jasons Grinsen verblasste. »Ich habe vor Monaten ein Gerücht gehört, dass ein Attentatsversuch auf dich gemacht worden ist. Da es immerzu Duelle gibt, habe ich das nicht ernst genommen. Dann ist es wahr? Ist wieder so etwas vorgekommen?«

»Du weißt es also nicht.« Regis erzählte es ihm. Langsam wich die Farbe aus dem Gesicht des jungen Terraners. »Das ist schrecklich. Ich kann nur sagen, dass niemand von den Terranern dahinter steckt. Und wer sonst könnte denn einen Grund haben?«

Das war natürlich die Frage, dachte Regis. »Der mächtigste Geist im Universum, die größten Psi-Talente auf Darkover sind immer noch verwundbar gegen Messer, Kugel oder Laserstrahl. Ich könnte ein dutzend Namen nennen, angefangen mit der Bewahrerin Cleindori bis zu meinem Cousin Marius Alton, der vor zwei oder drei Jahren starb.«

»Und ohne die Telepathen«, sagte Jason langsam, »haben wir keinen Schlüssel zu den Matrix-Wissenschaften Darkovers und keine Hoffnung, jemals einen zu finden.«

»Außerdem fällt unsere Welt und unsere Ökonomie ohne Telepathen auseinander«, stellte Regis fest. »Wer profitiert davon?«

»Ich weiß es nicht. Viele Interessengruppen sähen es gern, wenn euer Planet für den kommerziellen Export und Import geöffnet würde. Aber der Kampf dauert schon drei oder vier Generationen, und das Terranische Imperium hat immer den Standpunkt vertreten, ein Planet habe das Recht, über seine Zukunft selbst zu entscheiden. Diese Leute haben nicht mal mehr eine Lobby auf Darkover. Schließlich gibt es andere Welten.«

Regis hörte auch den unausgesprochenen Teil des Satzes: *Es gibt andere Welten,* aber nicht mit einem großen Raumhafen und einer nennenswerten Terranischen Kolonie. Darkover war ein Kreuzungspunkt zwischen dem oberen und dem unteren Arm der Galaxis. Sein Raumhafen war doppelt so groß wie auf vergleichbaren Planeten, fünfmal so groß wie der einer gewöhnlichen Klasse-B-Welt, um das Verkehrsaufkommen zu bewältigen. Ein Angelpunkt – und es gab Leute, die eine solche reife Pflaume nicht ungepflückt sehen konnten.

Dessen ungeachtet erklärte Jason: »Ehrlich, ich glaube nicht, dass es jemand im Imperium oder in der Zone ist, Regis. Dann würde die Sache nämlich anders angefasst. Wer einen Bulldozer besitzt, braucht keine Schneeschaufel. Das ist eine getarnte Aktion und ungewöhnlich ekelhaft.«

»Ich bin geneigt, dir zuzustimmen. Nun muss ich sehen, ob noch andere Strohhalme im Wind sind«, sagte Regis. »Die Ermordung sämtlicher Telepathen würde nichts an unserem Verhältnis zum Imperium ändern. Wir wollen nicht Teil davon sein, und wir wollen uns nicht von eurer Technik überschwemmen lassen. Dieser Meinung ist der größte Teil des Volkes. Wenn jemand versucht, es von dieser Meinung abzubringen, müsste es mir gelingen, das herauszufinden. Inzwischen ...«

»Inzwischen fällt es in meine Verantwortlichkeit, dafür zu sorgen, dass nicht noch mehr von euch ermordet werden. Schutzhaft mag keinen Sinn haben. Nicht bei euch ...« Jason lächelte und setzte hinzu: »Ihr verdammten, dickköpfigen Isolationisten, zu denen ich auch gehöre. Aber es wäre eine Hilfe, wenn wir für die zusätzliche Mühe, die es kosten wird, euer Verschwinden zu verhindern, etwas anzubieten hätten.«

»Ich kann etwas anbieten«, erwiderte Regis ernst, »und es ist etwas, das wir nicht gern geben. Doch die Matrix-Wissenschaften müssen auf jeden Fall davor bewahrt bleiben, dass sie aus Mangel an Telepathen aussterben. Ich gebe uns selbst, Jason. Auch da draußen gibt es Telepathen.« Seine Geste umschrieb den Nachthimmel und die unzähligen Sterne. »Vielleicht nicht so viele wie auf Darkover und nicht mit so vielen Talenten. Du weißt ja, dass wir die *Laran*-Gaben vor dem Zeitalter des Chaos gezüchtet haben. Wir sind damit zu weit gegangen; wir leiden unter Inzucht. Suche für uns andere Telepathen, Jason. Stelle fest, wie sich die darkovanischen Telepathen – wenn überhaupt – von denen auf Terra oder Vainwal oder dem vierzehnten Planeten von Bibbledygook unterscheiden. Wenn es uns gelingt, als Kaste zu überleben, und wenn es möglich ist, andere in unseren Fähigkeiten auszubilden – dann kann dieser Sache vielleicht Einhalt geboten werden. Wir allein halten Darkover aus dem Strom der Entropie heraus – und ob es dir gefällt oder nicht, das Imperium ist ein entropischer Prozess, und ich werde nicht noch einmal mit dir über ethische Fragen streiten – ja, und deshalb müssen wir auf unserem Posten bleiben. Wir haben unser Zeitalter des Chaos gehabt«, setzte er hinzu. »Ich kann dir die radioaktiven Krater in der Verbotenen Stadt zeigen. Unsere Welt ist nicht primitiv oder barbarisch, Jason. Sie ist das, was übrig geblieben ist, nachdem wir die Grenzen des so genannten Fortschritts erreicht hatten, und die wenigen, die es überlebten, haben gelernt, wovor man sich dabei zu hüten hat. Suche uns Telepathen, Jason, und du hast das Wort eines Hasturs, dass du erfahren wirst, was und warum wir sind!«

2

ABTEILUNG FÜR
FREMD-ANTHROPOLOGIE
COTTMAN VIER (Darkover)

An alle medizinischen Dienststellen des Imperiums auf offenen und geschlossenen Planeten: Sie erhalten hiermit Anweisung, Menschen mit telepathischen oder Psi-Talenten ausfindig zu machen, vorzugsweise solche, deren Fähigkeiten latent und unentwickelt sind. Nicht gemeint sind Personen, die des Profits wegen hellseherische Kräfte benutzen, da solche von einer fortgeschrittenen Technologie simuliert werden können. Sie haben die Vollmacht, ihnen Verträge des Medizinischen Dienstes, Klasse A, anzubieten ...

Wenn man ein großes Netz bis an die Enden des bekannten Universums auswirft, fangen sich seltsame Dinge in seinen Maschen ...

Rondo war ein kleiner, verhutzelter Mann unbestimmbaren Alters, und er hatte entsetzliche Angst. Er schmeckte diese Angst wie etwas Kaltes in seinem Mund, und er versuchte, sie abzuschütteln. Denn sie störte die Konzentration, die er für das, was er vorhatte, dringend brauchte.

Seine Augen waren nur ein Paar unter einigen fünfzig, die der Spiralbahn der Kugel folgten. In einem zunehmend exzentrischen Orbit sauste sie innerhalb der großen kristallenen Spielmaschine umher. Wenn sie gegen andere auf Zufallsbahnen wirbelnde Materiebröckchen stieß, änderte sich der Orbit, und langsam, langsam wanderte sie in der Gewichtslosigkeit abwärts, um endlich – endlich – in einen der Fangbecher zu fallen …

Hier, *hier.* Das *Etwas* in seinem Geist – er hatte keinen Namen für die Gabe, die er schon immer besessen hatte – langte hinaus und berührte die Kugel behutsam. Wie ein weiteres treibendes Staubflöckchen dirigierte es die unvorhersehbare Bahn ganz leicht in Richtung der sich unaufhörlich drehenden Becher am Boden der Maschine. *Langsamer, schneller – warte, warte, meiner ist noch nicht da … jetzt,* JETZT!

Die Kugel bewegte sich schneller, wie von einem Magneten angezogen, und fiel *klick* in einen Becher. Aus einigen fünfzig wartenden Kehlen und Mündern stieg der Seufzer nachlassender Spannung auf. Dann erhob sich ein unartikulierter Schrei der Enttäuschung.

Die Stimme des Croupiers verkündete: »Nummer acht-vier-zwei gewinnt, sechs zu eins.«

Rondo zitterte so heftig, dass er seinen Gewinn kaum zusammenraffen konnte. Die Augen des Croupiers straften die leidenschaftslose Stimme Lügen. Sie sagten: »Warte nur, du Bastard. Sie kommen schon. Diesmal hast du dein Glück überstrapaziert, du kleiner Schurke …«

So liefen seine Gedanken, während er weiterleierte: »Setzen Sie für die nächste Runde. Legen Sie das Geld hin.« Seine Hand drückte den Knopf, der die Kugel auf eine neue Reise schickte.

Rondo spielte mit seinem Gewinn herum und begann, alles wie hypnotisiert auf einen der Fangbecher zuzuschieben, der genau vor ihm gähnte – zwei Zoll im Durchmesser für jedes andere Auge, ein wartender Abgrund für ihn. Er hätte längst gehen sollen; er wusste es genau, und doch stand er unter einem Zwang, der wie eine Krankheit war, er sah einen Becher glänzen, leuchten, überlaufen von dem Gold, das ihm gehören konnte …

Er schob die Münzen auf den Becher zu, der sich in seiner Phantasie wie ein großer Mund öffnete, und sah im Geist schon den goldenen Strom ...

Es war eine Krankheit. Das war ihm klar, während er die kreisende Kugel verfolgte, eine Krankheit, die vielleicht aus dieser ihm selbst unheimlichen Geschicklichkeit geboren war. Hilflos jetzt, wo die Wetten platziert waren, heftete er seinen Blick auf die Kugel und beschimpfte sich in Gedanken so laut, dass er meinte, die Männer neben ihm im Spielsalon müssten es hören:

Verdammter Idiot – Unverstand – nimm deinen Gewinn und verschwinde – gleich packen sie dich – gleich packen sie dich, nimm deinen Gewinn und laufe, LAUFE, LAUFE, SIE KOMMEN, KOMMEN JETZT ...

Trotzdem blieb er wie gelähmt stehen, bis die Hand auf seine Schulter fiel und eine ruhige Stimme den Aufstieg der kleinen goldenen Kugel mit den Worten anhielt:

»Die Einsätze gehen zurück, Ladies und Gentlemen. Das nächste Spiel beginnt in drei Megasekunden. Wir haben Grund zu der Annahme ...«

Rondo hörte nicht mehr, was danach kam. Er quietschte: »Ihr habt selbst gesagt, eure Maschinen seien nicht manipulierbar, ihr dreckigen Betrüger! Hat irgendwer gesehen, dass ich den Apparat auch nur mit einem Finger angefasst habe?«

Die Stimme war nicht laut, füllte den Spielsalon aber wie der Klang einer Glocke. »Keine Maschine ist sicher gegen einen Esper. Du hast verdammt oft gewonnen.« Der Griff um seinen Arm verstärkte sich, und Rondo ging ohne ein weiteres Wort. Er wusste, Protest war sinnlos, und seine Angst spielte dazu den Kontrapunkt: *Meine eigene Schuld ... keine Zurückhaltung ... kein Beweis, kein* BEWEIS ...

Draußen vor dem Spielsalon ließ der Druck auf seinem Arm

erst ein bisschen nach, dann packte die Hand ihn um so fester. Der Mann, der über dem kleinen Spieler aufragte, sagte: »Wir haben keinen von einem Gericht anerkannten Beweis, und es gibt kein Gesetz, das das Espern einer Maschine auf Gewinn verbietet. Wenn du ein bisschen schlauer gewesen wärst – juristisch können wir dir nichts anhaben. Aber mach bloß, dass du wegkommst, und wenn wir dich hier drin noch einmal erwischen, wirst du nicht mehr lange genug leben, um deinen Gewinn zu genießen.«

Eine grobe Hand drehte seine Taschen nach außen. »Du hast schon genug eingesackt«, sagte der Mann. »Vergiss die heutige Ernte! Und nun hau ab!« Ein gut gezielter Tritt, und Rondo stolperte aus dem Gebäude auf die Straße, hinaus ins helle Licht des großen, künstlichen Mondes der Vergnügungswelt Keef.

Er zitterte wie ein geprügelter Hund und betastete seine leeren Taschen. Er hatte es wieder getan. Jetzt war er aus jedem Spielsalon auf Keef verbannt, wie es ihm schon auf vier oder fünf anderen Welten ergangen war. Früher oder später entdeckte man ihn. Es war die Sucht des krankhaften Spielers, die ihn immer wieder zurückholte, die es nicht zuließ, dass er kleine Summen, normale Gewinne einstrich und ging, um in ein paar Tagen oder einer Woche von neuem zu spielen.

Da stand er unter dem riesigen falschen Mond mit seinem rosenfarbenen Licht und hasste und hasste. Vor allem hasste er sich selbst. Er hatte sich das selbst angetan, das erkannte er in lichteren Momenten. Der Grund war tief in seinem Inneren vergraben, dort, wo auch die merkwürdige Fähigkeit lag, vorherzusagen, den Fall zu kontrollieren. Sie hatte ihn überall verhasst gemacht, sogar als er sie noch (eine kleine Weile, vor vielen, vielen Jahren) dazu benutzt hatte, zu warnen, zu helfen, zu heilen. Und jetzt zwang ihn die Sucht, die er nicht unter Kontrolle zu halten vermochte, immer weiter zurückzugehen, alles auszulöschen im Fieber darüber, wie eine Karte, eine Kugel fiel.

Was sollte er jetzt anfangen? In seiner Unterkunft war weniger Geld versteckt, als er brauchte, um den Planeten zu verlassen. Er war hier auf Keef gestrandet, und an diesem Ende des Imperiums ging die Raumpolizei nicht gerade sanft mit Bedürftigen um. Wer krank oder verarmt auf einem Planeten des Überflusses hängen blieb, wurde außer Sicht geschafft. Vielleicht fand er Arbeit als Badewärter in einer der großen Vergnügungsstätten, die euphemistisch Bäder genannt wurden. Für alles andere dort war er weder jung noch schön genug, auch wenn das Etwas in seinem Gehirn ihm ermöglicht hatte, annähernd so jung und schön wie ein durchschnittlicher Tourist auf einer Welt wie dieser auszusehen. Nur indem er alle seine Kräfte auf das Spiel konzentrierte, konnte er sich davor bewahren, krank zu werden ...

Und nun war er auch davon ausgeschlossen.

Sein Kiefermuskel spannte sich, und sein Gesicht wurde sehr hässlich. Er war hinausgeworfen worden, weil er zu oft gewann.

Nun gut, sollten sie einmal sehen, was sie damit angerichtet hatten, dass sie seinen Zorn erweckten! Die rote, überwältigende Wut des unbeherrschten Psychoten stieg in ihm auf. Der Schaden, den seine Sucht ihm zufügte, war ihm jetzt einerlei. Er sah nur noch, dass er von dem einen Spiel auf dem ganzen Vergnügungsplaneten ausgeschlossen war, das ihm Vergnügen machte, und das war das Fallen und Kreisen und Dahintreiben einer Orbit-Kugel. Es tat weh, und er wollte nur noch Rache.

Bewegungslos stand er da, seine Gedanken auf das eine Ding gerichtet, das ihn interessierte, die fallende Kugel, die fallende Kugel ...

Die Welt um ihn schwankte und blieb stehen. Das Etwas in dem halbpsychotischen Geist des Telepathen lähmte ihn und lähmte auch dies einzig interessante Ding ...

Drinnen in der Spielhalle starrten siebzig Spieler, ein Croupier und ein Manager ungläubig, als das kreisende, fallende Goldflöckchen in der Maschine mitten in der Luft hängen blieb und sich nicht mehr bewegte.

Es dauerte eine halbe Stunde, bis die verärgerten Spieler sich auf die Suche nach anderen Vergnügungen machten. Rondo kam wieder zu sich und erinnerte sich, dass er weglaufen musste. Doch da war es schon zu spät.

Sie ließen ihn schließlich blutend und zu mehr als neun Zehnteln tot im Rinnstein einer dunklen Sackgasse liegen. Eine Stunde darauf wurde der stöhnende Rondo von zwei Raumpolizisten gefunden. Sie wussten nicht, wer er war, und entschlossen sich, ihn auf alle Fälle in ein Krankenhaus zu bringen. Und da blieb er lange, lange Zeit ...

Als die Welt sich wieder unter ihm drehte, kamen ihn nacheinander zwei Männer besuchen.

»Darkover ...« Rondo wollte es nicht glauben. »Warum im Namen von allem, was unheilig ist, sollte ich Lust haben, nach Darkover zu gehen? Ich weiß über diesen Planeten nur, dass es eine höllisch kalte Welt am Rand des Universums ist und nicht einmal so viel Anstand hat, zum Imperium zu gehören. Andere Telepathen? Teufel, es ist schlimm genug, dass ich selbst eine Abnormität bin! Soll ich mich darüber freuen, dass es noch andere gibt?«

»Trotzdem, denken Sie darüber nach«, meinte der Mann neben seinem Krankenhausbett. »Ich möchte keinen Druck auf Sie ausüben, Mr. Rondo, aber wohin wollen Sie sonst gehen? Hier können Sie gewiss nicht bleiben. Und verzeihen Sie, wenn ich es erwähne, Sie sehen nicht so aus, als hätten Sie große Chancen, eine andere Beschäftigung zu finden.«

Rondo zuckte die Schultern. »Es wird sich schon etwas ergeben.« Das war sein Ernst. Immer trafen mit den großen Schiffen irgendwelche Trottel ein. Er war nicht auf dem ganzen Planeten ein geächteter Mann. Irgendwie würde er sich Geld erspielen und verschwinden; es gab immer noch Planeten, auf denen er es bisher nicht versucht hatte.

Doch dann tauchte ein zweiter Besucher auf, und er änderte seine Meinung. Der Plan klang ja recht verlockend. Nach den strengen Vorschriften des Imperiums waren alle Spielmaschinen von Kraftfeldern umgeben, die es unmöglich machten, sie zu manipulieren – aber, so redete ihm der Besucher zu, kein Kraftfeld konnte einen Esper ausschließen. Man würde für Verkleidungen sorgen und ihm einen großzügigen Anteil am Gewinn geben ...

Und bei allen schönen Reden nahm er das unmissverständliche Gefühl wahr, das ihm den Gangster verriet. Eine solche Gruppe hatte ihn fast totgeschlagen. Sollte er sich jetzt mit einer anderen einlassen?

Rondo war ein Einzelgänger, war es sein ganzes Leben lang gewesen, er hatte auch nicht die Absicht, sich zu ändern. Schlimm genug, dass er die eine Gang auf dem Hals hatte. Der Gedanke, zwischen zwei rivalisierende Gruppen zu geraten, ließ sogar ihn mit seiner selbstzerstörerischen Spielsucht zusammenzucken.

Wenn Darkover auch nicht der geeignete Ort für ihn zu sein schien, konnte man ihn doch nicht zwingen, dort zu bleiben. Der Planet musste einen großen Raumhafen haben, und wo es einen Raumhafen gab, wurde gespielt, und wo gespielt wurde, ließ sich Beute machen – und dann wartete von neuem eine ganze große Galaxis auf ihn.

Er rief die Nummer an, die ihm der erste Besucher dagelassen hatte.

Conner war bereit zu sterben.

Er schwebte wieder, wie er seit dem Unfall vor einem Jahr so viele Male geschwebt war: schwerelos, krank, desorientiert. Sterbend, und der Tod wollte nicht kommen. *Nicht schon wieder. Ich war bereit, nach der Überdosis zu sterben. Ich dachte, damit würde es aufhören. Und nun fängt es von neuem an. Ist das meine Hölle?*

Die Zeit verflog, wie sie es immer tat, ein paar Minuten, eine Stunde, fünfzig Jahre lang trieb er durch den Kosmos, und eine Stimme sagte laut und deutlich in seinem Gehirn, nicht in Worten: *Vielleicht können wir helfen, aber du musst zu uns kommen. So viel Schmerz, so viel Entsetzen, dafür gibt es keinen Grund ...*

Wo, wo? Seine ganze Welt, sein ganzes Sein war ein stummer Schrei. *Wo kann ich dies abstellen?*

Darkover. Habe Geduld, man wird dich finden.

Wo bist du, der du zu mir sprichst? Wo ist dieser Ort? Conner versuchte, in dem endlosen Drehen eine Richtung auszumachen.

Die Stimme verklang. *Nirgendwo. Nicht im Körper. Hier ist nicht Zeit, nicht Raum.*

Das unsichtbare Band des Kontakts wurde dünner, ließ ihn allein in seiner schwerelosen Hölle, und in seinem Inneren kreischte Conner: Geh nicht, geh nicht, du warst mit mir da draußen, geh nicht ...

»Er kommt zu sich«, bemerkte eine viel zu irdische Stimme, und Verzweiflung und Einsamkeit und Qual verschwanden vor der furchtbaren körperlichen Übelkeit. Conner öffnete die Augen und sah vor sich das muntere, durchaus nicht anklagende Gesicht von Dr. Rimini. Der Arzt gab beruhigende Laute von sich, die Conner nicht liebte, da er sie schon viel zu oft vernommen hatte. Conner hörte stumm zu, versprach mechanisch, es nicht wieder zu tun, und versank wieder in die leblose Apathie, aus der er nur zweimal aufgewacht war, um einen vergeblichen Selbstmordversuch zu machen.

»Ich verstehe Sie nicht«, erklärte Rimini. Er sprach freundlich und mitfühlend, aber Conner wusste jetzt, wie leer die Worte waren. Er war Rimini verdammt gleichgültig, nur dass man ihn hier als einen hartnäckigen und immer noch interessanten Fall ansah. Natürlich nicht als einen Menschen mit einer einmaligen und grauenhaften Art zu leiden. Nur als einen Fall. Er öffnete einen Spalt in seinem Geist, um den Arzt weiterquasseln zu hören: »Sie haben nach dem Unfall so viel Lebenswillen gezeigt, Mr. Conner, und nachdem Sie diese Tortur überlebt haben, wäre es doch unsinnig, wenn Sie jetzt aufgeben ...«

Conner jedoch hörte ein Gebrüll, das Riminis Worte auslöschte, und das war die eigene Todesangst des Arztes. Sie überfiel Conner wie ein ekelhaftes, kleines, schäbiges Ding, und die Angst des Arztes vor dem, was Conner geworden war – kann er meine Gedanken lesen, weiß er, dass ich ... und der Strom versickerte in einer Wildnis von Obszönitäten, die wenigstens teilweise der Grund für seinen Selbstmordversuch waren. Es war nicht der Arzt allein, zu viele waren wie er, so dass Conner das Krankenhaus mit dem animalischen Schaudern von Körper und Geist in Qualen immer noch erträglicher fand als die Welt draußen, wo in den Gehirnen der Menschen Begierden und Lüste vorherrschten. Er war im Krankenhaus in ein Loch gekrochen und hatte es hinter sich zugezogen, und er kam daraus nur zum Vorschein, wenn er es der Abwechslung halber mit dem Sterben versuchte, und Erfolg hatte er nie.

Rimini plapperte sich schließlich wieder davon, und Conner lag da und blickte zur Decke hinauf. Am liebsten hätte er gelacht. Nicht, dass er es lustig gefunden hätte.

Da sprachen sie von dem Lebenswillen, den er nach

dem Unfall gezeigt habe! Es war ein schwerer Unfall gewesen. Eins der großen Schiffe war im Raum explodiert, und das Personal hatte kaum Zeit gehabt, sich in die Rettungsboote zu drängen. Vier Mann hatten sich stattdessen in die experimentellen Blasenanzüge gestürzt und waren damit in den Raum gefallen.

Die anderen waren nie aufgefischt worden. Manchmal überlegte Conner, was ihnen zugestoßen sein mochte: War gnädigerweise das Lebenserhaltungssystem ausgefallen, so dass sie schnell und bei Verstand sterben durften? Waren sie alle wahnsinnig geworden und hatten sich zu Tode getobt? Trieben sie immer noch irgendwo durch die endlose Nacht? Er zuckte vor dem Gedanken zurück. Seine eigene Hölle war schlimm genug.

Die Blasen waren dazu gedacht, ein paar Minuten lang Schutz zu bieten, bis ein Rettungsboot den Verunglückten aufnahm, nicht tage- oder wochenlang. Das Lebenserhaltungssystem war narrensicher, und es hatte sich nicht nur bewährt, es hatte zu gut funktioniert. Conner hatte endlos wiederaufbereiteten Sauerstoff geatmet, war von intravenös zugeführten Nährstoffen gefüttert worden und am Leben geblieben. Und immer weiter am Leben geblieben. Tagelang, wochenlang, monatelang, sich im freien Fall in einem unsichtbaren Blasenfeld drehend, und sonst nichts zwischen sich und den Trillionen und Abertrillionen von Sternen.

Er hatte die Zeit nicht messen können. Er wusste nicht oben von unten zu unterscheiden, hatte keine Orientierungshilfe. Es gab nichts anzusehen als die fernen flammenden Punkte der Sterne, die um ihn kreisten, während er in kurzen Tagen um seinen eigenen Mittelpunkt rotierte.

In der Vorgeschichte der Psychologie hatten Menschen nach fünf Stunden in einem Tank, der sie aller Sinneseindrücke beraubte, den Verstand verloren.

Etwa die ersten zehn Tage – das rechnete er sich später aus – verbrachte Conner in verzweifelter Hoffnung auf Rettung und in dem Bemühen, bei Verstand zu bleiben.

Dann wurde er in seinem ihn gefangen haltenden Privatuniversum wahnsinnig. Seinen eigenen Mittelpunkt kontemplierend, drehte er sich wie ein Gott und kam zu der Erkenntnis, dass es auch im Wahnsinn weder Schutz noch Tod gab. Es gab nicht einmal mehr Hunger, um sich daran zu orientieren.

Es gab nur seinen eigenen Geist und das Universum. Und so begann er, das Universum zu durchstreifen, ließ seinen Körper zurück, gab seinem Geist völlige Freiheit. Er besuchte tausend, tausend Welten, berührte tausend, tausend Gehirne und unterschied niemals Traum und Wirklichkeit.

Durch einen unglaublichen Zufall wurde er vier Monate nach der Explosion gerettet. Conner war wahnsinnig, aber auf seltsame Weise. Sein Gehirn, zu lange mit sich selbst allein gelassen, hatte gelernt, in die Ferne zu greifen, und nun war er zu etwas geworden, für das er keinen Namen hatte und das andere Leute sich nicht vorzustellen vermochten. Jetzt war er an einen Körper gefesselt, der Hunger, Durst, Schwerkraft und Druck unterworfen war, er konnte ihn nicht mehr zurücklassen, und er ertrug das Leben nicht, das er so gern wegwerfen wollte.

»Mr. Conner«, riss eine Stimme ihn aus seinen Gedanken, »Sie haben Besuch.«

Ohne Neugier hörte er dem Mann zu und wünschte, er würde weggehen, bis er den Namen Darkover vernahm.

Es ging ihm nur darum, jedem weiteren Kontakt mit dem Krankenhaus zu entkommen, denn dieser Zufluchtsort war eine Sackgasse geworden, eine Mausefalle für seine Seele. Vielleicht gab es auf einer Welt voller Telepathen auch jemanden, der ihm half, mit diesem Ding fertig zu werden, die Alptraumgestalt aufzulösen, zu der er geworden war, ohne es zu wünschen und ohne zu wissen, warum.

Und vielleicht fand er dort die Stimme aus seinem Traum ...

David Hamilton taumelte blindlings durch die Tür, lehnte sich kurz gegen die Wand und wischte sich den Schweiß vom Gesicht.

Er hatte es wieder einmal geschafft, aber Gott! Die blinde Panik, als in dem narkotisierten Patienten das Licht zu verlöschen begann ...

Nein, es wurde zu viel. Er musste kündigen. Das Krankenhaus rings um ihn, vollgestopft mit Menschen und Nichtmenschen, atmete und schwitzte durch jede Ritze in der Wand Schmerz und Elend aus, und obwohl David in jahrelanger Praxis gelernt hatte, das meiste davon auszuschließen, hatte die gerade durchgeführte Operation seine Verteidigungen geschwächt, und nun stürmte es wieder von allen Richtungen auf ihn ein.

Stöhnt die ganze Welt vor Schmerz? Seine überreizten Nerven vermittelten ihm ein absurdes und Furcht erregendes Bild, ein Planet, der wie ein gespaltener Schädel aufbrach, eine Weltkugel mit einem Verband um den Äquator. Er brach in Gekicher aus und konnte sich gerade noch in dem Sekundenbruchteil beherrschen, als es zu einem hysterischen Anfall werden sollte.

Zwecklos. Ich muss kündigen.

Ich bin nicht wahnsinnig. Ich bin daraufhin gründlich untersucht worden, als ich neunzehn war und eben mit dem Medizinstudium angefangen hatte.

Ich habe das Medizinstudium mit schierer Willenskraft durchgehalten, und was ich sonst auch dabei gelernt oder nicht gelernt haben mag, es hat mir ein unheimliches Fingerspitzengefühl für Diagnosen gegeben. Aber hier im Krankenhaus wird es mir zu viel. Zu viele Symptome, zu viele Leute in Angst und Schrecken. Zu viele Schmerzen, und ich muss sie alle fühlen. Ich helfe niemandem, indem ich sie teile.

Dr. Lakshman, dunkel und ernst, die Augen unter der weißen Chirurgenkappe voller Mitleid, ging den Flur entlang und legte David kurz die Hand auf die Schulter. David in seinem Zustand wich vor der Berührung zurück. Dann entspannte er sich. Lakshman war wie immer ganz saubere Sympathie und Freundlichkeit, ein ruhiger Fleck in einer Welt voller Entsetzen. Er fragte: »Wird es schlimmer, Hamilton?«

David brachte ein Lächeln zustande. Er fühlte sich wie ein ausgewrungener Wischlappen. »Bei dem heutigen Stand der medizinischen Wissenschaft sollte man meinen, es gebe ein Heilmittel für meine spezielle Art von Verrücktheit.«

»Es ist keine Verrücktheit«, erwiderte Lakshman, »und unglücklicherweise gibt es kein Heilmittel. Nicht hier. Zufällig sind Sie eine Abnormität von einer sehr seltenen Art, David, und ich sehe jetzt seit mehr als einem Jahr zu, wie es Sie umbringt. Aber vielleicht gibt es eine Lösung.«

»Sie haben doch nicht –« David erschrak. Hatte ausgerechnet Lakshman sein Vertrauen missbraucht? Wem konnte er trauen? Der ältere Mann schien seinen Gedanken zu folgen. »Nein, ich habe mit niemandem darüber gesprochen. Aber als die Nachricht kam, habe ich sofort an Sie gedacht. David, wissen Sie, wo Cottmans Stern ist?«

»Keine Ahnung«, sagte David. »Interessiert mich auch nicht.«

»Der Stern hat einen Planeten – Darkover nennt man ihn«, berichtete Lakshman. »Dort gibt es Telepathen, und sie suchen nach – nein, hören Sie zu«, befahl er, als David sich unter seinen Händen verkrampfte. »Vielleicht kann man Ihnen dort helfen, etwas über diese Sache herauszufinden, sie unter Kontrolle zu bringen. Wenn Sie versuchen, hier im Krankenhaus weiterzumachen – nun, viel wird man Ihnen nicht mehr nachsehen, David. Früher oder später lenkt es Sie in einem kritischen Moment ab. Ihre Arbeit haben Sie bisher gut getan. Aber Sie sollten sich das einmal durch den Kopf gehen lassen. Oder Sie vergessen die Medizin und suchen sich einen Job im Forstdienst auf irgendeiner unbewohnten Welt. Einer *sehr* unbewohnten.«

David seufzte. Er hatte gewusst, dass es so kommen würde, und wenn neun Jahre des Studiums und der Arbeit umsonst gewesen wären, kam es nicht sehr darauf an, wohin er ging.

»Wo ist Darkover?«, fragte er. »Hat man dort einen guten Medizinischen Dienst?«

3

Die Menschenmenge sah ihn, umringt von Wachen, auf das Landefeld hinausschreiten. Es war gegen Abend und eisig kalt. Nur ein paar rote Wolken zeigten noch, wo die Sonne untergegangen war, und ein beißender Wind pfiff von den scharfzähnigen Klippen hinter Thendara herab. Normalerweise wären zu dieser Stunde nur wenige Leute auf der Straße gewesen. Die darkovanischen Nächte beginnen früh und sind so kalt wie die legendäre neunte Hölle. Dann suchen die meisten Menschen die Wohltat eines geheizten und beleuchteten Raums und überlassen die Straßen dem Schnee und dem unvermeidlichen, schlecht beratenen Terraner aus der Handelsstadt.

Aber dies war etwas Neues, und die Darkovaner auf der Straße vergaßen darüber ihre eigenen Angelegenheiten. Sie folgten der Gruppe und ließen das einzigartige, hässliche Gemurmel hören, das ein Terraner auf einer feindlich eingestellten Welt vielleicht als Erstes zu identifizieren lernt.

Eine der vier terranischen Wachen spürte die Unruhe, spannte die Muskeln an und griff an seine Waffe. Es war keine drohende Bewegung, nur eine automatische, er wollte sich überzeugen, ob die Waffe da war, falls er sie brauchte. Aber der Gefangene sagte: »Nein.« Der Terraner zuckte die Schultern. »Es ist Ihr Hals, Sir.« Damit ließ er die Hand sinken.

Regis ging weiter, eingekeilt von Wachen, horchte auf das Gemurmel und erkannte, dass es ebenso gegen ihn gerichtet war wie gegen die Terraner, die ihn schützten. Ob die Leute glauben, mir gefällt das, dachte er fast amüsiert. Ich habe mich buchstäblich zu einem Gefangenen in meinem eigenen Haus gemacht, nur um dies Schauspiel, eine Schande für unsere Welt, zu vermeiden. Ein Hastur von Hastur wagt es nicht mehr, frei durch seine eigenen Straßen zu gehen. Es ist *mein* Leben, das ich aufgebe, *meine* Freiheit, nicht ihre. Meine Kinder, nicht ihre, wachsen unter den Augen von bewaffneten terranischen Posten auf. So werde ich ständig daran erinnert, dass eine Kugel, ein Messer, eine seidene Schnur oder eine einzige Giftbeere in ihrem Abendessen die Hastur-Linie für immer auslöschen kann.

Und was werden sie sagen, wenn sie erfahren, dass Melora, die mein Kind erwartet, die Zeit bis zur Geburt in der medizinischen Abteilung der Terraner verbringen wird? Ich höre es schon. Ich habe versucht, das geheim zu halten, aber ich hatte genug Mühe, ihre Familie zu überzeugen, und so etwas sickert immer durch. Auch wenn Liebe zwischen uns bestanden hätte, wäre sie damit beendet gewesen. Melora wollte nicht einmal mit mir sprechen, als ich sie das letzte Mal besuchte, und das Schlimme daran ist, dass ich es ihr nicht verübeln kann. Sie starrte nur kalt über meinen Kopf weg und erklärte, sie und ihre ganze Familie seien dem Willen Hasturs wie immer gehorsam. Und ich erkannte, dass das bisschen an Verständnis und Freundlichkeit, das ein paar Monate lang zwischen uns geherrscht hatte, für immer verschwunden war.

Es wäre leicht, alle Frauen zu verdammen, aber ich darf nicht vergessen, dass Frauen, die mich lieben, unter einer infernalischen Belastung stehen – das hat für alle Frauen gegolten, die unglücklich genug waren, einen Hastur zu lieben, bis hin zu der gesegneten Cassilda selbst, meiner hundertfachen Ururgroßmutter – jedenfalls sagte das die Legende.

Und nicht die geringste Belastung ist für sie dies verdammte Selbstmitleid!

Er seufzte, versuchte zu grinsen und sagte zu Danilo, der neben ihm ging: »Jetzt wissen wir, wie sich die Missgeburt auf dem Jahrmarkt vorkommt.«

»Abgesehen davon, dass wir unseren Brei und unser Fleisch nicht dafür bekommen, dass wir zuhören müssen«, brummte Danilo.

Die Menge teilte sich, um sie durchzulassen. Auf ihrem Weg zu der Sondermaschine spürte Regis inmitten der Neugierigen jemanden mit einer erhobenen Hand. Ein geworfener Stein?

Er hörte die wütenden Gedanken:

»Unser Herr, ein Hastur, Gefangener der Terraner?«

»Hat er sie darum gebeten, ihn auf diese Weise von seinem Volk abzuschneiden?«

»Sklave!«

»Gefangener!«

»Hastur!«

So toste es durch sein Gehirn. Der Stein flog. Regis stöhnte und bedeckte das Gesicht mit den Händen. Der Stein ging mitten in der Luft in Flammen auf und verschwand in einem Funkenregen. Von der Menge stieg ein leises »Ahhh!« auf. Bevor Schreck und Staunen erstarben, ließ sich Regis von seiner Leibwache die Stufen zu der Sondermaschine hinaufdrängen. Drinnen warf er sich in einen Sessel und bemerkte zu niemandem im Besonderen: »Verdammt, ich könnte mich hinsetzen und heulen.«

Und er wusste, das alles würde sich auf dem Landeplatz von Arilinn wiederholen: Wachen, Murren, Mengen, Groll, vielleicht sogar Steinwürfe.

Es gab nichts, was er dagegen unternehmen konnte.

Weit im Osten von den Handelsstädten und den Terranern erheben sich die Kilghardberge und jenseits von ihnen die Hyaden und die Hellers, Höhenzug um Höhenzug, auf deren dicht bewaldeten Hängen Menschen und Nichtmenschen leben. Ein Mann könnte monatelang zu Fuß unterwegs sein oder sein ganzes Leben dort verbringen und nie ans Ende der Wälder oder der Berge kommen.

Ein grauer und regnerischer Morgen sah auf die Stätte der Katastrophe nieder. Eine Gruppe von Männern, eingehüllt in zerlumpte, zerrissene und angesengte Pelzkleidung, schleppte sich bergab auf die Ruinen eines Dorfes zu. Die Mauern eines Steinhauses standen noch, regennass und grell weiß, die geschwärzten Überreste eines Dutzends abgebrannter Holzhäuser umgaben es. Zu diesem noch vorhandenen Obdach lenkten die Männer ihre Schritte.

Hinter ihnen lagen drei Meilen verkohlter Wald, von dem immer noch Rauchwolken in den mit Graupeln vermischten Regen aufstiegen. Seufzend und taumelnd vor Erschöpfung traten sie unter das Dach, und einer legte den halb verbrannten Kadaver eines Hirschs auf den Fußboden. Er winkte mit dem Kopf, und eine abgearbeitete Frau in Kittel und Umhang aus vom Rauch beschädigtem Pelz kam und hob ihn auf. Der Mann sagte müde: »Besser, du kochst das, was übrig ist, bevor es verdirbt. Wir werden diesen Winter wenig Fleisch zu schmecken bekommen.«

Die Frau nickte. Zum Sprechen war sie zu müde. An der hinteren Steinwand schlief ein Dutzend kleiner Kinder auf Fellen und einer bunten Zusammenstellung von Kissen und alten Kleidern. Einige von ihnen hoben neugierig den Kopf, als die Männer hereinkamen und die kalte Luft sorgfältig ausschlossen, aber keins von ihnen gab einen Laut von sich. Sie alle hatten in den letzten zwei Wochen zu viel gesehen.

Dic Frau fragte: »Ist etwas gerettet worden?«

»Ein halbes Dutzend Häuser am Rand der Graublatt-Stadt. Wir werden mit vier Familien im Haus leben müssen, aber zu frieren brauchen wir nicht. Im Naderling-Wald ist kein Dach mehr heil.«

Die Frau schloss krampfhaft die Augen und wandte sich ab.

Einer der Männer berichtete: »Unser Großvater ist tot, Marilla. Nein, er ist nicht im Feuer umgekommen. Er wollte unbedingt mit den Übrigen den Brand bekämpfen, obwohl ich ihn anflehte, es nicht zu tun. Ich sagte, ich würde seinen und meinen Anteil leisten. Dann versagte sein Herz. Beim Abendessen fiel er tot um.«

Die Frau, kaum mehr als ein Mädchen, begann leise zu weinen. Sie hob eins der kleinsten Kinder auf und legte es sich automatisch an die Brust. Ihre stummen Tränen fielen auf das strubbelige Köpfchen nieder.

Eine ältere Frau, der das graue Haar in langen Strähnen um das Gesicht hing, kam und nahm einen Löffel von einem Gestell am Feuer. Sie sah aus, als sei sie vor drei Tagen aus dem Schlaf gerissen worden und habe seitdem keinen Augenblick Zeit gefunden, sich zu waschen und das Haar zu kämmen, und so war es in der Tat. Sie füllte einen groben Nussbrei in Holzschüsseln und reichte sie den Männern, die sich setzten und wortlos zu essen begannen. Nichts war zu hören als das Schluchzen der jungen Frau und die Seufzer der erschöpften Männer. Ein Kind wimmerte im Schlaf nach seiner Mutter. Draußen trommelte Hagel mit einem unaufhörlichen Zischen gegen die hölzernen Fensterläden.

Es klang wie eine Explosion in dem stillen Raum, als jemand an die Tür hämmerte und laut rief. Zwei der kleinsten Kinder wachten davon auf und fingen vor Schreck an zu schreien.

Einer der Männer, älter als die Übrigen und mit dem undefinierbaren Aussehen von Autorität, ging an die Tür und öffnete sie einen Spalt. Er fragte: »Im Namen aller Götter, was soll dieser Lärm? Haben wir nach acht Tagen Kampf gegen das Feuer nicht Ruhe verdient, solange wir frühstücken?«

»Ihr werdet euer Frühstück gern im Stich lassen, wenn ihr hört, was wir hier haben«, antwortete der Mann, der an die

Tür geschlagen hatte. Sein Gesicht war rußbefleckt, die Augenbrauen waren abgesengt, und um eine Hand trug er einen Verband. Er sah über die Schulter zurück. »Bringt den *bre'suin* her.«

Zwei Männer hinter ihm stießen einen sich wehrenden Mann in fremdartiger Kleidung vorwärts. Er hatte Brand- und Schnittwunden und blutete aus vielen kleinen Verletzungen, die nach Kratzern von Dornen aussahen. Der Alte streifte die Frauen und Kinder mit einem schnellen Blick und stieß die Tür zu. Aber ein paar von den Männern, die beim Frühstück saßen, stellten ihre Schüsseln hin und drängten hinaus. Sie schwiegen und warteten grimmig auf eine Erklärung.

Einer der Männer, die den Fremden festhielten, sagte: »Vater, wir haben ihn dabei ertappt, wie er einen Stapel von Harzästen am Rand des Graublatt-Waldes, keine vier Meilen von hier entfernt, in Brand steckte. Er hatte die Äste wie zu einem Signalfeuer aufgeschichtet, damit die Flammen hoch aufloderten und das grüne Holz erfassten. Wir brauchten eine Stunde zum Löschen, aber es ist uns gelungen – und wir haben den da zu dir gebracht.«

»Im Namen Sharras und sämtlicher anderer Götter!« Der Alte starrte den Gefangenen entsetzt und ungläubig an. »Ist der Kerl wahnsinnig? Du – wie heißt du?«

Der Gefangene antwortete nicht, er verstärkte nur seine Bemühungen, sich loszureißen. »Halt still, oder ich trete dir die Rippen durch das Rückgrat«, drohte einer. Das schien er gar nicht zu verstehen. Er wehrte sich weiter, bis die beiden, die ihn hielten, ihn ruhig und methodisch bewusstlos traten.

Die Darkovaner betrachteten den am Boden liegenden Fremden und konnten nicht glauben, was sie gesehen und gehört hatten. In den Bergen von Darkover vereint nur ein Waldbrand die sich wild bekämpfenden Stämme und Familien und lässt sogar die Blutrache schweigen. Der Mann, der den

Feuerfrieden bricht, wird vom eigenen Herd und vom Tisch seiner Mutter vertrieben. Es gibt ein dutzend Versionen der Ballade von Narsin, der bei der Brandbekämpfung mit dem Blutfeind seines Vaters zusammentraf, ihn erschlug und dafür von seinen eigenen Brüdern in Stücke gehackt wurde. Dass ein Mann absichtlich einen lebenden Baum anzündete, war so unvorstellbar wie der Gedanke, ein Festessen aus Kinderfleisch aufzutragen. Sie starrten ihn an, und mehrere schlugen Zeichen gegen Unglück und Wahnsinn.

Der Alte, Ratsmitglied in dem ausgebrannten Dorf, sagte mit gedämpfter Stimme: »Das dürfen die Frauen nicht sehen. Sie haben genug durchgemacht. Jemand soll einen Strick holen.«

Einer fragte: »Sollten wir ihm nicht ein paar Fragen stellen und herausfinden, warum er das getan hat?«

»Einem Wahnsinnigen Fragen stellen – wozu? Frag den Fluss, warum er strömt, oder den Schnee, warum er die Sonne versteckt«, erwiderte ein anderer, und ein Dritter bemerkte: »Wer so verrückt ist, dass er Feuer legt, ist auch zu verrückt, uns den Grund zu nennen.«

Der Dorfälteste meinte ruhig: »Ist es wohl möglich, dass er ein Terraner ist? Ich habe gehört, dass sie verrückte Dinge tun.«

Der junge Mann, der Marilla vom Tod ihres Großvaters berichtet hatte, antwortete: »Ich bin in der Handelsstadt gewesen, Vater, und habe Terraner vor Jahren auch auf Alton-Land gesehen. Verrückt sind sie wohl, aber nicht auf diese Weise. Sie haben uns in die Ferne sehende Augenlinsen gegeben und etwas ganz Neues, *Chemikalien* ...« – er benutzte das terranische Wort – »... um Flammen zu ersticken. Sie würden keinen Wald in Brand stecken.«

»Das ist wahr«, murmelte einer, und ein anderer sagte: »Ja. Wisst ihr noch, als der untere Carrial-Grat brannte, halfen uns

Männer aus der Handelsstadt, das Feuer zu löschen. Sie kamen in einem Luftschiff geflogen.«

»Dann sind es also nicht die Terraner«, stellte der Alte fest. Er wiederholte: »Holt einen Strick – und kein Wort zu den Frauen!«

Als die Sonne über den Bergkamm stieg, rot und tropfend vor Wolken und Nebel wie das Auge eines weinenden Zyklopen, hatte der Mann aufgehört zu zappeln und hing schlaff wie eine schwarze Flagge über dem toten Wald.

Die Dorfbewohner atmeten auf und dachten, vielleicht werde die Serie von Waldbränden jetzt abreißen. Sie konnten in ihren wilden Bergen nicht wissen, dass sich diese Szene oder eine sehr ähnliche in den tausenden Meilen von Wald im letzten Jahr wenigstens ein dutzend Mal abgespielt hatte.

Das wusste niemand außer der Frau, die sich Andrea Closson nannte.

»Darkover. Das ist ein komischer Planet, wissen Sie. Wir haben ein paar Fußbreit Boden zu Handelszwecken gepachtet, wie wir es überall in der Galaxis tun. Sie kennen das übliche Vorgehen. Wir lassen die Regierungen in Ruhe. Wenn die Bewohner der verschiedenen Welten unsere technischen Errungenschaften gesehen haben, werden sie es für gewöhnlich leid, unter Hierarchien oder Monarchien zu leben, und bitten von selbst darum, in das Imperium aufgenommen zu werden. Es ist beinahe eine mathematische Formel. Man kann es vorausberechnen. Nur auf Darkover klappt es nicht. Wir wissen nicht genau, warum, aber sie sagen, wir hätten einfach nichts, was sie haben wollen ...«

Wiederholung einer von Politikern auf Darkover häufig ausgesprochenen Klage durch einen unzufriedenen Legaten des Terranischen Imperiums.

»Ihr werdet sie unterbringen, ihnen das Beste zu essen geben, was ihr habt, und sie gut behandeln«, schärfte Danilo Syrtis der kleinen Gruppe schwärzlicher Berg-Darkovaner ein.

Dabei wies er auf vier Terraner in der Uniform der Raumpolizei. Den stummen Protest ignorierend, den er spürte, fuhr er fort: »Es ist der Wille Hasturs und ...« In einer rituellen Geste fasste er den Griff seines kleinen Dolchs. »Ich soll euch sagen: Eine Beleidigung gegen einen dieser Männer wird gerächt werden, als sei es eine Beleidigung gegen Regis Hastur selbst.«

»*Vai dom* Syrtis, müssen wir zusehen, wie der Vertrag an unsern eigenen Feuerstätten verletzt wird?«, fragte ein Mann. Danilo stieg das Blut ins Gesicht. »Nein.« Er wandte sich an die Terraner. »Sie werden Ihre Waffen nicht brauchen. Besser, Sie geben sie mir.«

Widerstrebend händigten die Männer ihm einer nach dem anderen ihre Schocker aus, und Danilo reichte sie an einen Darkovaner in der grün-schwarzen Uniform der Stadtgarde weiter. »Verwahre sie, bis wir zurückkehren.«

Mit gesenktem Kopf ging er in Richtung des Arilinn-Turms zurück, der sich am Rand des kleinen Landefeldes erhob. Dort wartete Regis auf ihn zusammen mit ihrem gemeinsamen Cousin Lerrys Ridenow, einem Mann Anfang der Vierzig, hoch gewachsen, rothaarig und melancholisch. Sein langes Gesicht trug einen zynischen Ausdruck. Lerrys begrüßte Danilo lässig, küsste Regis auf die Wange und sagte: »Du hast es also geschafft, hierher zu kommen. Ich dachte, du würdest in deinem weichen Nest in der Terranischen Zone bleiben wie ein Wurm in einem Seidenballen.«

»Eher wie ein Kaninchen, das in seinem eigenen Bau von einem Wiesel belagert wird«, antwortete Regis und folgte Lerrys in den Turm. Er meinte, noch nie solche Erleichterung verspürt zu haben. Hier drinnen konnte ihn nichts berühren, und er brauchte keine Angst zu haben, was aus seiner Welt oder seiner Familie werden sollte, wenn das Messer oder die Kugel eines Attentäters sein Herz fand.

Lerrys fragte: »Es ist also wahr? Man hält dich in der Terranischen Zone gefangen? Als ich das Gerücht hörte, sagte ich, nicht einmal die Terraner könnten dich gegen deinen Willen festhalten. Dann haben sie eine neue Waffe gegen dich?«

»Nein, ich habe um Schutz gebeten.« Regis nahm aus Danilos Hand ein Glas entgegen. »Danke, das tut gut. Was, du willst nicht vorkosten, ob es vergiftet ist?«

Mit einem Blick des Entsetzens riss Danilo das Glas wieder an sich. Regis schlug ihm lachend den Arm nach unten. »Ich habe Spaß gemacht, Puddinggehirn. Dani, ich muss über all das lachen, oder ich werde meine Zehen hochstellen und tot spielen!«

»Mir kommt es gar nicht zum Lachen vor«, bemerkte ein Mann aus einer Ecke des Raumes, »dass du deine Gefängniswärter als geehrte Gäste behandeln musst, nur um dein elendes Leben ein bisschen länger zu erhalten, Regis.«

»Lass ihn in Ruhe, Rannirl«, sagte Lerrys, »und Schluss mit dem allem. Er hat genug Ärger gehabt, und er steht mitten im Schussfeld. Dein Kopf ist so wertlos, dass niemand Interesse hat, einen Preis darauf zu setzen. Entschuldige, Regis, ich habe damit angefangen, und dabei wollte ich nur fragen: Steht es jetzt wirklich so schlimm in Thendara?«

An Regis' Stelle antwortete Danilo: »Es ist schlimmer, als du dir vorstellen kannst, aber es stecken nicht die Terraner dahinter.«

»Aber Raumpolizei *hier?* In Uniform, mit Schockern?«

»Es sind keine schlechten Menschen«, sagte Regis müde. »Denke doch, wie leicht es für sie wäre, daumendrehend zuzusehen, wie wir einer nach dem anderen umgebracht werden! Und es erfordert eine besondere Art von Heldenmut. Alle vier haben sich freiwillig gemeldet mitzukommen, obwohl sie wussten, sie würden verspottet, beleidigt und geschmäht dafür werden, dass sie einen Mann beschützen, der sie persönlich überhaupt nichts angeht. Manchmal bewundere ich sie.«

»Das wissen wir alle«, fiel Lerrys ein. »Ich bewundere sie auch. Vor Jahren wollte ich einen Vertrag mit Terra schließen. Waren es nicht die Hasturs, die Einspruch erhoben?«

»Wir waren dagegen und sind es noch«, erklärte Regis geduldig. »Das weißt du so gut wie ich, und ihr alle wisst es.« Er sah sich um: Es war ein großer Raum mit Wandbehängen im traditionellen darkovanischen Stil, paneeliert mit durchscheinendem Stein. Sein Blick grüßte die hier versammelten sechs jungen Männer und sechs jungen Frauen, die meisten von ihnen rothaarig, darkovanische Aristokraten der Telepathen-Kaste, alle Angehörige des niederen Adels. »Ich bin auf eure Aufforderung gekommen. Aber warum habt ihr nach mir geschickt?«

»Das habe ich getan«, sagte Danvan von Hastur. Er erhob sich von seinem Sitz und kam Regis entgegen. Regis ließ sich in der alten formellen Geste auf ein Knie nieder. Der alte Mann legte die Hände auf die Schultern seines Enkels und ließ sie dort in tiefer Zuneigung einen Augenblick ruhen. »Ich wollte sie keine Entscheidung treffen lassen, ohne dass du dabei wärst, Regis.«

Regis begegnete dem Blick seines Großvaters und erschrak. Der alte Mann sah jetzt so müde aus und so zerbrechlich. Regis dachte: *Von Kindheit an habe ich mich auf seine Stärke verlassen, wir alle haben das getan. Nun wird er von Tag zu Tag schwächer, und ich muss der Fels sein, auf den sich mein Volk stützt – und ich selbst stehe auf Treibsand!*

»Gibt es etwas Neues, Großvater?« Er stand auf, und der alte Mann sagte: »Eigentlich nichts Neues, es ist die gleiche alte Geschichte. Vor zwanzig Jahren habe ich selbst mich mit der Hilfe Kennards und des Comyn-Rats damit herumschlagen müssen. Die gleiche alte Geschichte – der Schrei nach Bergbau, Fabriken, Investitionen – du weißt schon. Die üblichen Leute, die nur den Profit sehen und die Nebenwirkungen einer industrialisierten Welt vergessen. Etwas Neues gibt es jedoch, und ich schwöre bei Cassilda, dass ich nicht weiß, was ich dazu sagen soll. Mit Habgier werden wir fertig. Aber dies – es mag uns keine andere Wahl bleiben, als das Imperium um Hilfe zu bitten, Regis.«

Das von seinem Großvater, der die treibende Kraft in dem langen Kampf Darkovers um Freiheit vom Terranischen Imperium gewesen war, ließ das Herz des jungen Mannes zu Eis erstarren. Er versuchte, sich nichts anmerken zu lassen.

»Dann gehen wir doch hinunter und hören uns an, was sie uns zu sagen haben.«

Auf dem Weg zu der Tür, die in die untere Empfangshalle führte, trat ein junges Mädchen an Regis heran und sagte mit ruhigem Selbstbewusstsein: »Lord Regis, Ihr erinnert Euch sicher nicht mehr an mich.«

»Nein.« Das Mädchen war jung und hübsch. Sie hatte das herzförmige Gesicht und das dunkelrote Haar ihrer Kaste. Dazu kamen eine Ruhe und eine Selbstbeherrschung, die nicht zu ihrer Jugend zu passen schienen. Er lächelte: »Aber das wird mir bestimmt nicht wieder passieren, wenn wir uns das nächste Mal treffen, *damisela.* Ihr erweist mir Gnade; wie kann ich Euch dienen?«

»Ich bin Linnea von Arilinn«, erklärte sie, »geboren zu Hoch-Windward, und ich arbeite seit sieben Jahren hier in den Relais, Lord.«

Regis errötete leicht. »Dann muss ich Euren Geist viele Male unwissend berührt haben. Verzeiht mir, ich habe lange unter Außenweltlern gelebt und halte meine Barrieren geschlossen, ohne es zu merken.«

»Trotzdem weiß ich, was in Thendara vorgeht«, erwiderte

sie. »Ihr sucht nach Telepathen, die an diesem Projekt mit den Terranern arbeiten sollen.«

Regis' Blick ruhte mit einer Art von Erleichterung auf dem süßen jungen Gesicht. Er dachte: *Ich wünschte, sie würde daran teilnehmen. Sie hätte Verständnis.* Der Versuchung widerstehend, sagte er: »Kind, wir haben kaum noch genug Bewahrerinnen, um die wenigen telepathischen Relais und Kreise, die uns geblieben sind, in Betrieb zu halten. Ihr seid uns auf Eurem Posten in Arilinn bei der Arbeit an den Matrix-Schirmen von größtem Wert.«

»Das weiß ich, Lord Regis. Ich habe auch nicht von mir selbst gesprochen, und eine besonders gute Telepathin bin ich nicht einmal. Ich meinte – meine Großmutter ist als junges Mädchen zur Matrix-Bewahrerin ausgebildet worden. Sie gab ihr Amt auf und heiratete, lange bevor sie zwanzig wurde, aber sie würde sich an die alten Methoden erinnern, die man hinten in den Bergen gelehrt hat.«

»Ich kenne Eure Familie nicht; verzeiht mir. Wer ist Eure Großmutter?«

»Sie war Desideria Leynier und heiratete Storn von Storn. Meine Mutter war ihre dritte Tochter, Rafaela Storn-Lanart.«

Regis schüttelte den Kopf. »Sie muss viele Jahre vor meiner Geburt Bewahrerin gewesen sein. Ich glaube, ich habe den Namen schon einmal gehört, aber ich hätte nicht gedacht, dass noch jemand aus dieser Gruppe, die von den Aldarans ausgebildet wurde, am Leben ist. War sie ...« – plötzlich wurde sein Gesicht so weiß wie sein Haar – »... war sie eine von denen, die vor siebzig Jahren Sharra in den Bergen heraufbeschworen? Lange vor der Rebellion natürlich ...«

»Unsere Familie hat die Göttin der Schmiede immer verehrt«, erwiderte Linnea ruhig, »und mit dem späteren Missbrauch dieser Macht hatten wir nichts zu tun.«

»Das weiß ich, denn andernfalls wäret ihr gestorben, als

Sharras Matrix zerbrach.« Langsam bekam Regis' Gesicht wieder Farbe. »Wenn also Eure Großmutter nicht zu alt ist, die Reise aus den Bergen zu machen ...«

»Sie ist zu alt, Lord Regis, aber machen wird sie sie doch.« Linneas Augen funkelten schelmisch. »Ihr werdet feststellen, dass sie eine erstaunliche Frau ist, meine Großmutter.«

Einem Impuls nachgebend, zog Regis die Hand des Mädchens durch seinen Arm. So stiegen sie in die untere Ratshalle hinunter. Mit einem Mal fühlte er sich weniger einsam.

Wie der alte Hastur gesagt hatte, handelte es sich in der Ratshalle um die gleiche alte Geschichte. In sieben von seinen vierundzwanzig Jahren hatte Regis sie gehört, und allgemein bekannt war sie schon lange vorher gewesen. Seit fast hundert Jahren war immer wieder die eine oder andere Partei fasziniert von der terranischen Technologie und den vermeintlichen Vorteilen gewesen, die ein Anschluss an die interplanetarische Zivilisation bringen würde. Es waren ganz kleine Minoritäten, und man beachtete sie kaum. Alle paar Jahre gewährte der Rat – soweit man heutzutage noch von einem Rat sprechen konnte – ihnen eine offizielle Anhörung, dankte ihnen für ihre Darlegungen, fasste feierlich den Beschluss, ihre Empfehlungen zu ignorieren, und dann war alles für ein paar weitere Jahre vorbei. Auch diesmal war es nicht anders. Regis saß auf dem Sessel mit den Insignien der Hasturs, der silbernen Tanne auf blauem Grund und dem Hastur-Motto *Permanedó* (Hier bleiben wir). Sein Blick schweifte über die alten Hochsitze, die sich jetzt mit den kläglichen Überresten der alten *Laran*-Kaste füllten, mit geringeren Adligen, jüngeren Söhnen, allen denen, die die Verantwortung für eine der Domänen übernehmen konnten oder wollten.

Die erste Delegation, diese Gruppe geschniegelter Geschäftsleute, die sich die Pan-Darkovanische Liga nannten, konnte er ignorieren. Trotz ihrer Klagen litten sie bestimmt keine Not, obwohl Regis gern zugab, dass eine expandierende Zivilisation einem fette Profite einbringen konnte und es wehtat, wenn man sie sich entgehen lassen musste.

Doch als die Delegation aus den unteren Vorbergen der Hellers eintrat, wurde Regis' Aufmerksamkeit geweckt.

Er kannte einige der Männer aus den Bergen. In der Zeit, als es ihm noch möglich war, Ausflüge zu unternehmen, war er mit ihnen geklettert. Sein ganzes Leben hatte er am Rand der Berge verbracht. In vieler Beziehung mochte er die Gebirgler lieber als die häufig selbstzufriedenen Tieflandbewohner der Domänen.

Das waren Männer der alten Art: dunkel und langhaarig, mit Stiefeln und dicken Pelzmänteln angetan, und obwohl einige von ihnen jung waren, trugen alle Gesichter die Spuren rauen Wetters, und die Augen hatten Falten vom Blick in weite Fernen. Sie sahen zu Regis mit dem alten Respekt vor der Comyn-Kaste auf, aber ihre Augen waren wild von einer Leidenszeit, die länger gedauert hatte, als Menschen es ertragen können. Und obwohl sie sich bemühten, mit stoischer Ruhe zu sprechen, merkte man es ihnen an.

Ihr Anführer war ein grauhaariger Mann, dessen Profil an die scharfzähnigen Klippen hinter der Stadt erinnerte. Er wandte sich an den alten Hastur, obwohl Regis den Platz des Ratsoberhauptes innehatte. »Ich bin Daniskar vom Darriel-Wald«, stellte er sich kurz vor. »Vor dreißig Jahren habe ich geschworen, eher mit meiner ganzen Familie zu darben, als ins Tiefland hinabzukriechen und die Comyn um Hilfe zu bitten, ganz zu schweigen von den verfluchten Terranern.« Er traf Anstalten, auszuspucken, erinnerte sich offensichtlich noch rechtzeitig daran, wo er war, und verzichtete darauf. »Aber wir *sterben,* Lord. Unsere Kinder verhungern und sterben.«

Meine auch, dachte Regis. *Sie verhungern nicht, aber sie sterben.* Er beugte sich vor und benutzte die Bergsprache. »*Com'ii,* mich trifft der Vorwurf, dass wir nichts von Missernten und Hungersnot in euren Bergen gehört haben.«

Daniskar schüttelte den Kopf. »Bei uns wird nichts angebaut, Lord, es gibt kein Ackerland. Wir leben vom Wald. Und das ist das Problem; wir werden abgebrannt. *Vai dom,* wisst Ihr, wie viele Waldbrände wir in diesem einen Jahr gehabt haben? Wenn ich es Euch sagte, Ihr würdet mir nicht die Hälfte davon glauben. Und nichts, was wir tun, macht ihnen ein Ende. Waldbrände sind nichts Neues; ich habe sie schon bekämpft, bevor mir ein Bart gewachsen war. Über Waldbrände weiß ich mehr als jeder andere Mann vom Kadarin bis zur Mauer um die Welt. Aber diese – es gibt keine Rettung davor. Es ist, als sei Harz über die Wälder ausgegossen worden. Unsere Signalfeuer versagen. Ich möchte fast glauben, dass die Brände von Menschenhand gelegt werden, aber welcher Mensch könnte so schlecht sein? Menschen töten Menschen, wenn sie sie hassen, aber wer vernichtet einen Wald, damit Menschen, die ihm nie etwas getan haben, leiden, der Freund mit dem Feind?«

Regis sah sein eigenes Entsetzen in anderen Gesichtern rund um die Ratshalle widergespiegelt, und sein Gehirn, darin geschult, auf vielen Ebenen gleichzeitig zu denken, lieferte den Kontrapunkt zu Daniskars Worten. Darkover ist eine bewaldete Welt, und ohne unsere Wälder sterben wir. Keine Deckung für Tiere bedeutet kein Fleisch für Menschen, keine Nüsse für Brot in Gebieten, wo Korn nicht wächst, keine Pelze zum Warmhalten, kein Brennstoff auf einer Welt, wo man ohne Feuer erfriert. Der Tod des Waldes nimmt uns das Harz und die phosphoreszierenden Stoffe, die Früchte für den Wein und letzten Endes den Boden, denn allein unsere Wälder halten die Krume auf den Bergen fest, die Regen und Schnee ständig ins Tiefland spülen wollen. Ohne Wälder wird halb

Darkover schnell zu einem gefrorenen Staubklumpen werden, hungern und sterben.

»Ihr könnt schöne Reden darüber führen, dass Ihr uns die Freiheit vor dem Terranischen Imperium bewahrt«, sagte einer der Geschäftsleute. Er sah die Ratsmitglieder und besonders, so schien es Regis, die beiden Hasturs kriegerisch an. »Ihr habt auch ein Recht auf Eure eigene Politik, obwohl ich feststelle, dass Ihr schnell dabei seid, Vorteil aus terranischen Dingen zu ziehen, wenn Ihr reich genug seid, sie Euch leisten zu können. Zum Beispiel mit dem Flugzeug und einer Leibwache herzukommen, statt sich wie ich zu Pferd und mit dem Schlitten über die Berge zu quälen! Ich will gar nicht behaupten, dass Ihr völlig im Unrecht seid. Jeder, der eine helfende Hand ergreift, muss den Pfad seines Helfers beschreiten. Aber was werdet Ihr uns für diese Sache, die Ihr Freiheit nennt, noch abverlangen, *vai dom'ym?* Haben wir nicht schon genug Opfer gebracht? Müssen alle unsere Bergbewohner sterben, bevor Ihr die Terraner bittet, uns aus dem Treibsand zu ziehen? Wir haben ihnen einen Raumhafen und einen Kreuzweg in ihrem Imperium gegeben. Wir könnten ein Angelpunkt in diesem Imperium sein, ein sehr wichtiger. Warum sollen sie uns nicht mehr geben?«

»Das interessiert uns nicht«, versetzte Daniskar. »Wir wollen die Terraner noch weniger hier haben als Ihr, Lords. Doch wir brauchen mehr Hilfe, als Ihr uns geben könnt. Sie haben Flugmaschinen, Chemikalien, eine schnelle Kommunikation. Sie könnten die Sache im Großen angehen.«

»Wollt ihr Straßen, Fabriken, Maschinen auf unserer Welt? Wollt ihr eine weitere Handelsstadt in den Hellers, Daniskar?«, fragte der alte Hastur.

»Ich nicht, Lord. Ich habe einmal den Rand einer Handelsstadt gesehen, und sie stinken. Das ist jedoch immer noch besser, als wenn unser ganzes Volk stirbt. Wir brauchen Hilfe von irgendwoher, und das schnell – oder es sind nicht mehr genug von uns übrig, die es kümmert, ob wir sie bekommen!«

Und die Terraner, das wusste Regis, würden nur zu gern helfen. Planet um Planet war dem Imperium auf genau diese Art zugefallen. Eine schlechte Ernte oder eine Epidemie oder ein paar Todesfälle zu viel bei einer Hungersnot, und die stolzeste Welt war nicht mehr bereit, sich dem harten Gesetz zu unterwerfen, nach dem nur der Stärkste überlebt, wenn sie einmal wusste, dass es dazu eine Alternative gab.

Es ist, als seien die Götter selbst gegen uns.

Zuerst gehen die Telepathen. Einer nach dem anderen, in brudermörderischen Blutfehden oder steril von der Inzucht oder durch Attentate und Unglücke. Unsere alte Wissenschaft geht aus Mangel an Telepathen, die mit den Matrizes arbeiten können.

Nun unsere Wälder.

Bald haben wir keine Wahl mehr.

Aber warum? Wer?

Es durchfuhr ihn wie ein Blitz. Das war nicht das Werk der Götter. Dazu war es zu gezielt. Darkover wurde ermordet. Es starb keines natürlichen Todes, es wurde ermordet.

Aber wer wollte eine ganze Welt vernichten? Wem nützte das?

Die Delegation aus den Bergen hatte ihre Klage vorgetragen, und nun warteten alle darauf, dass Regis das Wort ergriff. Sogar sein Großvater richtete den Blick auf ihn.

Und was konnte er sagen? »Ihr müsst Hilfe für das Problem der Waldbrände bekommen«, antwortete er schließlich, »ob sie nun vom Terranischen Imperium oder einer anderen Stelle kommt. Ich bin noch nicht bereit, die Terraner nur aus diesem Grund zu bitten, Darkover den Status einer offenen Welt zu geben. Wir können immer noch für die Hilfe, die wir brauchen, bezahlen. Wenn nötig, bürge ich mit meinem Privatvermögen dafür.« Mit keinem Blick vergewisserte er sich, ob sein Großvater mit diesem folgenschweren Versprechen einverstanden war. Das brauchte er nicht, denn es war das Einzige, was er tun konnte. »Einen Teil der Bezahlung können wir auch auf die Herren im Tiefland umlegen.«

Einer der Männer von der Pan-Darkovanischen Liga rief: »Erwartet Ihr, dass wir uns ruinieren? Wenn wir den offenen Status als Imperiumswelt hätten, könnten wir diese Art von Hilfe als unser Recht fordern, und es würden uns außerplanetarische Investoren dabei unterstützen, unsere ungenützten Rohstoffe auszubeuten.«

Regis antwortete trocken: »Ich danke Euch für die Lektion in den Anfangsgründen der Ökonomie, Monsieur. Ich bin überzeugt, dass Ihr das Problem gründlich studiert habt, aber ich weiß nicht recht, ob wir unter dem, was ausgebeutet werden soll, beide dasselbe verstehen.« Seine grauen Augen richteten sich hart und durchdringend auf den Tiefländer, und es war der andere Mann, der den Blick senkte.

Das ist ein Aufschub, dachte Regis, kein Sieg. Mit Waldbränden konnte man fertig werden, wenn es sich nur um ein unglückliches Jahr oder eine Reihe von Naturkatastrophen handelte. Kam dazu, dass die Telepathen einer nach dem anderen ermordet wurden – *meine Kinder,* dachte er wieder mit der alten Qual und versuchte, das deutliche Bild von den beiden schonen kleinen Gesichtern in ihren Särgen zu vertreiben – oder dass eine unbekannte Macht darauf hinarbeitete, das Gleichgewicht der Kräfte auf Darkover zu zerstören, dann war es wahrscheinlich hoffnungslos. Die Darkovaner konnten sich an ihren eigenen Lebensstil klammern und sterben – oder sich so radikal ändern, dass es für die meisten nur eine andere Form des Todes war.

Gibt es überhaupt noch Hoffnung? Sind wir alle zum Untergang verurteilt?

Die Versammelten brachen auf und verließen den Raum. Regis wusste, die Entscheidung, die er heute aufgeschoben hatte, blieb ihm persönlich vorbehalten, und sie würde ihn schwerer belasten als je zuvor. Er blieb stehen, um Daniskar vom Darriel-Wald ein paar freundliche Worte zu sagen. Die anderen Adeligen würden den Pan-Darkovanern entsprechende Höflichkeiten erweisen; bei den empfindlichen und stolzen Männern aus den Bergen musste er es selbst tun. Als er sich von dem Ältesten verabschiedete, merkte er, dass Linnea immer noch neben ihm stand. Wenn sie ihn auch nicht mehr berührte (ein körperlicher Kontakt ist in einer telepathischen Kaste außer bei direkten sexuellen oder emotionalen Begegnungen selten), war sie doch innerhalb der Reichweite seiner Wahrnehmungsfähigkeit. Er wandte sich ihr zu und lächelte müde. »Das wird nicht Eure erste Ratssitzung gewesen sein, aber ich wage zu behaupten, dass es bisher die fürchterlichste war.«

Sie nickte ernst. »Die armen Menschen«, flüsterte sie. »Es ist mein eigenes Volk, Lord Regis, Männer aus unseren Dörfern, und ich hatte keine Ahnung davon, ich bin schon so lange im Tiefland. Wie schrecklich für sie! Und für Euch – Regis, Regis, ich hatte nichts von Euren Kindern gehört –« Sie schlug die Augen zu ihm auf. Ihre Blicke trafen sich, und sofort waren sie in tiefem Rapport. Linnea platzte heraus: »Lass mich dir andere schenken.«

Langsam hob er die Hände und legte sie an ihr Gesicht. Ebenso wie das Mädchen war er zu bewegt, um zu sprechen. Für einen Augenblick hielt die Zeit an, und sie standen zusammen außerhalb ihres Stroms, enger miteinander verbunden als in einem Liebesakt.

Für Regis war es eine neue Erfahrung, obwohl sich die Frauen sein ganzes Leben lang zu ihm hingezogen gefühlt hatten. Natürlich meistens aus den falschen Gründen. Und ein

Telepath war nicht fähig, die Gründe zu ignorieren. Manche waren von seiner Stellung und Macht beeindruckt gewesen, noch mehr hatten sich in sein ungewöhnlich gutes Aussehen, seine Vitalität und auch – er wusste es – in seine stark sinnlich orientierte Persönlichkeit verliebt. Er war zynisch geworden, was die Frauen betraf, obwohl er nahm, was man ihm bot. Besonders während der letzten Jahre wurde von den jungen Telepathen seiner Kaste Promiskuität erwartet, ja sogar verlangt.

Das Angebot selbst war nichts Neues. Er wusste, ohne dabei eine Spur von Eitelkeit zu empfinden, dass er buchstäblich jede Frau haben konnte, die er wollte, und die Folge war, dass es nicht viele gab, die er wollte.

Aber dies war das erste Mal, dass ein Mädchen seiner eigenen Kaste – und Linnea, das ging ihm allmählich auf, war eine außergewöhnliche Telepathin – zu ihm in dieser Einfachheit kam. Es war kein Mitleid, sondern die vollständige Übernahme seiner eigenen Gefühle. Nichts deutete darauf hin, dass sie, die Angehörige eines geringeren Hauses, Status gewinnen wollte, indem sie Hastur einen *Laran*-Erben gebar. Sie begehrte ihn nicht einmal, außer im tiefsten Unterbewusstsein. Wie viele sehr schöne Männer war er dessen müde, und es stieß ihn eher ab, als dass es ihn lockte.

Nichts davon war vorhanden. Linnea hatte gespürt, wie schwer sein Leben geworden war. Sie teilte seine Emotionen vollständig und wollte es für ihn leichter machen. Deshalb hatte sie angeboten, was sie zu geben hatte.

In den paar Sekunden, die der Rapport dauerte, veränderte sich die Welt für sie beide. Dann begannen die Räder des Universums, sich von neuem zu drehen, sie fielen zurück in die verwickelten Spiele des gewöhnlichen Lebens. Regis seufzte, ließ seine Hände von ihren Wangen sinken, beugte sich vor und küsste sacht ihre Lippen. Mit unendlichem Bedauern sagte er: »Nicht jetzt, mein Liebling. Sollte uns später die Gnade zuteil werden – aber im Augenblick brauchen wir dich da, wo du bist. Es gibt nur noch so wenige von euch, die fähig sind, im Matrix-Relais zu arbeiten. Wie kann ich weitere Lichter auf unserer Welt auslöschen?«

Sie nickte ernst. Mit zärtlichem Verständnis antwortete sie: »Ich weiß. Wenn zu viele von uns mit einem Mal ausfallen, werden wir das sein, was die Terraner uns nennen, eine Barbarenwelt.«

Ihre Hände lösten sich voneinander. Sie brauchten kein Versprechen, keinen Schwur für das, was ein Teil von ihnen war. Noch einmal zog Regis sie in seine Arme, und plötzlich empfand er Angst.

Ein Kind Linneas wäre zu kostbar, um es Gefahren auszusetzen ...

Muss ich auch um sie fürchten? Wird sie das nächste Ziel sein?

Das Chieri kam aus dem Wald, benommen und wildäugig. Auch auf Darkover, wo Menschen und Halbmenschen seit vorgeschichtlichen Zeiten Seite an Seite gelebt hatten, war das ein Ereignis, das eine Menschenmenge anlockte. Staunendes, ehrfürchtiges Gemurmel erklang gedämpft in den Straßen. Das fremde, hoch gewachsene Wesen schritt langsam und zielbewusst über das Kopfsteinpflaster dahin, das noch nie von einem seiner Art betreten worden war.

Die Chieri waren eine Legende, an die die meisten Leute nur halb glaubten. Sobald sich nun das Gerücht verbreitete, ein Chieri aus Fleisch und Blut wandere durch die Straßen von Arilinn, kamen die Menschen still aus ihren Häusern und beobachteten es. Als werde es gegen seinen Willen von einem Ziel angezogen, bewegte sich das nichtmenschliche Wesen auf den hochragenden Arilinn-Turm zu.

Es wurde immer langsamer, und schließlich blieb es stehen.

Es wandte sich der Menge zu und sagte etwas, das wie eine Bitte klang. Die Stimme war hell und klar und schön, wie es in der Legende hieß, aber die Worte waren völlig unverständlich, und die Menschen standen einfach da und gafften. Schließlich sagte ein alter Mann in der Robe eines Gelehrten: »Lasst mich durch; ich glaube, es spricht eine sehr alte Form der *Casta.* Ich habe sie in alten Büchern geschrieben gesehen, und obwohl ich bisher nie versucht habe, sie zu sprechen, will ich es jetzt tun.« Die Menge machte Platz für den alten Mann. Er verbeugte sich tief vor dem Nichtmenschen. »Ihr erweist uns Gnade, Edler. Wie können wir Euch dienen?«

Das Chieri antwortete langsam, als seien die Worte von langem Nichtgebrauch rostig geworden: »Ich bin – sehr Fremder hier diesem Ort. Ich bin gewesen ...« Ein Wort, das niemand verstand. »Es ist ein Hastur hier. Kannst du mich führen an den Ort, wo er ist?«

Der alte Gelehrte erwiderte: »Wenn Ihr mir folgen wollt, Edler«, und ging auf den Turm zu. Später erzählte er seinen Freunden: »Es sah mich an, und ich merkte, dass es sich *fürchtete*, auf eine Art fürchtete, die keiner von uns je kennen gelernt hat. Ich zittere immer noch an allen Gliedern, wenn ich mir so viel Angst vorstelle! Was es wohl gewollt haben mag?«

Regis Hastur saß in seinem Zimmer im Arilinn-Turm beim Frühstück. Gleich darauf wollte er mit dem Flugzeug, das ihn hergebracht hatte, zurückfliegen nach Thendara. Ein junger Matrix-Arbeiter des Turms, ein Junge von siebzehn oder achtzehn, kam an seine Tür.

»*Vai dom ...*«

Regis drehte sich um und fragte höflich: »Wie kann ich dir dienen, Marton?«

»Lord, unten am Tor ist ein Chieri und möchte mit Euch, mit dem Hastur sprechen.«

»Ein Chieri?« Regis lachte. »Die Sprache von Arilinn führt

mich manchmal immer noch in die Irre. Ich habe dich missverstanden. In Thendara würden wir Kyrri sagen, einer der nichtmenschlichen Diener hier. Kannst du feststellen, was es von mir will?«

»Nein, mein Lord, kein Kyrri.« Marton entsetzte sich. »Als ob ein Kyrri so unverschämt wäre! Nein, Lord Regis, ein Chieri, ein Wesen von dem alten schönen Volk des Waldes.«

Verblüfft meinte Regis: »Wenn das ein Scherz ist, kommt er in einem sehr unpassenden Augenblick.« Aber ein zweiter Blick auf den Jungen überzeugte ihn, dass Marton ebenso überrascht und ungläubig war wie er selbst. Er erhob sich ohne weiteres Zögern und stieg ins Erdgeschoss des Turms hinunter.

Ein Chieri! Schon zur Zeit seines Großvaters war erzählt worden, nur noch wenige dieser ältesten Rasse auf Darkover hätten überlebt und versteckten sich im tiefsten Wald. Niemals seit Menschengedenken war eins aus dem Wald herausgekommen. Es gab nur merkwürdige Geschichten über Menschen, die sich im Wald verirrt hatten oder verletzt oder von der Nacht überfallen worden waren. Ihnen hatten fremdartige Hände und sanfte Stimmen mit Freundlichkeit geholfen. Man hatte sie auf den richtigen Weg gebracht, und mehr war nicht gewesen.

Regis trat aus dem dunklen Gang unten im Turm in das blasse Licht der aufgehenden Sonne, und dort sah er zum ersten Mal ein Chieri.

Es stand auf dem Pflaster, abgesondert von einem kleinen staunenden Kreis aus bepelzten Kyrri-Dienern, uniformierten Stadtgardisten und ein paar Passanten, und sah fast wie ein hoch gewachsener junger Mann oder auch ein lang aufgeschossenes junges Mädchen aus, nur dass die Gesichtszüge ein bisschen zu dünn, zu blass, zu zart waren, um menschlich zu sein. Es war fast einen Kopf größer als Regis. Sein üppiges

Haar schimmerte silbrig-golden. Langsam wandte es sich Regis zu, und es bewegte sich mit einer Schönheit und einer Grazie, die den Menschen nicht gegeben ist. Regis hob die Augen und begegnete dem Blick des Chieri.

Die Augen des Chieri waren von einem sehr hellen Grau mit silbrigen Lichtern in den Tiefen, und als Regis in diese nichtmenschlichen Augen sah, hörte er auf, in Begriffen wie Staunen und Ehrfurcht und Verehrung und alten Legenden zu denken. Er erkannte, dass dies Chieri nichts als ein junges Geschöpf war, sehr verwirrt von dem fremdartigen Anblick der Stadt, sehr jung, sehr wild und sehr verängstigt. In spontaner Sympathie streckte er die Hände aus und sagte auf *Casta*, der archaischen und wenig benutzten Sprache der Comyn-Domänen: »Du armes Ding, wie bist du hierher geraten? Ich bin Regis Hastur, Enkel des Hasturs, und ich stehe dir zu Diensten. Willst du nicht aus der Kälte hereinkommen – und weg von all diesen Augen?«, setzte er hinzu.

»Ich danke dir, junger Hastur«, antwortete das Chieri langsam und stockend. Regis trat höflich zurück, um seinen fremden Gast einzulassen. Mit einer Handbewegung schickte er die Gardisten und die anderen fort. Er führte das Chieri in eins der kleinen Empfangszimmer des Erdgeschosses, einen Raum aus weißem, durchscheinendem Stein mit hellen, leuchtenden Draperien. Danilo folgte ihnen. Regis wies auf einen Sessel, aber der Nichtmensch schien die Geste nicht deuten zu können und blieb stehen. In seiner langsamen, zögernden, archaischen Sprechweise sagte er: »Wir im Gelben Wald haben erfahren, dass du, Hastur, nach solchen mit den alten Kräften suchst, um diese Kräfte zu studieren, um mehr über sie zu erfahren, woher sie kamen und welche Art von Volk sie besitzt.«

»Das ist wahr.« Regis fiel auf, dass das Chieri bereits seinen eigenen Akzent imitierte und dass er es ausgezeichnet verstand. »Aber wie habt ihr es im Gelben Wald erfahren, Edler?«

»Wir Chieri – was von uns heutzutage noch übrig ist – wissen Dinge, Lord von Hastur. Uns dünkte es gut, dass einer von unserer Art komme und bei dir sei in deiner Suche, wenn du uns haben willst. Und da ich der Jüngste bin und man meinte, ich könne es am ehesten ertragen, den Wald zu verlassen und unter Menschen zu leben, hieß man mich zu dir zu gehen und tun, was du möchtest.«

»Wie weit bist du gewandert?«, fragte Regis staunend.

»Viele, viele Tage, Regis Hastur. Zuerst ging ich nach Armida, denn meine Leute kannten vor einer Generation dort junges Volk. Sie waren fort, alle Altons, und deshalb kam ich her.«

Danilo trat vor und winkte Regis. Er sprach nicht laut, sondern verband sich direkt mit ihm und fragte: »Bist du sicher, dass du diesem Nichtmenschen trauen kannst? Bist du sicher, dass das keine Falle ist?«

»Es ist keine Falle«, sagte das Chieri, wandte sich Danilo zu und lächelte ihn an. »Ich habe keine Verbindung mit den Feinden deines Freundes. Vor dem heutigen Tag habe ich niemals mit einem Mann deines Volkes gesprochen, Danilo.«

»Du weißt meinen Namen?«

»Verzeih mir – ich kenne eure Sitten nicht – ist es eine Unhöflichkeit, den Namen auszusprechen?«

»Nein«, antwortete Danilo perplex. »Ich wundere mich nur, dass du ihn weißt. Du musst ein unheimlich guter Telepath sein, besser, als ich es im Umgang mit Nichtmenschen gewöhnt bin.«

Die hellgrauen Augen des Chieri hielten Danilos Blick eine Minute lang fest. Dann lächelte das Chieri und sagte zu Regis: »Du bist glücklich, dass du diesen Freund hast. Er liebt dich sehr und würde dich mit seinem Leben schützen. Bestätige ihm bitte, dass ich dir und deiner Art niemals etwas antun werde. Ich könnte es nicht, selbst wenn ich es wollte.«

»Ich weiß.« Regis fühlte sich plötzlich warm und behaglich. Er hatte alte Geschichten über die Chieri, über ihre Schönheit und Freundlichkeit gehört, und obwohl dies hier jung und verängstigt war, wusste Regis, dass es keine Bedrohung darstellte.

Danilo öffnete den Mund zum Sprechen. Dann sah er von dem Chieri zu Regis, und er machte eine merkwürdige Feststellung. Der Nichtmensch war fast um einen Kopf größer, er war dünner, sein Gesicht schmal, die blassen, sechsfingerigen Hände wirkten unmenschlich lang und anmutig. Und doch war da eine Ähnlichkeit, noch betont durch Regis' vorzeitig weiß gewordenes Haar, der eigentümliche Gesichtsschnitt, der den alten Comyn-Typ auf Darkover kennzeichnete.

Einige dieser alten Familien, so wurde erzählt, waren mit den Chieri verwandt. *Das kann ich mir gut vorstellen.*

Regis fragte: »Dann bist du bereit, mit uns nach Thendara zurückzukehren?«

»Deshalb bin ich hergekommen«, antwortete das Chieri, warf aber flehende Blicke um sich, als gerate es in Panik. »Ich bin nicht daran gewöhnt, innerhalb von – von Mauern zu sein.«

Armes Ding, wie wird es ihm im Flugzeug ergehen? »Ich werde für dich sorgen«, versprach Regis. »Du brauchst keine Angst zu haben.«

»Ich habe Angst, weil alles fremd ist und ich noch nie den Schatten meines Waldes verlassen habe«, sagte das Chieri, und irgendwie hatte dies Geständnis seiner Angst eine Würde, die Regis' Achtung und Sympathie noch erhöhte. »Aber sonst habe ich keine Angst, und ich stehe dir zur Verfügung.«

Regis erkundigte sich: »Wie ist dein Name?«

»Mein Name ist sehr lang und wäre in eurer Sprache schwer auszusprechen. Als ich noch klein war, nannte ich mich selbst s'Keral. Ihr könnt mich Keral nennen, wenn ihr wollt.«

Regis rief einen Diener und gab ihm die Botschaft mit, das Flugzeug solle startklar gemacht werden. Ihm drehte sich der Kopf.

Es war erst ein paar Monate her, dass der Medizinische Dienst des Terranischen Imperiums mit dem Projekt begonnen hatte, telepathische Kräfte zu studieren. Nicht mehr als ein knappes halbes Dutzend Darkovaner hatten sich freiwillig zur Mitarbeit gemeldet. Und nun bot sich ihnen von selbst ein Chieri an, ein Mitglied der ältesten und am wenigsten bekannten nichtmenschlichen Rasse auf Darkover, die der Menschheit (ungeachtet der alten Geschichten, die nicht mehr als Legenden waren, über Chieri und Sterbliche) immer am fernsten gestanden hatte. Und jahrhundertelang hatte sie sich sogar vor den Comyn versteckt!

Wie war es dazu gekommen, und was würde sich daraus entwickeln?

Regis fiel ein, dass er nicht einmal zu entscheiden vermochte, ob dies fremde Wesen aus dem Wald männlich oder weiblich war. In seiner Sicherheit und Kraft und der prompten Art, mit der es Danilo beruhigt hatte, wirkte es wie ein Mann. Doch die Zartheit von Stimme und Händen, das wallende Haar und die leichte Kleidung, die Scheu und das Schutzbedürfnis, mit der es sich, als sie durch die Tür gingen, in erneuter Panik an Regis' Hand klammerte, waren ganz und gar weiblich. *Kennen die Chieri überhaupt Geschlechter?* Ein alter Witz über die nichtmenschlichen *Cralmacs* war auf Darkover sprichwörtlich geworden: *Das Geschlecht eines Cralmac interessiert niemanden als einen anderen Cralmac.* So ähnlich, dachte Regis, musste es auch mit der scheinbaren Geschlechtslosigkeit des Chieri sein.

Ich darf nicht vergessen, dass Keral nicht menschlich ist. Von dem Augenblick an, als es den Rapport mit mir aufnahm, schien mir Keral nur zu menschlich zu sein, eher einer von meiner eigenen Art als die meisten Leute, die ich kenne ...

Kein Wunder, dass die Legenden von Männern berichten, die aus Liebe starben, nachdem sie ein Chieri im Wald gesehen hatten ... und sich in Sehnsucht verzehrten nach einer Stimme, einer Schönheit, die keinem Sterblichen gegeben ist ... Regis erschrak über die Wendung, die seine Gedanken genommen hatten. Er sagte zu Keral, ohne das Chieri anzusehen: »Wir brechen bald auf«, und ging, um sich von seinem Großvater zu verabschieden.

4

Ein Krankenhaus war ein Krankenhaus, auch am Ende der Galaxis. David erwachte früh und wusste nicht recht, wo er war, doch noch ehe er die Augen öffnete, kam ihm die Umgebung vertraut vor. Es war die Struktur des Lebens, das ihm zur zweiten Natur geworden war: Die Geistesabwesenheit geschäftiger Ärzte, die Schmerzen, die er von sich fernhalten musste, die geschwinden Schritte der Heilung.

Dann öffnete er die Augen und erinnerte sich, dass er auf Darkover war, ungezählte Lichtjahre von seiner Heimat entfernt, und wenn sie ihn in einem Krankenhaus untergebracht hatten, so lag das nicht an dem Dr. med., den er immer noch vor seinen Namen setzen konnte, sondern an der im Großen und Ganzen medizinischen Natur dieses Projekts.

Abnormitäten und Telepathen – und ich werde einer von ihnen sein! Auf was für einem Planeten hat man mich abgesetzt?

Alles, was er von dieser Welt gestern Abend nach der Landung gesehen hatte – Raumhäfen waren sich überall gleich –, war ein großer, leuchtender, schwach purpurfarbener Vollmond und eine kleinere Sichel, die niedrig an einem merkwürdig gefärbten Nachthimmel hing.

Das Licht hier drinnen war Erde-Normalgelb, aber als er ans Fenster trat, sah er hohe, zerklüftete, dunkle Berge und eine große, flammend rote Sonne, die bereits hoch am Himmel stand. Er war spät angekommen, und man hatte ihn ausschlafen lassen. Wahrscheinlich würde früher oder später jemand nach ihm sehen. So viel Mühe David sich auch gab – und das hatte er schon unterwegs auf dem Schiff getan –, er brachte nicht viel Begeisterung für das Projekt auf. Teufel, er wollte gar nicht mehr über dies abnorme Talent wissen, das seine erwählte Laufbahn zerstört hatte, er wollte es loswerden!

Er kehrte der fremden Sonne und den Bergen den Rücken und ging ins Badezimmer. Nun ja, dachte er, vielleicht hilft mir dies Projekt, und wenn nicht, wird es irgendwem anders helfen. Behandele es als Forschungsarbeit – eine Chance, eine seltene und abnorme Krankheit zu erforschen. Wie Madame Curie, die ihre eigenen Strahlungsverbrennungen studierte, oder Lanach auf Vega Neun, der über die *Raumfäule* schrieb, während er buchstäblich daran verfaulte.

Wie dem auch sein mochte, es hatte keinen Sinn, ein langes Gesicht zu ziehen. Wenn seine Gefährten bei diesem Projekt Telepathen waren, würde ein fröhliches Gesicht sie nicht täuschen, aber es mochte seine eigene Moral heben. Als er mit Baden und Anziehen fertig war, sang er halblaut vor sich hin. Er war jung und – gegen seinen Willen – neugierig.

Die Cafeteria des Krankenhauses, die man ihm gestern Abend noch gezeigt hatte, war zu dieser Stunde überfüllt. David hasste Menschenmengen, hatte sie immer gehasst – es kostete zu viel Anstrengung, das Gefühl zu unterdrücken, die Leute rempelten ihn an, auch wenn sie es nicht taten. Zumindest war es eine vertraute Menge, obwohl es darunter rassische und ethnische Typen gab, die er nie zuvor gesehen hatte. Ärzte und Schwestern, die meisten in der mit dem Äskulapstab geschmückten Uniform des Medizinischen Dienstes, trugen den unmissverständlichen Stempel ihres Berufes. Viele der Jüngeren gehörten einem Typ an, den David für darkovanisch hielt, dunkelhäutig mit krausem schwarzem Haar, gefurchten Stirnen, kurzen, breiten, sechsfingrigen Händen und grauen Augen.

Er war mit seinem Frühstück fast fertig, als ein rothaariger junger Mann, nicht in der Uniform des Medizinischen Dienstes, sondern mit einer grünen Jacke und hohen, weichen Lederstiefeln, an ihn herantrat. »Dr. Hamilton? Ich habe Sie sofort erkannt. Wollen Sie bitte mit mir kommen und sich uns anschließen? Mein Name ist Danilo. Hat Ihnen das Essen geschmeckt? Das gehört zu den Dingen, die wir nicht vorhersagen können. Ich weiß, hier im Gebäude des Terranischen HQ kann man die Beleuchtung und sogar die Schwerkraft Ihrer heimatlichen Umwelt anpassen, aber kulturell bedingte Vorlieben für bestimmte Nahrungsmittel ...« Er zuckte die Schultern. »Ich vermute, der Küche hier bleibt nichts anderes übrig, als eine Auswahl mit dem niedrigsten gemeinsamen Nenner anzubieten, die mit etwas Glück niemanden zu sehr anwidert.«

David lachte vor sich hin. »Das ist in Krankenhäusern üblich. Tatsächlich habe ich mich daran gewöhnt zu essen, was mir vorgesetzt wird, und dabei zu hoffen, dass mir Zeit bleibt, damit fertig zu werden, bevor jemand nach mir schreit. Sollten Sie mich fragen, was ich eben gegessen habe, könnte ich es nicht auf meinen Eid nehmen.« Er betrachtete Danilo neugierig. »Gehören Sie zum medizinischen Stab?« Der Junge sah nicht alt genug für einen Arzt aus, aber bei manchen planetaren Typen ließ sich das nicht genau feststellen.

Danilo gab jedoch keine Erklärung zu seiner Stellung ab, die über eine verneinende Geste hinausging. »Kommen Sie mit, lernen Sie die anderen kennen, die bei dem Projekt mitmachen.«

»Sind ... sie ... schon alle hier?«

»Die meisten. Die Darkovaner sind in der Stadt untergebracht. Aber man glaubt, dass zumindest anfangs die Einrichtungen hier eine Hilfe sind. Jason –« Danilo hob die Stimme, und ein junger Arzt, der den Flur entlangeilte, kam auf sie zu. Er war stämmig und dunkelhaarig und gefiel David sofort. »Dr. Hamilton?«, fragte der fremde Arzt. »Wie war die Reise? Ich selbst bin nie von Darkover weg gewesen – bin hier geboren. Ich bin Jason Allison.« Er bot David die Hand. David ergriff sie und wusste jetzt, was er bei Danilos Begrüßung vermisst hatte. Darkovanischer Brauch? »Wie ich sehe, hat Danilo sich schon selbst vorgestellt. Ich bin Verbindungsmann zwischen den darkovanischen Medizinern und Auszubildenden einerseits und den Leuten vom Medizinischen Dienst des Imperiums andererseits. Nebenbei bemerkt bin ich auch Arzt, obwohl ich nicht viel Zeit habe zu praktizieren.«

Er ging ihnen voraus, und Danilo hielt mühelos mit ihm Schritt. Jetzt, wo das Zusammentreffen mit den anderen Projektmitgliedern unmittelbar bevorstand, trat Davids Unbehagen wieder in den Vordergrund. *Eine Mannschaft, die sich aus Freaks zusammensetzte – und er war einer davon.*

»Dr. Allison ...«

Jason Allison grinste. »Jason reicht. Und dich werde ich David nennen, wenn du nichts dagegen hast. Darkovaner benutzen keine Titel, falls sie nicht an der Spitze der Kastenhierarchie stehen; unter dem *Lord* existieren gar keine. Nichts von Mister, Madame, Herr Doktor und dergleichen. Jedenfalls vereinfacht das die Dinge.«

Weggefegt. Auch das noch weggefegt. »David ist okay«, antwortete er lustlos. »Ich ... ich habe noch nie andere Telepathen kennen gelernt ...«

Danilo lachte. »Doch, gerade eben. Wir beißen nicht. Wir lesen auch nicht andauernd die Gedanken anderer Leute. Und so viel ich sehe, bist du gar kein Telepath. Du bist Empath und hast wahrscheinlich noch ein paar andere Psi-Talente.«

David starrte den Jungen an und schüttelte leicht den Kopf. Er musste auf der Stelle ein paar Vorurteile revidieren. Danilo sagte: »Entschuldige. Ich bin unter Darkovanern mit *Laran* aufgewachsen und entdecke es automatisch. Du musst es besitzen, weil ich mich in deiner Nähe behaglich fühle, das ist alles. Darin bist du wie einer von uns.«

David schwindelte der Kopf. Jason bat: »Langsam, Dani. David, ob du es mir glaubst oder nicht, ich weiß, wie du dich fühlst. Erinnere mich daran, dass ich dir irgendwann einmal von meinem ersten Zusammenstoß – und ein Zusammenstoß war es wirklich – mit den Hasturs erzähle. Da sind wir schon.«

Es war ein langer Raum, hell beleuchtet und mit durchscheinenden Draperien in leicht variierenden Regenbogenfarben behängt. David nahm ihn mit einem Blick in sich auf. Sein Talent war ihm so selbstverständlich, dass er glaubte, jeder besitze es, und hielt es nicht für erwähnenswert.

– Eindruck von Furcht/Leuchten/Furcht, ausstrahlend von einem hoch gewachsenen Mädchen an der hinteren Wand, großes Mädchen/nein, Junge/nein, Mädchen mit Massen von langem, offenem, hellem Haar, schmaler, geschlechtsloser Figur – menschlich? –

– schlanker, autoritärer junger Mann mit weißem Haar und jungen grauen Augen – verhutzelter kleiner Mann in den Vierzigern, Erd-Typ, sonnengebräunt, schäbig aussehend – dunkelhäutiger Niemand, zitternd, Raumfahrer-Uniform –

– große, gebieterische alte Frau, gebrechlich vor Alter, aber mit einem Air von Überlegenheit, als sei sie jung und königlich –

– dünnes, sinnlich wirkendes, missmutiges Mädchen hängt in einem Sessel, Blicke schießen wie die einer Maus im ganzen Zimmer und zwischen den Männern umher –

– und wieder: Furcht/Leuchten/Furcht von dem großen Mädchen/Jungen mit dem hellen Haar in der langen Robe …

Ist das alles?

»Sie sind David Hamilton«, sagte der schlanke junge Mann. Irgendwie wusste David, dass sein Haar vorzeitig weiß geworden war. »Ich bin Regis Hastur. Ich freue mich sehr, dass Sie gekommen sind, Dr. Hamilton. Noch nie ist etwas in dieser Art unternommen worden; die terranische Schulmedizin können wir vergessen. Leute, die über Telepathen Bescheid wissen, scheinen keine medizinischen Wissenschaften zu entwickeln, und so viel ich weiß, brauchen sie sie auch nicht. Jedenfalls brauchten wir sie nicht. Und die terranischen Mediziner sind sich nicht einmal sicher, ob wir existieren. Sie mussten es letzten Endes zugeben, aber es gefällt ihnen nicht – Anwesende ausgenommen«, setzte er mit einem freundlichen Blick zu Jason Allison hinzu.

»Bin ich als Arzt hergebracht worden?«

»O ja. Sobald Sie dies Ding, dies Talent, das Sie besitzen, in den Griff bekommen, sollte es Sie zu einem besonders guten Arzt machen, wissen Sie«, erklärte Regis. »Und es wird nicht lange dauern, bis Sie gelernt haben, wie Sie unerwünschte Kontakte ausschließen können. Das lernt jeder Comyn-Teenager spielend in ein paar Wochen. Eine Hilfe dabei wird Ihnen die Anwesenheit anderer Telepathen sein. Das war Ihr Problem, dass Ihnen niemand zeigen konnte, wie man die Gabe kontrolliert. Ein Glück, dass wir Sie jung genug gefunden haben. Eine Menge isolierter Telepathen in nichttelepathischen Kulturen werden psychotisch und sind niemandem mehr von Nutzen. Das haben wir herausgefunden, als das HQ sich für dies Projekt nach ihnen auf die Suche machte. Und nun haben wir einen, der noch dazu qualifizierter Arzt ist – da möchten wir Ihnen am liebsten um den Hals fallen!«

Es war, als hebe sich plötzlich eine schwarze Wolke. David fragte sich nicht einmal, wieso Regis von seiner alles verschlingenden Furcht gewusst hatte. Er versuchte gar nicht erst, das Strahlen zu verbergen, das sein vor Furcht verkrampftes Gesicht verwandelte. Zum ersten Mal in seinem Leben entspannte er sich und akzeptierte die Flut der Sensationen, die ihm seine erhöhte Wahrnehmungsfähigkeit zutrug.

Jason fragte: »Hat man dir das nicht gesagt, David? Komm, lerne auch die anderen kennen; du bist der Letzte in dieser Gruppe, der von einem anderen Planeten kommt. Vielleicht trifft später noch einmal eine Ladung ein, aber das ist die Summe dessen, was das Imperium an nichtpsychotischen Telepathen finden konnte. Rondo –«

Der kleine, verhutzelte Mann begegnete Davids Blick mit einem kurzen, stahlblauen Starren. Dann zuckte er fast sichtbar die Schultern. *Das ist einer von den Rechtschaffenen; kein Interesse.* David, der keine Erfahrungen mit Rondos Typ von Unterwelt gemacht hatte, war bestürzt über die feindselige Ablehnung.

Der Mann in der Raumfahrer-Uniform schien in Apathie versunken zu sein, aber er stand ganz höflich auf und reichte David die Hand. »Ist mir ein Vergnügen, Dr. Hamilton. Mein Name ist David Conner.«

»Dann sind wir Namensvettern«, antwortete David mit einem Lächeln. Es schoss ihm durch den Kopf: *Nicht psychotisch? Was ist los mit ihm?* Conners Typ war ihm wenigstens vertraut; er war groß und dünn, wurde schon ein bisschen kahl, Haut zwischen Braun und Schwarz, dunkle, glänzende Augen, jetzt getrübt von Apathie und der Anstrengung, sich halbwegs zivilisiert zu benehmen. Er war nicht feindselig, aber David erkannte schaudernd, dass Conner nicht mit der Wimper zucken würde, wenn sie alle tot umfielen. Er würde sie sogar beneiden.

Jason führte ihn weiter. »Keral.«

Der große Junge/Mädchen, zwei oder drei Zoll größer als David, wandte sich ihm rasch und graziös zu. David sah klare Augen, tief wie fließendes Wasser, und hörte eine helle, süße, mädchenhafte Stimme, die weich und unakzentuiert murmelte: »Ihr-erweist-uns-Freundlichkeit-dass-Ihr-herkommt-David-Hamilton.«

Wer und was!

Jason flüsterte ihm ins Ohr: »Ein Chieri; ein darkovanischer Stamm. Die meisten von uns glaubten nicht einmal, dass es sie gibt, bis er von sich aus kam und sich uns anschloss.«

»Er ...?«

Jason nahm Davids Verwirrung wahr. Auch später noch fragte sich David oft, ob Jason Allison, vielleicht ohne es selbst zu wissen, nahe genug an einen Telepathen herankam, um Gedanken aufzufangen. Klarheit darüber gewann David nie. »Er oder sie, meinst du? Ich weiß es auch nicht. Man kann ein I. L. – Verzeihung, das ist im Medizinischen Dienst des Imperiums die Abkürzung für *Intelligentes Lebewesen,* nicht gut fragen, welches Geschlecht er, sie oder es hat. Nicht, wenn man keine Ahnung hat, wie es darauf reagieren wird. Vielleicht weiß Regis es.«

Davids Blick wanderte zu dem Chieri zurück. Keral sah zu ihm hoch, und zum ersten Mal lächelte er. Es war ein bezauberndes Lächeln, das das verängstigte Gesicht erhellte und das Chieri mit seinem Leuchten und Glänzen zu einem Licht im Raum machte. David fragte sich, wie die anderen die Augen von ihr – ihm – verdammt! – abzuwenden vermochten.

Conner stand auf und kam ihnen nach. Leise sagte er David ins Ohr: »Wenn man auf einem dutzend Planeten gewesen ist und ein dutzend Kulturen gesehen hat, gewöhnt man sich daran. Du hast nicht richtig gelebt, bis du einmal versucht hast, dir ein reizendes Mädchen, wie du meinst, anzulachen und eine böse Überraschung erlebst, wenn sich herausstellt, dass das bezaubernde Geschöpf einer der lokalen Schwertkämpfer ist. Mit Kulturen ist es eine komische Sache.«

Er lachte; David lachte mit und fühlte sich etwas erleichtert. Also war Conners psychotische Apathie nicht konstant, denn im Augenblick machte der Raumfahrer einen normalen Eindruck.

Immer noch in diesem freundschaftlichen, vertraulichen Ton fuhr Conner fort: »Aber hüte dich, bei der da einen Fehler zu machen. Missy ...?«

Das verdrossene Mädchen blickte mit bewusstem und geübtem Charme zu David auf. Sie hatte dichtes, helles Haar, das kunstvoll frisiert war, und für jemanden, den man vor dem kalten und stürmischen darkovanischen Klima gewarnt hatte, machte ihr Kleid den Eindruck, als hasche sie nach dem Tod durch Erfrieren. Doch wie Conner sagte, die Kulturen auf unterschiedlichen Planeten prägen unterschiedliche Begriffe für feminines Verhalten, und bestimmt gab es einen Grund dafür, dass das Mädchen ihre Weiblichkeit derart zur Schau stellte. Sie ließ ein betörendes Lächeln aufblitzen und sagte: »Hallo, David.«

»Welcher David?«, verlangte Conner zu wissen, und David Hamilton dachte: *Er ist eifersüchtig!* Das Mädchen Missy hauchte: »Ihr beide natürlich.« Sie hielt Davids Hand etwas länger fest als nötig, aber ihre Hand war kühl und weich und stand im Widerspruch zu dem Blick sinnlicher Verlockung, den sie ihnen zuwarf. *Eine Lüge,* stellte etwas in David kalt und präzise fest. »Ich hatte mir schon gedacht, dass es aufregend sein würde, euch alle kennen zu lernen. Ein Abenteuer.« *Noch eine Lüge. Was will sie?*

Jason drängte ihn weiter, und Conner ließ sich in den Sessel neben Missy sinken. Das hatte er offenbar angestrebt.

»Ich werde als Letzte übrig gelassen, wie gewöhnlich«, stellte eine lebhafte Stimme fest. Es war die alte Frau, und sie war noch älter, als David angenommen hatte: das Gesicht verrunzelt und eingefallen, aber die Haltung so aufrecht und schlank wie eh und je. Sie trug eine lange, anmutige Robe aus einem dicken dunkelblauen Wollstoff und darüber einen kleinen Schal aus gestricktem Pelz. Ihre Hände, knotig und verzogen vom Alter, waren immer noch graziös in ihren Bewegungen, und die Stimme war klar und hell. Ihr Blick ruhte auf Missy, nicht mit der Verdammung des Alters für die Jugend, sondern mit einem Echo von Davids eigener Neugier. Dann wandte sie sich wieder David zu: »Ihr müsst dies Spießrutenlaufen schon satt haben. Ich bin Desideria von Storn, und wenn ich unhöflich bin, verzeiht mir; ich bin noch nie mit einer solchen Anzahl von Terranern zusammen gewesen. Doch wie man in den Bergen sagt, niemand ist so jung, dass er nicht lehren, und niemand so alt, dass er nicht lernen kann. Also wollen wir sehen, was wir alle voneinander lernen können. Wahrscheinlich wird es mehr sein, als wir erwarten. Ich bin zu alt, um Zeit auf lange Einleitungen zu verschwenden. Jason?«

Dr. Allison sagte: »Regis, du übernimmst. Du bist der Experte.«

»Aber genau das bin ich nicht«, antwortete Regis Hastur.

David bewunderte die Art, wie er, ohne sich zu bewegen, ohne die Stimme zu heben, aller Blicke auf sich lenkte. Zum ersten Mal kam David der Gedanke, es sei vielleicht gar keine schlechte Sache, ein entwickelter Telepath zu sein, der alle latenten Kräfte seines Gehirns einzusetzen vermochte.

Regis fuhr fort: »Wie die meisten von Ihnen wissen, hat es auf diesem Planeten einmal Telepathen im Überfluss gegeben. Jetzt werden sie rar, und ihre alten Kräfte sind zum großen Teil verloren gegangen. Entweder wurden sie nicht weitervererbt, oder sie verkümmerten aus Mangel an Wissen, wie sie zu benutzen sind. Ich weiß einigermaßen, was ich mit meinen Gaben bewirken kann. Ich weiß nicht genau, was sie sind und wie ich sie benutze, und ich könnte mir vorstellen, dass sich die meisten von Ihnen in der gleichen Situation befinden. Mit diesem Projekt, im Augenblick nur ein Versuch in kleinem Maßstab, wollen wir genau feststellen, welche Talente jeder von uns hat, wie und warum wir sie bekommen haben, wozu sie gut sind, ob die Ausbildung bei ihrer Entwicklung eine

Rolle spielt und so weiter. Kurz gesagt, wir wollen herausfinden, aus was Telepathen gemacht sind. Wie wir anfangen sollen – ja, da habe ich keine Ahnung. Jeder von uns hat einige Erfahrung. Jeder Einzelne ist herzlich gebeten, Gedanken und Fragen beizusteuern, und wir werden jeder Anregung, die auch nur den entferntesten Zusammenhang mit der Sache hat, nachgehen. Inzwischen ...« – er machte eine höfliche Geste – »... betrachten Sie sich bitte als meine Gäste, und wenn jemand von Ihnen irgendeinen Wunsch hat, braucht er es bloß zu sagen.«

»Dann schlage ich als der einzige Nichttelepath in der Gruppe vor«, fiel Jason Allison ein, »dass wir auf die speziell terranische Weise beginnen. Über Psi-Kräfte wird ein Haufen abergläubischen Unsinns geredet. Das Erste, was wir Terraner tun, wenn wir auf eine uns unverständliche Sache stoßen, ist, dass wir sie *messen.* Wenn ihr alle einverstanden seid, werde ich deshalb mit David Hamiltons Hilfe jeden Einzelnen von euch gründlich untersuchen, um festzustellen, ob ihr gemeinsame körperliche Merkmale habt, zum Beispiel eine erkennbare Gehirnelektrizität und -ausstrahlung. Danach werde ich versuchen, eure Psi-Fähigkeiten zu messen, obwohl ich jetzt schon damit rechne, dass wir dazu nicht die richtigen Messlatten besitzen. Man kann nichts messen, solange man nicht die entsprechenden Maßstäbe entwickelt hat. Aber vielleicht kann mir einer von euch dabei helfen, sie zu entwickeln. David, ich möchte mit dir anfangen, und dann kannst du mir bei den anderen helfen. Das Laboratorium, das man uns zur Verfügung gestellt hat, ist nur ein paar Türen weiter. Tut mir Leid, dass ihr Übrigen so lange warten müsst, aber es wird nicht lange dauern.«

Sie gingen in den kleinen Untersuchungsraum. »SONDERPROJEKT A, Allison« stand an der Tür. »Was soll das?«, sagte David zu Jason. »Du hast meine Krankengeschichte im Computer, angefangen von der Masernimpfung im Alter von sechs Monaten bis zu der Zeit, wo ich mir als Medizinstudent im vierten Jahr beim Tennisspielen den kleinen Zeh brach. Ich weiß, dass dies Dossier mir nach Darkover gefolgt ist. Du brauchst die Untersuchungsergebnisse ebenso wenig, wie du zwei Köpfe brauchst!«

»Schuldig im Sinne der Anklage«, lachte Jason. Er trat an das Lesegerät auf der Schreibtischplatte und gab Davids Namen und die Nummer seines Vertrages mit dem Terranischen Imperium ein. »Hat man dir übrigens gesagt, dass du auf der Gehaltsliste des Medizinischen Dienstes stehst? Nein, ich habe nur eine Gelegenheit gesucht, als Erstes mit dir zu reden. Dein EEG möchte ich schon haben. Üblicherweise wird dabei nur geprüft, ob Epilepsie oder eine Gehirnschädigung vorliegt, und wenn du das eine oder andere hättest, wüsste ich es. Ich möchte EEG's von euch allen ...« – im Weitersprechen befestigte er die schmalen Elektroden an Davids Schädel – »... und später, wenn ihr eure telepathischen Talente ausprobiert, werde ich nachprüfen, ob es eine messbare Energieentladung gibt. Herz und Lunge und Magen-Darm-Trakt können wir im Augenblick beiseite lassen. Hier, leg dich hin.« Er schloss die Maschine an. »Ein paar Minuten lang ruhig atmen.«

Eine Weile später, als er das EEG-Band aus dem Lesegerät nahm, gestand er: »Ich sterbe vor Verlangen danach, das Chieri in die Finger zu bekommen.«

»Sind sie menschlich?«

»Das weiß niemand, nicht einmal auf Darkover. Ich bezweifle, dass je ein Terraner mit einem gesprochen hat. Wenn ja, verrät er es nicht. Glücklicherweise habe ich die Erlaubnis, dies Projekt völlig geheim zu halten, sonst wäre der ganze medizinische Stab hinter dem armen Geschöpf her, natürlich nur aus Neugier. Ein neues Exemplar.«

»Das kann ich mir vorstellen, und ich muss zugeben, dass

ich auch neugierig bin.« David sagte nicht, dass sein Interesse andere als medizinische Gründe hatte.

»Ich habe als Kind ein paar Jahre lang mit Nichtmenschen zusammengelebt, den Waldläufern«, erzählte Jason. »Dann habe ich vor ein paar Jahren mit dem Medizinischen Dienst eine schreckliche Epidemie unter ihnen bekämpft.« Seine Stimme klang irgendwie bitter. »Oh, das Terranische HQ war sehr nett zu den Waldläufern. Man tat alles, was man konnte, damit sie sich hier zu Hause fühlten. Und trotzdem waren sie – Exemplare in einem Zoo. Vielleicht muss man Darkovaner sein, lange genug mit nichtmenschlichen Rassen gelebt haben und sie als selbstverständlich hinnehmen, ehe man anfängt, in ihnen *Leute* zu sehen.«

»Gibt es so viele nichtmenschliche Rassen auf Darkover?«

»Mindestens vier, von denen ich weiß«, antwortete Jason, »und ich bin überzeugt, noch weitere, von denen ich nicht weiß.«

Darüber dachte David eine Weile nach. Dann fragte er: »Könnte das der Grund sein, warum es hier so viele natürliche Telepathen gibt? Die Telepathie mag die einzige Möglichkeit darstellen, mit nichtmenschlichen Rassen wirklich zu kommunizieren.«

»Das ist ein Gesichtspunkt, auf den ich noch gar nicht gekommen bin!«, rief Jason aus. »Deshalb möchte ich euch alle bei diesem Projekt einsetzen. Niemand als ein Telepath kann wissen – wie drückte Regis es aus? –, woraus Telepathen gemacht sind. Sollen wir nun mit den Untersuchungen der anderen beginnen?«

Danach verging der Vormittag zum größten Teil mit Routinearbeiten. Für David war dieser alltägliche Beginn des Projekts, das er sich als peinlich extravagant vorgestellt hatte, eine Beruhigung. Die beiden Ärzte entdeckten wenig, was sie nicht bereits wussten. Nach einer kurzen Mittagspause sahen sie sich die Ergebnisse an. Conners EEG hatte ähnliche, aber nicht übereinstimmende Merkmale, wie sie bei erblicher Migräne und psychomotorischer Epilepsie auftreten; in geringem Umfang traf das auch auf David zu, und bei Rondo und Danilo waren Spuren zu entdecken. Verwirrend war, dass das von Regis Hastur aufgenommene EEG nichts davon zeigte. Mit Desideria waren sie noch nicht fertig, und mit Missy und Keral hatten sie noch nicht angefangen.

»Ob dies der eine gemeinsame Faktor ist?«, fragte Jason.

»Das bezweifle ich, denn warum hat Regis ihn nicht? Ich vermute, er ist als Telepath etwas Außergewöhnliches«, sagte David. *Und außergewöhnlich ist er auch in jeder anderen Beziehung,* dachte er.

»Auf jeden Fall besitzt er außergewöhnlichen Charme«, stimmte Jason zu, und David lachte laut heraus. Ihm war, als seien sie bereits enge Freunde. »Jason, tu mir einen Gefallen. Lass mich ein EEG von dir aufnehmen.«

Jason sah ihn erst überrascht an, dann zuckte er lachend die Schultern. »Bediene dich. Zum Schluss werde ich alle Untersuchungsergebnisse in den großen Computer des Medizinischen Dienstes eingeben und feststellen, ob es *irgendeinen* gemeinsamen Faktor gibt – die Blutzusammensetzung oder sonst etwas!«

»Zwei gemeinsame Faktoren kann ich dir auf der Stelle nennen«, erwiderte David. »Alle haben graue oder blaue Augen – das heißt, alle Darkovaner und alle Außenweltler bis auf Conner. Und seine telepathische Begabung ist offenbar nicht erblich, sondern – bei dieser Vorgeschichte – posttraumatisch.«

Jason dachte darüber nach. »Vor Jahren hat eine Gruppe von Terranern eine Zeit lang mit einer Gruppe von Comyn gemeinsam Forschungsarbeit über Telepathie und Matrix-Mechanik getrieben – du weißt, was das ist?«

»Über die darkovanischen Matrices habe ich gelesen – sind das nicht Edelsteine, die Gehirnwellen ohne Spaltung oder Fusion direkt in Energie umwandeln?«

»Das ist richtig. Die einfacheren Matrices kann jeder benutzen, auch wenn er kein Telepath ist. Die komplizierteren verlangen hochgradige telepathische Begabung. Der Handel mit ihnen ist eingeschlafen, weil nicht genug Telepathen da sind, die mit ihnen umgehen können, und aus nahe liegenden Gründen stellt die Telepathie für den Durchschnittspolitiker eine Gefahr dar. Deshalb ist ein subtiler Druck gegen alle Veröffentlichungen über die darkovanischen Telepathen ausgeübt worden. Aber was ich sagen wollte: In den letzten hundert Jahren hat es sporadisch immer wieder Versuche gegeben, mit darkovanischen Telepathen zusammenzuarbeiten. Das haben die Darkovaner so gut wie immer abgelehnt, bis heute, wo es zu spät sein mag. Ein Ergebnis steht heute fest. Zumindest auf Darkover ist Telepathie mit rotem Haar verbunden. Wenn du einen rothaarigen Darkovaner siehst, ist es ein Telepath.«

»Das könnte bedeuten, dass Telepathie mit der Funktion der Adrenalindrüsen zusammenhängt«, meinte David. »Ich kann dir noch etwas sagen, das sie gemeinsam haben. Sie sind alle ektomorphe Typen.«

»Ekto – wie bitte?«

»Körpertypen – ektomorphe sind groß und dünn, mesomorphe muskulös, endomorphe dick und rund.«

»Bis jetzt trifft das zu.« Jason schob seinen Teller zurück. »Gehen wir und überzeugen uns, ob es sich von den anderen auch sagen lässt.«

Zumindest war es so bei Desideria. Die alte Dame war sehr kooperativ. Sie zeigte ihr köstliches Lächeln, als die beiden Ärzte pflichtgemäß eine Schwester herbeiriefen, die ihr beim Entkleiden half.

»In meinem Alter könnt ihr mir gar kein netteres Kompliment machen, Jungens!«

Sogar die Schwester hatte Mühe, dabei ihr Berufsgesicht zu bewahren, und David musste sich abwenden, um sein Grinsen zu verbergen. *Gott, wie bezaubernd muss sie vor vierzig oder fünfzig Jahren gewesen sein!* »Wie alt sind Sie – für unsere Unterlagen?«, fragte er.

Sie sagte es ihm. Jason, seit langem mit dem nummerischen System auf Darkover vertraut, musste es für David in Standard-Imperiumsjahre übersetzen, und es kam zweiundneunzig heraus. Dem Anhaltspunkt nachgehend, den sie bereits hatten, erkundigte David sich: »Ist es wahr, dass alle darkovanischen Telepathen rotes Haar haben?«

»Das ist wahr«, bestätigte Desideria. »Meins war feuerrot, als ich ein Mädchen war. Es heißt, je röter das Haar, desto größer das Talent für die Matrix-Arbeit und desto stärker die *Laran*-Gaben, und wir haben festgestellt, dass es im Allgemeinen zutrifft. Ich gehörte zu einer kleinen Gruppe von Mädchen, die auf Burg Aldaran für die Matrix-Arbeit mit einigen Terranern ausgebildet wurden. Mal sehen, ob ich mich an die Fachausdrücke noch erinnere. Ich hatte damals die totale Erinnerung, aber bedenkt, wie alt ich heute bin.« Sie schwieg einen Augenblick. »Ich habe – oder hatte Clairvoyance, in hohem Maß Clairaudience, in geringem Maß, nicht über drei Monate hinaus, Vorausschau und begrenzte psychokinetlsche Fähigkci ten, das heißt, ich konnte ohne Hilfe der Matrix Gegenstände bewegen, die nicht schwerer als vierzehn Gran waren«, schloss sie. »Vielleicht liegen die Aufzeichnungen noch auf Burg Aldaran, falls sie nicht in einem der Bergkriege vernichtet wurden. Wenn ihr möchtet, versuche ich, es festzustellen.«

»Wir möchten«, versicherte Jason ihr eifrig. »Ist irgendjemand von euch dick gewesen? Oder wart ihr alle groß und dünn?«

»Groß und dünn oder klein und dünn«, sagte Desideria. »Auch hier hieß es immer: Je größer ein Mädchen, desto stärker die *Laran*-Gaben. Von alters her wird behauptet, einige der Comyn-Telepathen aus den Bergen hätten Chieri-Blut, und wenn man Keral ansieht, kann man es glauben.«

Jason und David zogen daraus Schlussfolgerungen, noch bevor Desideria merkte, dass sie etwas Ungewöhnliches gesagt hatte. Die beiden Ärzte sahen sich an; wilde Vermutungen durchkreuzten ihr Gehirn. »Wenn eine Paarung zwischen Menschen und Chieri möglich ist ...«

»Das bedeutet, die Chieri sind keine Nichtmenschen, sondern eine menschliche Unterart«, beendete David.

»Das ist nur eine Legende«, warnte Desideria, »aus beinahe vorgeschichtlicher Zeit.«

»O bitte, erzählen Sie uns noch mehr solcher Legenden!« Jason versuchte, seine Aufregung zu verbergen, und wandte sich wieder der EEG-Maschine zu. Er begann mit ausführlichen Erklärungen, wie sie funktioniere, bevor er Desideria die Elektroden anlegte, aber die alte Frau winkte ab. »Genug, genug! Ihr Terraner habt eure Technologie, und ich bin zu alt, um noch neugierig darauf zu sein. Solange ich davon keinen Schlag bekomme, bin ich ganz zufrieden.« Lächelnd legte sie sich zurück.

David kalibrierte vor Einschaltung der Aufzeichnungsnadel die Schalter, als es ihn ohne Ankündigung und ohne Zusammenhang wie ein elektrischer Schlag durchfuhr:

– Tief in seinem Körper, das scharfe, intensive, fast schmerzende Begehren, das sexuelle Erwachen, die exquisite Sensation –

Schockiert und beschämt holte David tief Atem und richtete sich auf. Jason hatte aufgehört mit dem, was er gerade tat. Er runzelte leicht die Stirn, schien jedoch nichts zu merken. Der physische Aufruhr ging weiter. David stellte fest, dass er ohne direkten Stimulus eine starke Erektion hatte. *Was? Wie –*

– Zarte Frauenfinger liebkosten ihn. Sanfte Worte, fast unhörbar geflüstert, in einer Sprache, die er nicht verstand. Die Weichheit eines warmen, weiblichen Körpers, unter ihm, um ihn –

Zum Teufel, von wo kam das? Bei all seinen Erfahrungen mit unfreiwilliger Telepathie daheim im Krankenhaus hatte David nie etwas in dieser Art empfangen, und es versetzte ihn in furchtbarste Verlegenheit. Er kam sich wie ein Voyeur vor. Desideria hielt die Augen geschlossen, aber David sah, dass sie ebenso verblüfft war. *Spürte auch sie es?* Einen Augenblick lang schien es, als verschwimme die dünne, zerbrechliche graue Gestalt der alten Frau und als liege dort ein junges, hübsches Mädchen in einer Wolke von leuchtendem kupfergoldenem Haar. Sie lächelte mit geschlossenen Augen im Bewusstsein ihrer Weiblichkeit zu ihm auf. David drehte sich vor qualvollem Verlangen der Magen um.

Es breitete sich aus wie ein funkelndes Gewebe, ein dünnes Spinnennetz. Im Zimmer war es nicht. Conners qualvolle Einsamkeit schrie nach Kontakt – und plötzlich wusste David: Conner hielt Missy in seinen Armen, hielt sie mit seinem nackten Körper unter sich fest, stieß tiefer und tiefer, bis die heftige Explosion kam ...

Danach, während seine Atmung sich langsam wieder normalisierte – *hatte er selbst einen Orgasmus gehabt? Nein, wenigstens nicht körperlich* –, nahm David am Rand des dünner werdenden, spinnennetzgleichen Kontakts Regis' Verwirrung, Rondos satirisches, fettes Lachen und ein Aufleuchten wahr, das er bereits mit Keral in Verbindung brachte. Es strömte auf ihn zu und hüllte ihn ein.

David? Es war fast wie eine Stimme, und sie brachte David Trost und Zuspruch. *Ich bin hier, Keral. Ich verstehe es auch nicht, aber ich nehme an, es ist nichts, wovor man Angst haben muss.*

David war ganz durcheinander. Desideria, die sich nicht gerührt hatte, wirkte auf ihn immer noch wie ein doppelt belichtetes Foto – *hatte er die Augen offen? Er konnte es nicht beschwören* –, ein bezauberndes junges Mädchen/eine alte Frau, liebend und schmiegsam. Wie unter einem Zwang ergriff David ihre Hand und führte sie zärtlich an seine Lippen. Sie schlug die Augen auf und war wieder die alte Frau, und ihre grauen Augen liefen über von Tränen. Sie legte die Hand an seine Wange, und David merkte, dass auch ihm die Tränen über das Gesicht rannen. Und dann war der Raum mit einem Schlag wieder normal, die ihn überflutenden Wellen der Sexualität wichen zurück, erstarben. Sie waren allein mit der ahnungslosen terranischen Krankenschwester, die ruhig umherging und Gazestücke und andere Überbleibsel der Reihenuntersuchung aufräumte.

»Nein«, flüsterte Desideria, »nein.«

David dachte, sie werde in lautes Schluchzen ausbrechen, aber das tat sie nicht. Mit einem tiefen Atemzug gewann sie die Beherrschung zurück.

»Nein, David. Ich bin eine alte, alte Frau. Es wäre – oh, verdammt soll sie sein! Verdammt soll sie sein, diese kleine Hure! Nein, das ist ungerecht. Sie ist jung, sie weiß es vielleicht nicht einmal, und sie steht nicht unter einem Gelübde.«

Beide hörten sie Regis – es war wie ein mentaler Blitz.

– Ich könnte sie zwingen, dass sie damit aufhört, aber es widerstrebt mir, jetzt schon Autorität geltend zu machen. Es sind Darkovaner, und ich bin nicht ihr Lehnsherr.

Desideria sagte ruhig: »Dass dies dumme Mädchen auch so früh anfangen muss! Ungebändigte Sexualität in einer zufällig zusammengewürfelten Gruppe von Telepathen ist, als werfe man eine läufige Hündin in ein Wolfsrudel; es führt zu nichts als Tumult – David, soll ich ihr vielleicht ein paar Tatsachen des Lebens mitteilen?«

Regis' Gedanken fielen von außerhalb ein: *Tu es, Desideria. So etwas können wir nicht brauchen. Du musst jedoch daran denken, dass sie in ihrem ganzen Leben nie einen zweiten operanten Telepathen kennen gelernt haben mag. Wahrscheinlich hat sie es in aller Unschuld getan. Warum sollten sie und Conner sich nicht für ein Schäferstündchen verdrücken, wenn sie Lust dazu hatten? Aber sie müssen lernen, das nicht auf die ganze Umgebung auszustrahlen. Verdammt, ich wünschte, das wäre nicht geschehen. Du redest mit ihr, und David kann mit Conner reden –*

– *Danke – ich glaube ...* sagte David ironisch zu sich selbst und war erstaunt, deutlich Regis' Stimme zu hören:

– *Ich würde es selbst tun, aber du bist wenigstens ein Terraner. Auf mich würde er nicht hören.*

Abrupt kehrte David in die Normalität zurück. Jason war etwas rot um die Ohren. Er zuckte die Schultern. »Ich merke, dass irgendetwas vor sich geht, nur weiß ich nicht, was.«

Mit einem verlegenen Blick zu Desideria antwortete David: »Das erkläre ich dir lieber später. Du wirst es nicht glauben.«

»Wer auf Darkover lebt«, stellte Jason fest, »lernt jeden Tag mindestens sechs unmögliche Dinge noch vor dem Frühstück zu glauben. Ich habe ein bisschen mitbekommen, das ist alles. Warum hat sie sich ausgerechnet Conner ausgesucht?«

»Wen sonst?«, meinte Desideria. »Regis steht zu hoch für sie, Danilo ist nicht interessiert, du und David, ihr habt zu viel zu tun, Rondo ist zu alt und psychotisch, Keral zu unheimlich – und in der äußeren Erscheinung nicht einmal zweifelsfrei männlich. Und für Missy ist es normal, dass sie sofort mit irgendwem eine sexuelle Beziehung herstellt; es ist ihre Methode, zu überleben. Conner ist jung und viril. Dumm ist nur, dass sie so früh damit angefangen hat.«

David war zu Mute, als habe ein Unwetter aufgehört. Er erfasste, dass er etwas sehr Seltsames geteilt hatte, besonders mit Desideria und mit Keral, aber gerade die Seltsamkeit verwischte den Eindruck. Er fühlte sich erleichtert, und er schämte sich seiner Erleichterung, als Desideria sagte: »Wenn ihr im Augenblick keine Aufzeichnungen mehr braucht, kann ich dann das Vorrecht meiner grauen Haare geltend machen und mich ausruhen? Den Rest eurer Daten könnt ihr auch später bekommen.«

»Natürlich!« Jason bat die Krankenschwester: »Führen Sie Lady Storn in ihre Unterkunft. Dann kommen Sie zurück und bringen uns Keral.«

Jason und David schwiegen, bis das Chieri eintrat. David hob den Blick und musste über sich selbst den Kopf schütteln, dass er sich so freute, Kerals bezauberndes, strahlendes Lächeln wieder zu sehen.

Keral trat ein und setzte sich gehorsam auf den ihm angewiesenen Platz. Jason wusste kaum, wie er anfangen sollte, aber das Chieri ergriff selbst die Initiative.

»Ich bin noch sehr jung und weiß sehr wenig über euer Leben hier«, erklärte Keral. »Auch bin ich langsam darin, eure Sprache zu lernen, und habe wenige Worte zur Verfügung, um die Dinge zu beschreiben, die ich tun kann. Vielleicht werdet ihr mir beim Lernen helfen. Regis hat mir gesagt, dass ihr meinen Körper untersuchen wollt; das dürft ihr gern tun. Ich möchte auch gern mehr über Wesen eurer Art erfahren. Dann wollen wir also unser Wissen teilen.«

Jason drehte sich zu der darkovanischen Krankenschwester um. »Tanya, wenn ein Wort hiervon außerhalb des Projekts bekannt wird, bevor ich es erlaubt habe, können Sie Ihre Sachen für das nächste Raumschiff packen und werden sich bei Reihenuntersuchungen in den Bergwerken von Wolf 814 wiederfinden.«

»Ich kenne die Vorschriften, Herr Doktor«, antwortete sie steif.

»Dann achten Sie darauf, dass Sie sie einhalten.«

Das Chieri zog sich ohne Zögern aus und stand ruhig vor ihnen, als sei Nacktheit nicht ungewöhnlicher als das Tragen von Kleidung. *Also gibt es keine Nacktheit-Tabus in seiner Kultur.* Ja, *seiner,* denn Keral war männlich. Die Frage war gelöst. Merkwürdig, es machte David ein bisschen traurig. Die üblichen Werte wurden schnell festgestellt, wobei er Keral genau erklärte, was er tat. Blutdruck: leicht unter der menschlichen Norm. Herzschlag: etwas schneller, und das Herz war ein bisschen nach rechts verlagert. Nach menschlichen Begriffen waren da auch kleine Abweichungen in der Form der Aorta, des Innenohrs und der Retina. Aber die große Überraschung sollte erst noch kommen.

»Jetzt weißt du es«, meinte Jason mit leiser Stimme, während sie die Elektroden anlegten.

»Ja. Aber ist Keral eine Ausnahme ...« – er wollte nicht »Abnormität« sagen – »... oder ist das für ein Chieri normal?«

»Für einen Menschen ist es nicht eindeutig normal«, antwortete Jason, »und für die Waldläufer auch nicht, obwohl ich gehört habe, dass es öfter einmal vorkommt. Dir ist natürlich klar, was es ist. Keral ist zumindest theoretisch ein funktionierender Hermaphrodit – zweigeschlechtlich mit vielleicht einem leichten Obergewicht zur männlichen Seite.«

David sah Keral an und begegnete wieder diesem unerwartet eindringlichen Blick – *was war es nur, das sie geteilt hatten?* »Ich schlage vor, wir fragen ihn einfach. Ich bezweifle, dass das Thema tabu ist. Kulturen ohne Nacktheit-Tabus haben auch nicht allzu viele sexuelle Tabus.«

Doch obwohl Keral viel guten Willen bei der Beantwortung ihrer Fragen zeigte, war er bei dieser einen ungewöhnlich begriffsstutzig, und David kam mit ihm nicht weiter. Sein Volk?

Nein, natürlich waren sie nicht alle wie er; jedes lebende Wesen unterschied sich von jedem anderen. Nein, er hatte nie ein Kind gezeugt. Nein, er hatte nie ein Kind geboren. (Die Fragen schienen ihn zu quälen. David glaubte schon, Keral werde zu weinen beginnen, und spürte wieder diesen fast schmerzlichen Drang, ihn zu trösten.) Schließlich gaben sie es auf. Sobald Keral die Sprache besser beherrschte, würde er verstehen, was gemeint war. Vielleicht, dachte David, konnte er ihm die Frage im Rapport ohne Behinderung durch die Sprachbarriere stellen. Ich habe an einem einzigen Tag einen weiten Weg zurückgelegt, sagte David zu sich selbst. Denn schon war er bereit, dies als vernünftige Lösung eines Problems in Betracht zu ziehen.

Keral wurde entlassen und sandte beim Hinausgehen David einen freundlichen Blick zu. David seufzte. Er war müde. »Jetzt ist nur noch Missy übrig«, sagte er. »Bringen Sie sie her, Tanya.« Belustigt dachte er, dass sie beide es für sicherer hielten, die Schwester in der Nähe zu behalten.

Missy sah mit einem etwas herausfordernden Lächeln zu David auf, machte aber keine Bemerkungen, während er ihre Daten aufnahm. Name? Melissa Gentry, für gewöhnlich Missy genannt. Ursprungsplanet? Vainwal VI. *Lüge,* dachte David. Alter? Vierundzwanzig. *Noch eine Lüge.* Warum lügt sie andauernd? Glaubt sie wirklich, sie kommt in einer Gruppe aus Telepathen damit durch? *Weiß* sie es nicht?

Plötzlich merkte er, dass sie gezielt auf ihn Verführung abstrahlte, ein lockendes Lächeln, ein sinnliches kleines Winden des Körpers, ein Funke der Bereitschaft. Ob sie Exhibitionistin ist? Oder Nymphomanin? Oder sehr dumm? Kalt und professionell wies er sie an, sich auszuziehen. »Tanya, geben Sie ihr ein Laken«, sagte er und wandte sich ab, während sie sorgfältig verhüllt wurde.

Größe: Fünf Fuß zehn Zoll. Gewicht: Neunundneunzig

Pfund. Blutdruck: 70 zu 48. Gefährlich niedrig, aber ich kenne die Schwerkraft nicht, an die sie gewöhnt ist. Herzschlag: 131. Rechtsverlagerung. Blinddarm: Kann das verdammte Ding mit dem Fluoroskop nicht finden. Röntgen – hm, was ist das? Weiblich – oh, nicht daran zu zweifeln, wenn man denkt, wie sie sich vorhin aufgeführt hat. Trotzdem sind da bestimmte Anomalien ...

Verwirrend. Er legte ihr die Elektroden für das EEG an, beruhigte sie, bat sie, still zu liegen, betrachtete die entstehenden Zacken, seltsam, unverkennbar, genau wie –

Ein wilder Verdacht kam ihm. Er sah Jason an.

Schon einmal, erst vor ein paar Minuten, hatten sie dies Muster gesehen, und sonst nie.

Nie zuvor bei einem Menschen.

Missy, die Lügnerin, die Nymphomanin, war ein Chieri.

Und sie kam vom anderen Ende der Galaxis.

David löste die Elektroden. Er gab sich Mühe, mit normaler Stimme und ein bisschen gelangweilt zu sprechen. »Das wär's für heute«, sagte er, und als sie sich angezogen hatte und gegangen war, sahen die beiden Ärzte sich an.

»Nun«, meinte David schließlich, »wenn wir wissen wollen, aus was Telepathen gemacht sind, war das ein guter Anfang. Und ich bin noch schlimmer durcheinander, als ich es heute Morgen war.«

»Das geht uns beiden so«, antwortete Jason aus Herzensgrund.

5

Eine kleine Karawane aus Packtieren zog durch den Nieselregen langsam über die Berge. An der Spitze des Zuges ritten die beiden darkovanischen Führerinnen, die in der Stadt nahe dem Raumhafen angeworben worden waren. Beide waren Mitglieder der Gilde Freier Amazonen und trugen die übliche Tracht: niedrige Stiefel aus weichem, ungefärbtem Leder, pelzbesetzte Reithosen, Pelzjacken, die kurz genug zum Reiten waren, und schwere gestickte Lederjacken mit Kapuzen. Eine hatte rötliches Haar, das eingeflochten, tief im Nacken aufgesteckt und unter der Kapuze verborgen war, die andere kurz geschnittene dunkle Locken. Beide hatten das etwas harte, knabenhafte Aussehen von Frauen, die im Widerspruch zu allen Regeln einer patriarchalischen Gesellschaft Männerarbeit tun und sich die Männern zustehende Freiheit nehmen. Außerdem hatte die Amazone mit dem Haarknoten die flache Brust und die strenge Kieferlinie einer künstlich zum Neutrum gemachten Frau. Die Operation war auf Darkover verboten, ließ sich aber wie fast alles, was illegal ist, für einen bestimmten Preis durchführen.

»Das ist der verdammt kälteste Frühling in vierzig Jahren«, beklagte sich die Amazone mit dem Haarknoten bei ihrer Kameradin und zog ihren Mantel zusammen. »Was zwickt diese blöde Außenweltlerin, dass sie in dieser Jahreszeit in die Berge reisen muss?«

»Sie sagt, sie will Pelztiere exportieren und entsprechende Untersuchungen machen«, antwortete das jüngere Mädchen mit skeptischem Schulterzucken. »Sie muss von einer kalten Welt stammen; zumindest scheint das Klima sie nicht zu stören. Ich habe ihr angeboten, sie mit Pelzmänteln und Decken zu versorgen, und sie sagte, ich solle mich nicht bemühen. Auch reitet sie ohne wasserfesten Mantel im Regen, aber wenn sie ihre Tage verkrüppelt von Rheumatismus beenden will, ist das ihre Sache. Außenweltler sind alle verrückt, wenn du mich fragst, verrückter als die Terraner selbst. Aber was stimmt mit dem Klima nicht, Darilyn? Ich bin in diesen Bergen aufgewachsen. Es fällt zu wenig Regen für diese Jahreszeit – es nieselt, wenn es gießen sollte – und es ist viel zu kalt.«

Darilyn wies mit dem Kopf grimmig zu den fernen Höhenzügen hin. Statt im gräulichen Grün und Blau der dicht wachsenden Koniferen lagen die Hänge kahl und schwarz da. »Waldbrände«, stellte sie fest, »was sonst? Denke an die jämmerlichen Kinder, die in den letzten drei oder vier Dörfern am Weg standen. Bettler – und das in den Bergen!« Sie sprach voller Abscheu und Zorn. »Es hat eine Zeit gegeben, als unsere Leute lieber verhungert wären, als dass sie solche Schande auf sich geladen hätten, Menella.«

»Vielleicht sind zu viele von ihnen verhungert«, überlegte Menella. Sie hatten die Kuppe eines kleinen Hügels erreicht. Menella blickte hinab, und ihr Mund verzog sich vor Bitterkeit beim Anblick der grauen, schmutzigen Rinnen, in denen die Erdkrume weggespült wurde. »Sieh dir das an! Und das bei diesem bisschen Regen! Wenn in diesem Sommer ein Geisterwind weht, bleibt hier nichts übrig als nackter Fels.«

Andrea Closson, die ein paar hundert Fuß hinter ihnen ritt, hatte wenig Interesse an den beiden Darkovanerinnen. Ihre Gedanken waren bei ihren eigenen Plänen. Sie stellte aufmerksam jedes Zeichen von Erosion und Veränderung fest.

Warum soll diese Welt keine Raumhafenstadt werden? Es gibt hier nicht viel, das zu bewahren sich lohnte, dachte sie ohne jede Gefühlsregung. *Die Wälder, die ich kannte – sie müssen vor langer Zeit verschwunden sein, zusammen mit denen, die sie bewohnten.*

Ein Blödsinn, dass ich diese weite Reise gemacht habe. Was habe ich zu finden, zu sehen gehofft?

Sie hielt ihr Pferd an und wartete, bis ihre beiden Assistenten zu ihr aufgeschlossen hatten. Beide zitterten trotz ihrer Pelze und Thermoanzüge. Sie betrachtete sie mit unpersönlicher Verachtung und fragte sich, wie die anderen Agenten zurechtkommen mochten, die sich auf dem Planeten verteilten. Sie selbst, die ihren normalen Reitanzug trug, fand das Klima feucht, aber erträglich. »Viel weiter reiten wir heute nicht mehr«, sagte sie. »Haben Sie genug Exemplare, dass es glaubwürdig ist?«

Einer der Männer nickte und zeigte auf ein Packtier, das mit kleinen Käfigen beladen war. »Mindestens ein halbes Dutzend, männlich und weiblich, von kleinen Pelztieren. Wie ich hörte, sind das die Arten, die die Eingeborenen zur Herstellung von Kleidungsstücken bevorzugen. Und einige sind auch richtig hübsch.«

»Wir werden eine vollständige Analyse ihrer Fortpflanzungsrate, der Wahrscheinlichkeit, dass sie in verschiedenen anderen Klimata gedeihen, und so weiter durchführen, sobald wir in die Handelsstadt zurückkehren«, sagte Andrea. »Die Mädchen haben ebenso gute Arbeit als Fallenstellerinnen wie als Führerinnen geleistet. Es wäre vielleicht eine gute Idee, inzwischen Boden- und Nahrungsproben aus der natürlichen Umgebung der Tiere zu sammeln. Wir werden hier in der Nähe das Nachtlager aufschlagen, die Proben entnehmen und am Morgen zurückkehren.«

Bald darauf erreichten sie eine Lichtung, und es wurden kleine Zelte aufgestellt: eins für die beiden Amazonen, eins für Andrea, eins für ihre Assistenten. Einer der Assistenten schrieb etwas in ein verschließbares Tagebuch. Die Amazone Menella ging mit ihren Schlingen fort, um Fleisch fürs Abendbrot zu besorgen. Andrea stand stumm unter den Bäumen, den Blick auf den fernen Horizont gerichtet, vor dem sich schwarze, zerfetzte Stümpfe einsam in den Regen reckten. Kein erfreulicher Anblick für einen Baumliebhaber, dachte sie ungerührt. Aber ich habe schon schönere Welten als diese für eine gute Sache sterben sehen. Auf meine Weise sterbe auch ich für eine gute Sache, indem ich der Menschheit helfe, sich weiter auszubreiten, Fortschritte zu erzielen. Ich habe kein Kind und werde nie eins haben, aber vielleicht sind einige dieser großen Raumhäfen, die Riesenschritte, die die Menschen von Stern zu Stern tun, meine Kinder. Und wenn eine Welt der Technologie im Weg steht, wie kann man dann wissen, wer von beiden das größere Recht auf Leben hat? Eine Rasse stirbt; eine neue wird geboren. Weiß ich das nicht am besten? Eine Rasse ohne Überlebenskraft stirbt wie die besseren Rassen, die vor ihr gekommen und gegangen sind.

Auf dem Raumhafen sagte man mir, Freie Amazonen seien bessere Fremdenführer und Waldläufer als die meisten Männer, und bisher hat sich das als richtig erwiesen. Und doch ist es für mich ein seltsamer Anblick – Frauen, die Kinder gebären könnten, entscheiden sich aus freien Stücken, es nicht zu tun. Das mag auf jeder Welt ein Zeichen dafür sein, dass die Beziehungen zwischen Männern und Frauen angekränkelt sind. Ich verstehe die Männer nicht. Wie sollte ich auch? Und die Frauen verstehe ich ebenso wenig.

Versteht überhaupt irgendwer irgendwen? Ich sollte mich lieber an mein Geschäft halten. Ich verstehe Planeten und Ökologien, und auf diesem Planeten habe ich eine Aufgabe zu erfüllen.

Sie kehrte in ihr Zelt zurück und öffnete eine Metallkiste mit einem schweren Kombinationsschloss. Sie drehte das Schloss nicht, sondern legte leicht einen Finger an ihre Schläfe und einen Finger der anderen Hand gegen das Schloss. Nach einem Augenblick schwirrte es und öffnete sich. Andrea nahm ein versiegeltes Päckchen heraus, schob es in die Tasche und ging in den Wald hinein.

Unter den Bäumen kniete sie nieder und grub ohne jedes Werkzeug, nur mit ihren kräftigen Händen ein kleines Loch in den Boden. Sie nahm eine Hand voll Erde. Sie war feucht, weich, vom Regen durchtränkt und süß duftend, und sie war lebendig von unsichtbaren winzigen Wesen.

Andrea nahm die Schutzhülle aus unzerstörbarem Plastik von dem Päckchen. Der Inhalt sah wie gräulicher Staub mit schwarzen Bröckchen aus. Auch das ist lebendig, dachte sie. Nun, so ist das Leben. Andere Zeiten – und andere Raubtiere.

Wer wird überleben? Kann ich die Würfel stark genug beschweren? *Dies* – sie betastete die lebendige Erde Darkovers – *oder dies?*

Sie füllte den grauschwarzen, übel riechenden Staub in das Loch und deckte ihn zu. Dann wischte sie sich sorgfältig die langen Finger ab und ging ins Lager zurück.

Ein Bild stieg in ihrem Geist auf. Der kristalline schwarze Virus arbeitete unter dem Boden, tötete alle Kleinstlebewesen, Würmer, Nematoden, alles, was Erde fruchtbar macht, breitete sich aus, wuchs, vermehrte sich, bis das sterbende Land völlig steril war.

Was hätte ich mit Leuten gemacht, die meine Wälder vergifteten?

Warum hätte ich irgendetwas tun sollen? Wir brauchten unsere Wälder nicht mehr. Aber andererseits brauche ich keine Träne um die zu vergießen, die nach uns kommen. Wenn sie an der Reihe sind, weggefegt zu werden – nun, dann werden sie gehen, wie wir gegangen sind.

Sie hakte in Gedanken eine Liste ab.

Telepathen.

Wälder.

Boden.

Meer? Nein. Die übrig bleibende Bevölkerung muss sich irgendwie ernähren. Lassen wir das Meer in Frieden. Es wird im Augenblick kaum genutzt, und wenn es auf dem Land nichts mehr zu essen gibt, werden die Wanderungen der Menschen aus den Wäldern an die Meeresküsten schon für genug soziale Unordnung sorgen. Dann arbeitet das bloße Vorhandensein einer Nahrungsmittelquelle in Form eines ungenützten Ozeans für mich. Die Leute müssen nur so weit gebracht werden, dass sie um die technische Hilfe bitten, die ihnen das Meer zur Ausbeutung und zum Rohstoffabbau erschließt.

Langsam wanderte sie auf das Lager zu. Ein vertraut riechendes Rauchwölkchen trieb mit dem Duft von kochendem Essen auf sie zu. Sie sah, dass Menella und ihre Gefährtin sich um das Feuer bewegten; ihre Assistenten beobachteten die Mädchen, aber merkwürdigerweise ohne Begehren. Die Freien Amazonen verwirrten Andrea ein bisschen. Sie schienen den Trick herauszuhaben, mit Männern zusammenzuleben, ohne Verlangen oder Groll zu erwecken, als könnten sie nur durch ihre Willenskraft zu Männern werden ...

– *Gefährlicher Boden! Lass das!*

Die Anstrengung, einen immer wiederkehrenden, gefährlichen Gedankengang abzuschalten, machte ihr Gesicht leer. Geistesabwesend fasste sie nach oben und pflückte eine Hand voll Blätter und Knospen, die sich im Frühlingsregen zu flaumgefüllten Schoten entwickelten. In alter Gewohnheit schälte sie die Schoten bis auf die weichen Fasern ab und drehte sie mit ihren langen Fingern zum Faden.

Immer noch an ihrem Faden spinnend, kam sie ins Lager. Plötzlich wurde ihr bewusst, was sie tat. Sie knüllte den Faden zusammen, warf ihn weg und trat ans Feuer.

Betont fröhlich sagte sie: »Was da kocht, riecht aber gut. Wann essen wir?«

6

David Hamilton hatte eine Krankenhausuniform bekommen, den weißen Synthetikkittel mit dem rot-blauen Äskulapstab des Terranischen Medizinischen Dienstes und zwei kleinen Sternen auf dem Ärmel, die Einsatz auf zwei Planeten bedeuteten. Er war überrascht, wie viel besser er sich darin fühlte. Unter anderem bedeutete dieser Kittel, dass er überall auf dem Raumhafen oder im HQ oder in den Krankenhausgebäuden fast vollständig anonym war, nichts als irgendein Arzt des Stabes. Auch erhielt er ungehinderten Zugang zu jeder Testausrüstung, die er brauchte, ohne dass er erst über Jason Allison einen Antrag stellen musste.

Regis Hastur erbot sich in der herzlichsten Form, ihnen allen die Stadt zu zeigen, und Missy, Conner und Rondo nahmen die Einladung an, während David im Krankenhaus blieb.

So hatte er von seinen Gefährten heute noch nichts gesehen und den Tag damit verbracht, die Daten der Untersuchungen mit der letzten verblüffenden Entdeckung, dass Missy ein Chieri war, durchzugehen. War auch sie ein funktionierender Hermaphrodit? Jetzt fiel ihm auf, dass er, ohne sich dessen bewusst zu sein, von Anfang an Missy als »sie« bezeichnet hatte, obwohl seine erste Unsicherheit über Kerals Geschlecht nur teilweise beigelegt worden war. Er saß allein an einem Tisch in der Cafeteria und hielt schon eine ganze Weile die beiden Karten vergleichend nebeneinander. Missy zeigte alle Merkmale eines Chieri, die Anomalien der inneren Struktur und die unverkennbaren Gehirnwellen. Bei den Genitalien waren zwar die wesentlichen Teile beider Geschlechter in rudimentärer Form vorhanden (wie es natürlich auch bei menschlichen Embryos der Fall ist), aber die männlichen waren nahezu verkümmert. Es musste zumindest minimale geschlechtliche Unterschiede bei den Chieri geben. Missy hat jede Frage, die wir ihr stellten, mit einer Lüge beantwortet. Warum? Wenn sie nicht daran gewöhnt ist, unter Telepathen zu sein, weiß sie dann überhaupt, dass wir wissen, dass sie gelogen hat? Vielleicht wird sie mit der Wahrheit herausrücken, sobald sie Vertrauen zu uns gefasst hat. Sie sieht jünger aus als vierundzwanzig; ich hätte sie auf etwa vierzehn geschätzt. Zähne – nun, sie hat zweiundzwanzig, was etwas zu bedeuten haben mag oder auch nicht, und vier sind noch nicht durchgebrochen, wohingegen Keral vierundzwanzig hat. Heißt das, dass sie jünger ist als er?

Kerals Karte. Ähnlicher Bau. *Ich wünschte, ich beherrschte seine Sprache! Ich glaube, sogar Regis ist im Gespräch mit ihm durch die Sprachbarriere behindert. Das wäre ein wirklich wichtiges Anwendungsgebiet für die Telepathie!*

Wenn er an Keral dachte, stieg seit jenem Augenblick des Rapports ein Gefühl der Wärme in ihm auf. Er unterdrückte es und zwang sich zu wissenschaftlicher Objektivität. Äußerlich wirkte Keral mehr männlich als weiblich. Die Fluoroskopie zeigte unentwickelte, aber durchaus vorhandene und vielleicht sogar funktionierende weibliche Organe. Doch Jason und David hatten ihn beide, als sie ihn nackt sahen, für männlich gehalten, bis das Fluoroskop sie eines Besseren belehrte. Warum störten ihn unsere Fragen über sexuelle Dinge? Bei seiner Intelligenz und dem Mangel an Nacktheit-Tabus verstehe ich das nicht.

David steckte die beiden Karten wieder in seine Mappe. Conner kam mit einem vollen Tablett quer durch die Cafeteria auf ihn zu. Das dunkle Gesicht wirkte traurig, geistesabwesend und einsam, hellte sich jedoch ein bisschen auf, als er vor Davids Tisch stehen blieb.

»Darf ich mich zu Ihnen setzen?«

»Ja, gern.« David machte Platz. »Zurück aus der Stadt? Wie ist sie?«

»Faszinierend, obwohl ich in der Galaxis schon merkwürdigere gesehen habe.«

»Seid ihr alle zurückgekommen? Rondo, Missy ...«

»Nein, die anderen wollten noch bleiben«, antwortete Conner. »Offenbar ertragen sie Menschenmengen besser als ich. Regis behauptet, ich könne lernen, meine – ESP-Sensoren, so nannte er das wohl, abzuschirmen und es auszuhalten. Er räumte jedoch ein, glücklich würde ich mich im Gedränge wahrscheinlich nie fühlen. Vermutlich ist das eine Folge davon, dass – wir sind, was wir sind.«

»Wie haben Sie herausgefunden, was Sie sind?«, erkundigte David sich. Conner zuckte so deutlich zusammen, dass er schnell hinzusetzte: »Lassen Sie nur. Vergessen Sie, dass ich gefragt habe.«

»Eines Tages. Wenn ich – mehr Objektivität gewonnen habe«, sagte Conner. »Es ist angenehm, nicht der einzige Telepath weit und breit zu sein, nur muss man sich erst daran gewöhnen.«

Sie aßen in freundschaftlichem Schweigen. Allerdings war David unbehaglich im Gedanken daran, welche Aufgabe noch vor ihm lag. Wie, zum Teufel, teilte man einem nahezu Fremden mit, dass man unbeabsichtigt den Voyeur bei einem Erlebnis gespielt hatte, das diesem Fremden offenbar sehr viel bedeutete? *Verdammt, dass Regis es auf mich abgeschoben hat!* Es wäre einfacher, wenn ich Missy sympathisch fände oder ihr vertrauen könnte, aber in Anbetracht dessen, dass alles, was sie zu Jason oder mir gesagt hat, Lüge war, ist sie mir unangenehm.

Und je besser ich Conner kennen lerne, desto weniger wohl ist mir in meiner Haut. Sie kann kein Interesse an ihm als

Mensch haben. Er ist zu – zu anständig. Zu nett. Beziehungsweise er muss so gewesen sein, bevor er diesen Unfall hatte.

Conner blickte von seinem Teller auf, der mit einer merkwürdig schmeckenden Mischung – Obst und Bohnen? – gefüllt war. Sein Grinsen war ein bisschen ironisch.

»Regis machte heute eine Bemerkung, aus der ich entnehmen konnte, dass es in einer Telepathen-Gesellschaft eine ausgeklügelte Etikette über Privatsphären und anständiges Verhalten gibt, um die scharfen Kanten abzuschleifen. Natürlich hat noch keiner von uns Gelegenheit gehabt, sie sich anzueignen, aber ganz bestimmt gilt es als unfein, über einen Anwesenden nachzudenken, Dr. Hamilton.«

David wünschte, sein Gesicht sei so dunkel wie Conners; er merkte nämlich, dass er errötete. »Entschuldigen Sie, Conner. Auch ich kenne die Regeln noch nicht, falls es welche gibt. Und wollen Sie mich nicht David nennen?«

Conner, der immer noch Essen in seinen Mund schaufelte, gestand: »Ich habe nicht alles mitbekommen. Seien wir ehrlich miteinander. Warum machst du dir Gedanken über mich? Ich fand es gut, einen Arzt dabeizuhaben, der in mir mehr als nur einen Fall sieht. Was hast du über mich gedacht?«

»Erstens, dass du ebenfalls David heißt und wie ich dich nennen soll«, wich der junge Arzt aus. »Und sonst – nun, nicht hier. Willst du mit in mein Zimmer hinaufkommen? Da können wir reden.«

»Gern. Hast du die Automaten schon gesehen?« Auf dem Weg hinaus blieb Conner vor einer Maschine stehen, aus der man kleine Päckchen mit Frucht-Nuss-Karamel-Riegeln ziehen konnte. Er entschuldigte sich: »Ich habe immerzu Hunger; anscheinend macht das die Luft hier.«

David nahm sich eine Hand voll Riegel. Er hatte sie schon probiert; offenbar waren sie, wie der Großteil des Essens im HQ-Gebäude, ein hiesiges Erzeugnis. »Eines, was alle an dem

Projekt gemeinsam haben, ist ein abnorm erhöhter Metabolismus, was vermuten lässt, dass Telepathie einen hohen Energieausstoß verlangt. Allerdings habe ich gehört, dass es auch in Trance auftritt.« Er bemerkte das Paket, das Conner unter dem Arm trug. »Warst du schon auf Souvenirjagd?«

»Nein. Danilo hat mir das gegeben und angeregt, dass ich es in meinem Zimmer aufstelle – es würde mich vielleicht als technisches Gerät interessieren. Selbstverständlich werde ich es sorgfältig überprüfen. Ich neige dazu, Danilo zu vertrauen – aber ich möchte nicht ausschließen, dass die Darkovaner uns für irgendwelche Experimente benutzen, nur um zu sehen, wie wir reagieren.«

Schweigend fuhren sie im Aufzug zu Davids kleinem Zimmer im HQ hinauf. Drinnen machte David sich damit zu schaffen, die Karten ordentlich auf den eingebauten Schreibtisch zu legen, während Conner die kleine Maschine auspackte. Conner bewegte einen Hebel, und ein dumpfes Vibrieren erfüllte den Raum. David spürte es in seinem Gehirn rumoren, Seh- und Hörvermögen abschneiden ...

Nein. Er sah und hörte ebenso gut wie immer. Was abgeschnitten wurde, waren die zusätzlichen Sinne, und eigentlich wurden sie auch nicht abgeschnitten, sondern zerhackt. Wie die blinden Flecken einer Migräne, die das Sehvermögen beeinträchtigen, ohne es einem wirklich zu nehmen ...

»Da will ich doch verdammt sein«, fluchte Conner und stellte den Hebel auf Null. Das Vibrieren hörte auf. David fand sich in den Normalzustand zurückversetzt. »Und da heißt es an diesem Ende der Galaxis, die Darkovaner hätten keine Technologie?«

David wusste nicht recht, woher er die Antwort kannte, aber er sprach, als lese er von einem gedruckten Blatt ab. »Keine Technologie, die das Terranische Imperium verstehen kann. Ich möchte das Ding auch studieren, Conner. Wenn wir lernen, wie man mit einem Gerät Telepathie abschaltet, sind wir bei dem Studium der Telepathie ein großes Stück weiter gekommen. Aber ich würde gutes Geld darauf wetten, dass die Darkovaner diese Dinger zwar bauen können, aber selbst nicht genau wissen, wie sie funktionieren. Das ist typisch für Gesellschaften auf niedrigem technischem Niveau. Denke nur daran, wie lange die Terraner damals in der Frühzeit der Raumfahrt die Elektrizität benutzten, ohne ihre Struktur zu verstehen.«

»Gut möglich.« Conner untersuchte das Gerät mit schlanken, kompetenten Fingern. »Das muss einer von den Apparaten sein, die sie telepathische Dämpfer nennen. Den Ausdruck habe ich in der Stadt gehört. Warum sie es mir wohl gegeben haben?«

David hob den Blick. Er musste plötzlich grinsen. Da bekam er das perfekte Stichwort, und er benutzte es. »Nun, ich könnte mir vorstellen – zum Beispiel, um dir und Missy die Privatsphäre zu geben, von der du gesprochen hast.«

Im nächsten Augenblick flog David mit dem Kopf gegen die Wand. Benommen raffte er sich auf. Er war zornig – verdammt noch mal, er hatte es ja nicht böse gemeint, und Conner hätte ihm zu verstehen geben können, dass er wütend genug für eine Schlägerei war, statt ohne Warnung zuzuschlagen! Dann drang Conners Aufschrei in sein Bewusstsein, in dem sich Verblüffung und Zerknirschung mischten. Conner half ihm fürsorglich auf die Füße.

»David, ich schwöre, ich habe mich nicht bewegt! Ich *dachte* nur daran, dir ins Gesicht zu boxen. Im gleichen Moment wurde mir klar, dass du es nicht böse gemeint hattest, aber da flogst du schon durch die Luft! Großer Gott, *was bin ich* – o Gott, Gott ...!« Conner zitterte, war kurz davor, in Tränen auszubrechen. *»Ich wäre lieber tot ...«*

David hatte nur noch den Gedanken, den Mann zu beruhigen. Er hatte selbst so viel gelitten, nur auf ganz andere Weise. »Conner – Dave!«, beschwor er ihn. »Nimm's nicht so schwer, ich habe mich nicht verletzt. Das gehört mit zu dieser Eigenschaft, die wir haben.«

Conner nickte langsam. Er hatte die graue Farbe eines Schwarzen, dem das Blut aus dem Gesicht gewichen ist. »Damals in dem Krankenhaus auf Capella IX habe ich etwas über Poltergeister gelesen. Man scheint sie in Verbindung zu bringen mit – nun, mit Sexualität, gestörter Sexualität bei manchen Personen. Da haben wir wohl gerade eine Demonstration erlebt.«

»So ist es. Morgen prüfen wir dann, wie gut du es kontrollieren kannst«, sagte David. »Wir wollten doch ehrlich miteinander reden. Wusstest du nicht, dass du und Missy – dass ihr es auf uns alle abgestrahlt habt?«

»Ich wusste es, während es geschah. Ich konnte euch alle spüren«, antwortete Conner. »Es schien keine Rolle zu spielen. Es war das erste Mal seit dem Unfall, dass ich – dass ich nicht allein war.« Er senkte die Augen. »Jetzt schäme ich mich. Damals habe ich mich nicht geschämt.«

Mit einer Zartheit, die er sich gar nicht zugetraut hätte, erwiderte David: »Wir werden wohl alle lernen müssen, uns nicht zu schämen, Conner. Bis wir die Regeln des Lebens unter Telepathen besser beherrschen. Aber über eines bin ich mir ganz sicher: Wir müssen alle sehr viele unserer alten Vorurteile aufgeben, und damit meine ich nicht nur die über Sex. Schon dass wir hier sind, hat uns beide verändert.«

Die Spannung ließ nach. In gewissem Ausmaß hatten sie sich wieder voreinander abgeschirmt. Kurz darauf sagte Conner gute Nacht und ging in sein eigenes Zimmer. David saß da, ohne die geringste Lust zu verspüren, sich wieder mit den Karten zu beschäftigen. Er kaute auf den darkovanischen Süßigkeiten herum und war sich kaum bewusst, dass er es tat.

Was wird passieren, wenn er herausfindet, dass Missy nicht menschlich ist?

Er hatte Angst um Conner und wusste nicht recht, warum. Auch ich verändere mich, dachte er, ich bin dabei, zu lernen, was ich bin.

Was wird mir das antun?

Er war bei brennender Lampe eingeschlafen, als er plötzlich von Panik erfüllt erwachte. *Lichter! Leute! Fremde Gesichter, kritische Augen, sie verfolgen mich, David, David, hilf mir ...*

Der Schrei verstummte. David fragte sich, ob Keral überhaupt wusste, dass er ihn ausgesandt hatte. Mit einem Satz war er aus seinem Sessel und rannte den Korridor hinunter. Zu ungeduldig, um den langsamen Aufzug zu besteigen, sprang er, drei oder vier Stufen auf einmal nehmend, die Rolltreppe hinunter. Als etwas nicht sehr Wichtiges tummelte sich am Rande seines Bewusstseins der Gedanke, dass er seltsamerweise keinen Zweifel daran hatte, wohin er gehen musste. Der panische Schrei führte ihn wie ein Richtstrahl, obwohl er noch nie hier außerhalb des Gebäudes gewesen war ...

Draußen wurde es dunkel. Die Sonne war untergegangen, und der Nachthimmel stand sternenlos hinter den Lichtern des Raumhafens. *Verwirrung ... keine Monde ... nichts, wonach ich mich richten könnte ...* Die Luft war eisig, der Wind kam in kleinen Stößen und schnitt wie ein Messer durch Davids dünnen Kittel. Er achtete nicht darauf und rannte weiter. Kerals Panik war jetzt wortlos, ein Strudel der Angst. David bog um ein Gebäude und kam in das gleißende Licht eines kleinen Platzes hinaus. Dort hatte sich eine Menschenmenge zusammengeschart, murmelnd, flüsternd. Der Ton verriet Staunen, äußerste Überraschung, eine Art gaffende feindselige Neugier, wie David sie mit Schaulustigen in Verbindung brachte, die sich um Missgeburten und Katastrophen versammeln. *O Gott, wenn er verletzt worden ist ...*

David schob sich durch die Menge und sagte mit der knappen Autorität, die er in den ersten Wochen in seinem Krankenhaus gelernt hatte: »Lassen Sie mich durch –, lassen Sie mich durch, ich bin Arzt, lassen Sie mich durch –« und er dankte seinem Glücksstern für die Uniform, die er trug. Im Krankenhaus machte sie ihn anonym, zu einem Niemand, zu irgendeiner Person, die das Recht hatte, dort zu sein. Doch außerhalb des Krankenhauses gab sie ihm Autorität. Die Menschen wichen vor ihm zurück, und David drängte sich hindurch, erbarmungslos seine Ellenbogen und breiten Schultern benutzend.

Er sah Keral, und sein Herz setzte aus. Das Chieri hatte sich zusammengeduckt, die Arme um den Kopf geschlungen, und war so bleich, dass David sich entsetzt fragte, ob Keral sich buchstäblich zu Tode geängstigt habe. Ein zartes, empfindsames Wesen, das überhaupt nicht an die Gesellschaft von Menschen gewöhnt war – was hatte ihn veranlasst, sich hinauszuwagen? Dann flatterten seine Lider, und David trat zu ihm, legte ihm die Hand auf die Schulter und sagte mit leiser Stimme: »Es ist alles in Ordnung; in ein paar Sekunden habe ich die Leute hier weggeschickt.«

Er drehte sich zu den Schaulustigen um. »Gehen Sie weiter, hier gibt es nichts zu sehen. Oder soll ich erst die Raumpolizei rufen?«

Die meisten Anwesenden waren Terraner, und David war klar, dass sie nichts Böses im Sinn hatten. Sie gafften nur müßig ein seltsames Geschöpf an. Plötzlich schämte David sich, ein Mensch zu sein. Langsam zerstreute sich die Menge. David legte die Hand unter Kerals Ellenbogen und zog ihn auf die Füße. »Sie sind weg, aber du solltest besser für eine Weile mit mir hineingehen.«

Kerals Atem ging schnell, sein Gesicht war weiß. Er stammelte: »Ich wollte dich besuchen, ich war überzeugt, den Weg zu finden. Aber auf dem Raumhafen habe ich mich verirrt, und sie folgten mir und starrten mich an. Und als ich zu laufen begann, wurde es noch schlimmer. Ich glaube, manche wussten gar nicht, warum die Menge sich zusammengeschart hatte, sie dachten, es werde ein ... ein Flüchtling gejagt.«

»Jetzt ist es vorbei.« David führte Keral den Weg zurück, den er gekommen war. Zweimal musste er sich erkundigen, denn es gab kein Signal mehr, dem er hätte folgen können. Es war eisig kalt, der Wind wurde von Minute zu Minute heftiger, und David war völlig durchgefroren. Mit einer schnellen Bewegung legte das Chieri eine Ecke seines eigenen langen Mantels um Davids Schultern.

Die Wärme des HQ-Gebäudes schloss sich um sie, und David entspannte sich dankbar. Aus Kerals Richtung kam eine schwache Welle erneuter Panik, und er wandte sich ihm besorgt zu. Mit schwacher Stimme erklärte Keral: »Ich bin es nicht gewöhnt, innerhalb von Mauern zu sein. Aber das macht nichts, es ist besser als die Menschenmenge.«

Ein Bild blitzte in seinen Gedanken auf, schnell, seltsam und schön, in vielen Dimensionen und viele Sinne ansprechend: sanfter Wind in den Blättern, tausend Düfte, davon jeder bekannt, willkommen geheißen, geliebt, ein Dach, das nach Blättern roch und dem Wind nachgab und doch sicher vor dem peitschenden Regen schützte, sprudelndes Wasser, elastischer Boden unter den Füßen ...

»Deine Heimat?«

David brauchte keine Antwort. Er zog das Chieri in die erste Kabine des Irrgartens von gestaffelten Aufzügen, die er in einem großen Gebäude für selbstverständlich hielt, und irgendwie war ihm, als müsse er sich entschuldigen. *Verdammt, Da-*

vid, schalt er sich selbst, *sei nicht so romantisch! Es mag großartig sein, in einem Wald zu leben, aber du bist hier und hast hier Arbeit zu tun.*

Trotzdem quälte ihn der Kontrast, als er Keral in sein eigenes trostloses unpersönliches Zimmer einließ. Hatte er tatsächlich jahrelang, nichts sehend und hörend als seine Arbeit, in einer Umgebung gewohnt, die so kahl wie eine Gefängniszelle war? Er machte sich in dem Zimmer zu schaffen, bot seinem Gast einen Platz an und spürte, wie die zitternde Spannung in dem Chieri langsam nachließ.

»Du sagtest, du wolltest mich besuchen, Keral. Natürlich bist du mir willkommen, selbst zu dieser Stunde. Doch was hattest du auf dem Herzen?«

»Mir ist der Gedanke gekommen«, erwiderte Keral mit dieser hellen, fremdartigen Stimme, »dass ich auch von euch lernen könnte, während ihr von mir lernt, und das wäre einfacher für mich, wenn ich hier unter euch wohnen würde statt allein. Ich spreche eure Sprache noch nicht fließend genug. Es geht leichter, wenn ich dich berühre –« Er fasste nach Davids Hand und hielt sie in lockerem Griff, und eine Flut von Bildern erreichte den Terraner:

... eine Zivilisation, neu und seltsam, und doch nicht so verschieden von der, die mein Volk vor Jahrtausenden kannte. Vielleicht war es selbstsüchtig von uns, dass wir uns in unsere Wälder zurückzogen und (in dem Wissen, ach, dass wir sterben, in Einsamkeit Klagelieder singend) warten und still in Schönheit und Erinnerungen leben. Vielleicht könnten jene, die nach uns kommen, von dem, was wir sind/was wir wissen, profitieren. Wir sollten zu ihnen gehen und von ihnen lernen, wir sollten in Erfahrung bringen, welch ein Volk auf unserer Welt leben wird, wenn wir nicht mehr sind ...

Der Gedankenstrom erfüllte David mit einem fast schmerzhaften Gefühl der Einsamkeit. Er musste seine Hand aus der

Kerals lösen und schlucken, sonst hätte er angefangen zu weinen. Keral sah ihn an, neugierig, durchaus nicht gekränkt.

»Gehört es sich in eurer Kultur nicht, sich zu berühren? Verzeih mir. Ich könnte es nicht mit jedem tun, aber du bist – ich *kann* dich berühren, ohne dass es mich – ängstigt.« Keral suchte nach den Worten, und gerührt ergriff David von neuem die dünnen, kühlen Hände. Behutsam fragte er: »Warum stirbt dein Volk, Keral? Regis erzählte mir, es sei heute nur noch eine Legende.«

... *Unendliche Traurigkeit, wie ein Abschied von fernen Ufern ... Blätter fallen, Knospen verdorren, wir werden alt und sterben, ohne dass Kinder unsere Lieder erneuern ... und ich, der Einsamste von allen, weil ich hier im Exil sterbe ... die Hände eines Fremden umschließen die meinen, es ist ein liebender Fremder, aber trotzdem ein Fremder ...*

David: *Freiwillige Verbannung ist immer noch Verbannung.*

... *der mich mit den Wegen versöhnen wird, die ich allein beschreiten muss ...*

David: *Berge trennen uns und eine Welt von Meeren ... und in Träumen sehen wir ...*

Die Welle bäumte sich auf, brach sich und schäumte über ein stummes Ufer des Schmerzes. David schluckte schwer, und ihre Hände lösten sich. So vertraut sie sich schon waren, für kurze Zeit waren sie sich näher gekommen, als sie es zu ertragen vermochten, und so trennten sie sich wieder. Keral sagte: »Deshalb bin ich hergekommen, damit ihr erfahrt, was mein Volk ist. Viele der anderen sind zu alt; sie würden außerhalb ihrer Wälder sterben. Ich bin bereit, euch zu geben, was ich kann. Aber auch ich dürste nach Wissen. Lass mich an deinen Forschungen teilhaben, David. Lass mich erfahren, was du herausfindest, teile mit mir, was du lernst. Ich werde mir eure

Sprache schnell aneignen; mein Volk hat eine Begabung dafür.«

»Du hast sie bestimmt«, stellte David überrascht fest. Noch gestern bei der Vorstellung hatte es Keral Mühe gemacht, ein paar Worte in Regis' ziemlich schulmäßiger *Casta*-Sprache zu finden, und jetzt sprach er die *Cahuenga* oder *lingua franca*, die Terraner und Darkovaner auf dem ganzen Planeten benutzten, fließend. David hatte die Sprache mittels Lehrbändern auf der Reise hierher gelernt. Er sagte: »Ich habe nichts dagegen, und ich bin sicher, Jason und die Verwaltung werden dir dies Privileg gern einräumen, wenn du es möchtest. Und wenn du hier bleiben willst, werde ich tun, was ich kann, damit du dich weniger – eingeengt fühlst. Allerdings kann ich selbst nicht darüber entscheiden, und natürlich musst du es mit Regis besprechen. Wenn du wissen möchtest, was wir herausfinden, sage ich dir mit Freuden, was ich selbst weiß. Willst du nun auch mir ein paar Fragen beantworten? Du warst gestern so verwirrt, und es war schwierig, zu dir durchzukommen und es dir verständlich zu machen. Zum Beispiel: Wie alt bist du?«

– *Er sieht wie ungefähr siebzehn* aus, *obwohl er älter sein muss* –

»Ich bin jung in meinem eigenen Volk«, antwortete Keral, »beinahe der Letztgeborene. Aber du wirst wissen wollen, wie viele Sonnenumläufe ich gelebt habe, und das kann ich dir nicht sagen. Ich glaube, ihr messt die Zeit anders als wir. Für uns gehen viele Sonnenumläufe vorbei, und es ist wie ein Schlaf und ein Schlaf, Anfang und Ende eines Liedes. Ich muss versuchen, in anderen Begriffen zu denken, wenn ich mit euch spreche, und das ist der Grund, warum die Älteren unter uns es nicht mehr ertragen, mit euch zusammen zu sein. Die Tage und das Fallen der Blätter scheinen eure Gedanken und eure Worte und die Vorgänge in euren Körpern zu – zu regulieren. Ich wurde geboren – wie kann ich das auf eine Weise bestimmen, die du verstehen würdest? Es war in der Zeit, bevor der große Stern über dem Polar-Eis an seinen jetzigen Platz rückte. Sagt dir das irgendetwas?«

»Nein«, gestand David, »ich bin kein Astronom, aber ich wette, irgendwer kann den Zeitpunkt genau festlegen.« Er war überwältigt. *Erzählst du mir da, dass du vielleicht hunderte von Jahren alt bist? Legenden von unsterblichen Rassen!* »Und obwohl dein Volk so langlebig ist, stirbt es aus, sagst du? Ich möchte dir nicht wehtun, Keral. Aber wir müssen es wissen.«

»Unser Sterben hat schon Jahrhunderte, bevor die Terraner nach Darkover kamen, begonnen«, erklärte das Chieri. Es sprach ruhig und überzeugt. »Wir waren nie eine zahlreiche oder fruchtbare Rasse – ist das das richtige Wort? –, und obwohl wir während unserer großen Zeit wuchsen und uns vermehrten wie ein in Blüte stehender Baum, geht alles einmal zu Ende. Da Zeit uns sehr wenig bedeutet, merkten wir es nicht gleich. Vielleicht hat irgendeine Veränderung, die Abkühlung der Sonne, diese Veränderung in unseren innersten Zellen hervorgerufen. Die Zeiten, in denen wir Kinder bekommen können, liegen weit auseinander – viele, viele Sonnenumläufe auseinander. Ich glaube, als die Sonne sich abkühlte, wurden die Abstände noch größer. Es geschah oft, dass einer von unseren Leuten reif war zur Paarung und sich kein Partner finden ließ. Und wir sterben zwar nicht von selbst, aber wir können durch Unfälle, wilde Tiere oder das Wetter getötet werden. Es starben mehr, als geboren wurden. Dieser Prozess vollzog sich langsam, so langsam, dass wir nichts davon wussten, bis unsere Ältesten sahen, dass überhaupt keine Kinder geboren worden waren, bis einige der jüngsten Leute zu alt für eine Paarung wurden. Irgendwann, nicht bald, aber auch nicht in allzu ferner Zukunft, wird es uns nicht mehr geben.« Seine Stimme verriet keinerlei Emotion. »Wir versuchten es mit vielen Hilfsmitteln. Wenn du gelernt hast, unsere Worte zu verstehen, werde ich dir berichten, was ich von unseren Ältesten gehört habe – von den Maßnahmen, die wir zur Rettung unseres Volkes ergriffen. Doch es gab keine Hilfe. Wir werden verschwinden, als seien wir nie gewesen, wie die Blätter des letzten Frühlings.«

Gerade die Ruhe, die hoffnungslose Gefasstheit Kerals schnitt David ins Herz. Er ertrug diese Ruhe nicht; er ertrug es nicht, das Leuchten, das er als Erstes an Keral wahrgenommen hatte, in diesem Elend verlöschen zu sehen. Aber was konnte er tun?

»Nun, mein Volk hat ein Sprichwort: *Sag nie sterben«*, erwiderte er. »Regis glaubt, dass die darkovanischen Telepathen aussterben, aber er tut etwas dagegen, er singt keine Klagelieder. Vielleicht ist es noch nicht so spät, wie du glaubst, Keral, und selbst wenn es stimmt, werden wir unser verdammt Bestes tun, um alles zu lernen, was wir können, und wir werden dankbar für die Chance sein, es von euch zu erfahren.«

Kerals Lächeln strahlte wieder auf. »Es tut mir gut, das zu hören. Wie ich dir sagte, hat mein Volk zu lange in den Wäldern gesessen, Klagelieder gesungen und darauf gewartet, dass die Blätter uns zudecken. Also – hier bin ich.«

David nahm die Unterlagen zur Hand, die er beim Abendessen studiert hatte. »Du bist überzeugt, dass es keine andere Rasse wie die eure gibt?«

Kerals schweigende Zustimmung.

David ließ die Bombe gleichmütig, fast ohne Nachdruck platzen: »Weißt du, dass Missy ein Chieri ist?«

Auf Kerals heftige Reaktion war er nicht vorbereitet, auf diese Flut von Schreck, Abscheu und Ekel.

»Unmöglich! Dies – Tierweibchen? Nein, David, glaub mir, mein Freund, so sind wir nicht. David, ich habe sie *berührt*, wie ich dich vorhin berührt habe. Glaubst du im Ernst, ich könnte mich täuschen?«

»Nicht nach deinen eigenen Begriffen.« David war verwirrt, aber bereit, die Ergebnisse seiner eigenen Wissenschaft zu verteidigen, bis Keral ihm einen besseren Grund als körperlichen Widerwillen nennen konnte. »In dem Fall gibt es eine Rasse, die deiner ähnlich ist wie ein Zwilling dem anderen. Ich will dir zeigen, was ich meine.«

Er breitete die Karten mit den physiologischen Daten aus. Keral verriet mehr Wissen über Anatomie, als David vermutet hatte. Offensichtlich hatte er Begabung für diese Dinge, sobald die Sprachbarriere einmal überwunden war. David musste ihm die Aufzeichnungen der Instrumente und die Diagramme erklären, und dann prüfte Keral sie stirnrunzelnd und mit wachsender Unruhe.

»David, ich verstehe es nicht! Mein Instinkt sagt mir, dass du Unrecht hast, während mein Verstand behauptet, du habest Recht! Wie sollen wir dies Rätsel lösen?«

»Missy hat auf jede Frage, die wir ihr stellten, gelogen. Auf jede Frage ohne Ausnahme, wie unter Zwang stehend. Wenn sie eine weit offene Telepathin ist, und das ist sie – wir wissen es beide von dem, was mit Conner geschehen ist –, warum hat sie es dann getan? Wie kann sie glauben, damit durchzukommen?« Beinahe zu spät fiel ihm ein, dass Keral bei der Untersuchung erstarrt und verstummt war, als das Thema »Sexualität« angesprochen wurde. Andererseits hatte Keral bis eben deutlich klinisch, wenn auch bedauernd, über sein Volk und dessen abnehmende Fortpflanzungsrate berichtet. Es blieb ein Rätsel ...

Keral sagte: »Ich weiß nur einen Weg, uns zu vergewissern, und er könnte gefährlich sein, aber versuchen wir es. Kannst du Missy herholen, ohne sie zu beunruhigen, David? Mir mag es gelingen, ihr die Wahrheit zu entlocken. Warum lügt ein

Wesen? Nur aus Angst oder um sich einen Vorteil zu verschaffen, und welchen Vorteil könnten ihr ihre Lügen bringen? Vielleicht finden wir die Angst hinter ihren Lügen und sind im Stande, sie ihr zu nehmen.«

»Ich will es versuchen.« David ließ Keral allein zurück (er rollte sich auf Davids Bett zusammen und knabberte neugierig an einem Frucht-Nuss-Riegel) und ging den Krankenhauskorridor hinunter. Er erinnerte sich, dass sie alle – mit Ausnahme der Darkovaner – in diesem Flügel untergebracht worden waren. Verlegen fragte er sich, ob er vielleicht Conner und Missy im Bett antreffen würde. Oh, Teufel, wen interessiert das schon? Wenn ich zu Hause auf der Erde zwei Bekannte zusammen im Bett fände, würde ich mich entschuldigen und sie bitten, sich zu melden, wenn sie fertig sind. Es ist das verdammte Voyeur-Tabu, und schließlich werden sich Telepathen wohl daran gewöhnen müssen. Es schien Regis nicht zu stören, er fürchtete nur, es werde uns andere aus dem Gleichgewicht bringen, weil wir nicht daran gewöhnt sind, so etwas mitzubekommen.

Wenn Missy nicht menschlich ist, aber frei und offen Geschlechtsverkehr mit Menschen hat, kann man die Chieri dann überhaupt nichtmenschlich nennen? Und wenn sie sich tatsächlich mit Menschen kreuzen, wieso sterben sie dann aus? Hölle, hier suche ich nach Antworten, noch bevor ich die richtigen Fragen kenne. Ich sollte mir lieber ein paar Tatsachen beschaffen.

Missy öffnete die Tür ihres Zimmers, und David sah, dass sie allein war.

David? Was mag er wollen? Ich habe gefühlt, dass er kam.

Es ist idiotisch, dass wir uns mit Phrasen aufhalten, wo doch jeder die Gedanken und Emotionen des anderen wahrnimmt. Vermutlich ist noch keiner von uns daran gewöhnt.

Laut sagte David, um die seltsame Unruhe zu beschwichtigen, die er in sich selbst und in ihr spürte: »Missy, wenn du Zeit hast, würdest du dann für einen Augenblick mit in mein Zimmer kommen? Wir hätten dir gern ein paar Fragen gestellt.«

Neugier flackerte in ihren hellgrauen Augen. Sie meinte: »Warum nicht?«, und kam mit. Wieder fielen ihm ihre schlanke Höhe und Grazie auf, nicht so überwältigend wie Kerals Schönheit, aber eindrucksvoll genug, dass sie auf jeder Welt bemerkenswert wäre. Missy reagierte mit leichter Überraschung auf die Anwesenheit Kerals, gab jedoch keinen Kommentar dazu ab. David spürte, dass sie auf der Hut war. Er bot ihr von den Fruchtriegeln an, die er aus der Cafeteria mitgebracht hatte, und Missy hockte sich neben Keral auf die Bettkante.

Gewohnheiten in Bewegung und Sprache sind sämtlich kulturabhängig. Missy geht und benimmt sich wie eine hübsche Frau, die sich bewusst ist, dass sie begehrt wird, die darauf vertraut ...

Ob das Vertrauen so tief sitzt? Es ist etwas Verlorenes an ihr. Ja, das ist es; sie ist anders als alle Übrigen ...

David versuchte, es zu einem normalen geselligen Beisammensein zu machen. »Tut mir Leid, dass ich dir nichts anbieten kann. Wenn wir länger hier sind, wird alles besser organisiert sein. Irgendwo hier in der Nähe muss man sich doch etwas zu trinken besorgen können! Es wäre sonst der erste Imperiumsplanet, von dem ich gehört habe, wo es das nicht gibt. Missy, ich habe es vergessen – auf welcher Welt hat man dich denn gefunden?«

– Wachsamkeit. Wachsamkeit. Aufbrechende Furcht wie die eines kleinen Tieres, das in sein Loch huscht.

... es waren so viele Welten ...

»Es ist eine von denen mit einem unaussprechlichen Namen«, behauptete sie.

Keral fing mit seinen hellen Augen ihren Blick ein. Ein schwacher Funke sprang über. »Ich bin gut in Sprachen«, sagte er leichthin. »Versuch es mit mir.«

Panik. Rückzug. Entsetzen. Sie reißt ihre Hände heftig zurück.

Sie tat es nicht. Sie bewegte sich nicht. »Ich bin auf Lanach geboren, deshalb könnte man mich wohl eine Lanchy nennen.«

David spürte nichts von dem warnenden Flackern, mit dem sich frühere Lügen angekündigt hatten, und glaubte, dass sie diesmal die Wahrheit sprach oder das, was sie für die Wahrheit hielt. Er sagte: »Ich habe Lanach auf Sternenkarten gesehen, aber ich hatte angenommen, es sei hauptsächlich von den dunkleren Rassen und ethnischen Gruppen kolonisiert worden.«

»Ist es auch«, antwortete Missy. »Deshalb habe ich mich immer ein bisschen als Missgeburt gefühlt.« Sie holte zittrig Atem. »Deshalb habe ich die Welt auch verlassen und bin nie wieder zurückgekehrt.«

»Warst du ein Findelkind?«

Wachsamkeit, Wachsamkeit ... vorsichtig ... was wollen sie ...

Sie erklärte: »Ich nehme es an, obwohl ich nicht sicher bin. Ich erinnere mich nicht an meine Eltern.« Wieder sah sie Keral in die Augen, und wieder sprang der merkwürdige Funke zwischen ihnen über. Dann wandte Keral schnell das Gesicht ab. David nahm sein fast greifbares Unbehagen, seinen Widerwillen wahr, und wieder baute sich eine Spannung auf. Verdammt noch mal, konnte ein Mädchen, das wie fünfzehn aussah, ihn so in Verlegenheit bringen? Und fühlte Keral sich nur von ihr abgestoßen, weil er Zeuge ihres Erlebnisses mit Conner geworden war? Offenbar war das ein Gebiet, wo sie alle mit dem Chieri vorsichtig sein mussten – ein seltsamer sexueller Kodex? Zog abnehmende Rassenfruchtbarkeit sexuelle Verklemmungen und Tabus nach sich?

Keral nahm sich zusammen. Mit ausdrucksloser Stimme fragte er: »Warum hast du uns belogen, Missy? Wie alt bist du?«

Panik. Gewalttätigkeit ... brechen/rennen/verschwinden/ Flucht/ein verzweifelt nagendes Tier in der Falle ...

Das Bild verschwamm. Andere Bewusstseinswellen löschten es aus. Missy wand sich verführerisch auf dem Bett, lang ausgestreckt, die Hände hinter dem Kopf verschränkt. David fragte sich, warum er sie für unreif gehalten habe. Langsam erblühte ein Lächeln auf ihrem Gesicht. Sie sagte leise: »Es ist das Vorrecht eines Mädchens, ihr Alter für sich zu behalten. Aber ich bin älter, als ich zugegeben habe.«

Obwohl sie sich nicht bewegte, hatte David einen Augenblick lang den Eindruck, sie strecke die Arme nach ihm aus, es rege sich etwas in seinen Lenden, er werde sie gleich an sich reißen ...

Keral gab einen erstickten Laut des Ekels von sich.

Eine von uns? Und dann so? Wahnsinn, und doch spüre ich ... es ist wahr; aber wie ... ein Findling? Aber wahnsinnig geworden, eine läufige Hündin ... alle möglichen Männer auf allen Welten ...

David, durch Kerals Zurückschrecken schnell wieder zur Vernunft gebracht, entfernte sich von Missy. Kalt sagte er: »Du hast Conner mit diesem Trick herumgekriegt, Missy; bei uns funktioniert er nicht, jedenfalls jetzt nicht. Du bist überwältigend schön, aber das ist nicht der Grund, weshalb wir hier zusammengekommen sind. Wir wollen von dir nichts als die Wahrheit, Missy. Warum lügst du uns an? Was könnte dir die Wahrheit schaden? Woher stammst du? Wie alt bist du?«

Panik. Furcht. Unruhe und ein quälender, erschütternder

Verlust der Selbstsicherheit; wenn sie von mir nicht das wollen, wofür ich gut bin, wie soll ich mich verstecken ... *verstecken, verstecken ...*

Ohne Warnung explodierte das Zimmer. Davids Bürsten, die auf der eingebauten Frisierkommode lagen, flogen durch den Raum in den Spiegel. Wie eine verrückt gewordene Katze drehte sich Missy innerhalb eines Strudels, der Sessel, Papierkorb, Schreibzeug ansaugte und herumwirbelte. Keral zuckte zusammen und bedeckte das Gesicht, aber die Decken krochen wie Schlangen empor und wickelten sich würgend um ihn. Flammen züngelten an der Wand hoch ...

David hörte Wut- und Entsetzensschreie, und trotzdem war das Zimmer auf einer anderen Ebene völlig ruhig, eingehüllt in einen zeitlosen Augenblick tödlicher Stille.

Dann erstarrte Missy, als sei sie plötzlich zu Stein geworden. Sie wand und krümmte sich in einem unsichtbaren Griff, ohne sich tatsächlich zu bewegen. Es war, als ob starke Hände sie festhielten.

Benimm dich! Es war wie eine wirkliche Stimme, kalt, befehlend und zornig, und es verriet Desiderias Persönlichkeit.

Ich weiß, dass du weder Manieren noch eine Ausbildung hast, aber es ist Zeit, dass du lernst, dich zu beherrschen. Es ist gefährlich, mein Mädchen, eine natürliche Begabung wie die deine wild wuchern zu lassen, und je eher du das einsiehst, desto besser.

Die unsichtbaren Hände ließen sie los, und Missy fiel zu Boden. Rings um sie sanken die fliegenden, kreisenden Möbel langsam nieder. Desiderias Persönlichkeit zog sich wie mit einer ironischen Entschuldigung zurück. Keral und David sahen sich keuchend an.

Missy kam schluchzend auf die Füße und entfloh.

David stieß den angehaltenen Atem aus. »Puh! Was in neunzig Galaxien hat das hervorgerufen?«

»Wir haben ihr Angst gemacht«, stellte Keral sachlich fest. »Ich habe die falsche Frage gestellt, die nach ihrem Alter.«

David sah das Bild in Kerals Geist, das ein solcher Gegensatz zu Kerals eigener stiller, nicht alternder Zeitlosigkeit war:

... Flucht von Welt zu Welt, wenn die Menschen sahen, dass sie sich nie veränderte, nie alterte; sofortige Suche nach einem neuen Beschützer, der schließlich alt wurde und starb; immer wieder eine neue Welt, die es zu erobern, vor der es sich zu verstecken galt; Benutzung ihrer Gabe nur auf der niedrigsten Ebene, um einen Mann zu fesseln, ihn an ihren Körper zu binden ...

Kerals Stimme bebte. »Es tut mir Leid. Mir wurde übel, das ist alles. Dass eine von unserer Rasse – o ja, sie ist es, sie muss es sein, obwohl ich immer noch nicht weiß, wie. Wir, unser Volk, wir *können einfach nicht*. Die – die Veränderung muss durch ein sehr schweres Leben hervorgerufen worden sein – nein, ich sehe, das ist dir unverständlich.« Er machte den gleichen verängstigten, wilden Eindruck wie bei ihrem ersten Zusammentreffen und zog sich halb wahnsinnig zurück.

»Keral, Keral – nicht –!« David fasste nach seinen Händen und hoffte, ihn auf diese Weise wie das letzte Mal beruhigen zu können, aber Keral wies ihn mit einer krampfhaften Geste ab.

Fass mich nicht an!

Dann spürte Keral, wie verletzt David war, und zwang sich zur Ruhe. Er sagte: »Es ist so viel zu erklären, und ich kann es nicht alles erklären. Unsere Ältesten müssen davon erfahren. Wir haben bei Missy versagt. So viel kann ich dir mitteilen. Ich habe erwähnt, unsere Rasse habe bereits im Sterben gelegen, bevor deine Leute auf diese Welt kamen, die ihr Darkover nennt. Wir waren nicht immer Waldbewohner. Wir hatten Städte, Welten, Schiffe, die zwischen den Sternen reisten, und als wir erkannten, dass wir sterben müssten, verließen wir diese Welt und durchstreiften viele, viele Jahre lang die anderen Welten mit allen möglichen Arten von Bewohnern. Wir suchten ein Heilmittel, einen Weg, dass wir am Leben bleiben und nicht sterben würden ... und es gab kein Heilmittel. Schließlich kehrten wir hierher zurück und ließen unsere Schiffe im Abgrund der Zeit verrosten und unsere Städte zum Staub der Ewigkeit zerfallen. Wir zogen uns in die grenzenlosen Wälder zurück und warteten darauf, zu sterben und nicht mehr zu sein ...

Einige von unseren Leuten müssen auf der einen oder anderen von diesen Welten zurückgeblieben sein. Unbekannt. Unverdächtigt. Sie müssen sich nach den Erfahrungen mit anderen Rassen, die kein Verständnis für sie hatten, verborgen gehalten haben.

Ich könnte mir vorstellen, dass Missy eine von ihnen ist, doch wissen tue ich es nicht ...«

Er ließ sein Gesicht in die Hände sinken und verstummte. Schwach sagte er: »Ich bin müde. Lass mich schlafen.«

Die Zimmer im Krankenhaus waren so eingerichtet, dass zusätzliche Betten aus den Möbeln gezogen werden konnten. David war klar, dass Keral am Ende seiner Kraft angelangt war. Schweigend richtete er eins dieser Betten für ihn her. Das Chieri fiel sofort in tiefen Schlaf, der wie Trance war. David saß noch stundenlang da und starrte seine Notizen an. Der Kopf wirbelte ihm von all dem, was er entdeckt hatte.

Am nächsten Morgen stellte man fest, dass Missy verschwunden war.

7

Linnea, Bewahrerin und *Leronis* des Arilinn-Turms, hatte nur wenige Mußestunden, und die waren heilig. Die Arbeit einer Bewahrerin, die Arbeit an den Matrix-Schirmen, die Darkover mit einem Mindestmaß an Technik versahen, war anstrengend und belastete vor allem das Gehirn. Linnea war seit ihrer frühen Kindheit in schwierigen telepathischen Aufgaben geschult worden. Wie alle Bewahrerinnen schirmte sie sich vor zufälligen Kontakten mit Nichttelepathen ab und schonte ihre Kräfte mit allen Mitteln, die ihr zur Verfügung standen.

Als nun einer der wenigen Diener im Turm ihr die Nachricht brachte, zwei Freie Amazonen aus den Bergen verlangten sie zu sprechen, wollte sie es erst gar nicht glauben.

»Ich empfange keine Gäste oder Reisenden. Ich bin keine Missgeburt, die man für ein Eintrittsgeld besichtigen kann. Schick sie weg.« Noch vor ein paar Jahren, dachte sie ärgerlich, hätte niemand eine solche Unverschämtheit gewagt.

Dem Diener war es selbst peinlich. »Glaubt Ihr, ich hätte ihnen das nicht bereits gesagt, *vai leronis?* Ich wurde sogar grob, doch die eine von ihnen behauptete, aus Eurem Dorf zu stammen, aus einem Eurer eigenen Dörfer, und jetzt, wo Eure Großmutter die Berge verlassen habe, sei auf tausend Meilen keine Menschenseele mehr da, die ihr helfen könne. Sie werde die ganze Nacht und den ganzen Tag warten, bis Ihr Zeit für sie hättet.«

Überrascht meinte Linnea: »Dann werde ich sie wohl vorlassen müssen.« *Aber was tut eine Frau aus meiner Heimat in Arilinn, so weit entfernt von den Kilghardbergen, so weit entfernt von Storn ...*

Lieber stieg sie gemächlich die langen Treppen hinunter, als dass sie Körper und Geist damit ermüdete, den Aufzugschacht zu kontrollieren. Sie durchschritt das blaue Kraftfeld, das die Bewahrerinnen während der Arbeit vor Gedanken abschirmte, die von außen eindringen wollten, und machte sich auf eine Unterredung mit Außenseitern, mit Nichttelepathen gefasst. Es war so unglaublich schwierig; nach Wochen und Monaten, in denen sie nur Menschen gesehen hatte, die sich in ihre innersten Stimmungen und Wahrnehmungen hineindenken konnten, wieder vor Außenseiter hinzutreten, deren Gehirne und Körper kalt, verbarrikadiert, fremd waren ...

Sie spürte sofort eine rudimentäre Sensibilität bei der großen Amazone mit dem geflochtenen roten Haar. (Eine Telepathin? Zum Neutrum gemacht?) Linnea, die wie alle Bewahrerinnen notwendigerweise keusch lebte, fühlte sich von dem geschlechtslosen Wesen abgestoßen. Das machte ihre Stimme hart.

»Welche dringende Sache führt euch hierher ans Ende der Welt, meine Landsmänninnen?«

Es war die jüngere Frau, die aufsah und sprach, ein auf stille Weise hübsches, rundliches Mädchen in der Pelzkleidung der Bergbewohner. Sie sagte: »Lady Linnea, ich habe Euch als Kind zu High Windward gekannt. Ich bin Menella vom Naderling-Wald. Das ist meine Freipartnerin Darilyn, und wir sind hier, weil ...« Von Schüchternheit überwältigt, sah sie bittend zu der großen, rothaarigen Amazone hoch. Darilyn erklärte mit flacher, abgehackter, kalter Stimme: »Wir hätten Euch nicht stören sollen, *leronis,* aber es gibt sonst niemanden, der uns verstehen oder uns glauben würde. Ihr wisst, was ich bin.« Ihre grauen Augen hielten fast herausfordernd den Blick Linneas fest, und sie erkannten sich.

Wie du, Zauberin, lebe ich abgeschirmt. Weil ich bin, was

ich bin, verteidigt gegen die Berührung eines Mannes: verwundbar, wie alle unserer schnell vergehenden Art.

Linnea senkte die Augen; es stand keine Verdammung mehr in ihnen. Sie war in eine edle Familie hineingeboren. Wäre sie nicht Bewahrerin in einem Turm geworden, hätte man sie mit einem Mann ihrer eigenen Art verheiratet, einem, der ihre Sensibilität teilte, einem Mit-Telepathen. Darilyn war in einem Dorf geboren und umgeben von Menschen aufgewachsen, die das, was sie war, weder verstanden noch achteten (eine Abnormität, ein Rückschlag). Sie hatte sich entschieden, ihre Weiblichkeit durch eine Operation vernichten zu lassen, statt sich einem Mann zu unterwerfen, der für sie nichts als ein vernunftloses Tier gewesen wäre.

Linneas Stimme klang jetzt freundlich. »Seid willkommen, Landsmänninnen. Unhöflich war ich nur aus Müdigkeit. Sind euch schon Erfrischungen angeboten worden? Steht alles gut in den Bergen unserer Heimat, Menella?«

»Es steht so schlecht wie nur möglich, *vai leronis*«, antwortete Menella. »Aber wir sind nicht gekommen, um Euch eine alte Geschichte zu erzählen. Ihr wisst, dass Feuer und Hunger uns heimgesucht haben. Darilyn, berichte ihr, was du gesehen hast.«

Darilyn, die nach außen hin Ruhe zeigte, war schrecklich nervös. Sie erklärte: »Meine Freipartnerin und ich reisten vor kurzem mit einer Außenweltlerin. Sie war keine Freie Amazone, obwohl sie sich in vieler Beziehung wie eine von uns benahm. Sie hatte sich unserer Dienste als Führerinnen und Jägerinnen auf einer Reise durch die Berge versichert. Sie war seltsam, wie eine Bewahrerin, die ihre Kraft verloren hat, aber Außenweltler sind alle verrückt, und so verwunderte uns das nicht. Ich konnte ein bisschen ihre Gedanken lesen; sie gab sich keine Mühe, sie zu verbergen, und deshalb glaubte ich, sie habe nichts zu verbergen.« Plötzlich begann Darilyn zu zittern.

»Sie war *böse*«, stellte sie tief überzeugt fest. »Sie ritt durch die verbrannten Wälder, und sie sah sie an, als habe sie mit eigener Hand das Feuer gelegt. Sie sah mich an, und ich erkannte, dass alle unserer Art nach ihrem Willen sterben sollten. Und einmal sah ich sie von weitem, wie sie einen Zauber in den Wäldern vergrub, und ich erkannte, dass der Boden nach ihrem Willen unfruchtbar werden sollte. Ich weiß, das klingt verrückt, Linnea. Ich habe gelernt, bevor meine Brüste wuchsen, dass es keine Hexen gibt und böse Wünsche ebenso wenig schaden wie gute Absichten nützen. Doch ich kann mir nicht helfen; ich erkannte, dass die bösen Wünsche dieser Frau unsere Welt töten werden. Es ist ein Rätsel, das ich nicht zu lösen vermag, *vai leronis*, und auf unserer ganzen Welt ist höchstens eine Bewahrerin dazu fähig.«

»Das ist dummer Aberglaube«, sagte Linnea. Trotzdem wurde ihre Stimme schwach und erstarb.

Eine Verschwörung gegen unsere Welt?

Was hatte Regis gesagt?

Das Werk einer Hexe? Unmöglich. Aber sprachen diese Mädchen mit ihrem begrenzten Verständnis nicht doch die Wahrheit? Dass sie selbst es für die Wahrheit hielten, zeigte sich in jeder Linie ihrer überzeugten, knabenhaften Gesichter. Und kein Darkovaner würde eine Bewahrerin anlügen. Nach dieser Überlegung fuhr Linnea mit sanfter Stimme fort: »Ich weiß nicht, wie das, was ihr sagt, sein kann, und doch müsst ihr etwas gesehen haben, das diesen Glauben in euch erweckte. Habt ihr den Dienst dieser Frau verlassen?«

»Noch nicht, Lady. Als wir in die Nähe Arilinns kamen, sagten wir ihr, wir müssten Euch unsere Ehrerbietung erweisen, und sie dachte sich nichts dabei.«

Linnea fasste einen Entschluss. »Ich werde es mir ansehen. Ihr wisst, dass ich etwas haben muss, das ihr gehört.«

»Ich habe einen Fetzen von ihrer Kleidung abgeschnitten,

ohne dass sie es merkte«, erwiderte Menella. Linnea hätte über den merkwürdigen Kontrast zwischen abergläubischer Furcht und praktischem Sinn lachen mögen. Allgemein bekannt war, dass sich die Gedankenschwingungen eines Menschen nur schwer aufspüren ließen, wenn man nicht einen Gegenstand hatte, der diesem Menschen gehörte oder zumindest in Kontakt mit ihm gewesen war. Warum nur hatten sie die Fremde für eine Hexe gehalten?

Linnea ließ sich auf kein weiteres Gespräch über die Fremde mehr ein. Sie bot den Amazonen Erfrischungen an, plauderte noch eine halbe Stunde mit ihnen über ihre gemeinsame Kindheit und schickte sie dann weg. Und während der ganzen Zeit, die sie sich die schrecklichen Neuigkeiten über ihre Heimat anhörte, nahm das Gefühl der Kälte um ihr Herz zu. Regis Hastur hatte es erkannt. Eine Verschwörung. Warum? Von wem? Hatten diese Mädchen bis auf den Kern der Sache gesehen?

Sie musste es irgendwie herausfinden.

Regis wusste über diese Dinge so viel mehr als sie. Suchte sie nur einen Vorwand, um ihn wieder zu sehen? Sie sehnte sich so nach ihm! Auf jeden Fall musste sie es ihm mitteilen.

Regis ...

Linnea! Meine Geliebte, wo bist du (so weit von mir entfernt, so nah) ...

In Arilinn, aber ich muss zu dir kommen, auch wenn das bedeutet, dass ich alle Relais schließe. So wichtig ist es.

Geliebte, was ist? (Du hast Angst. Kann ich sie mit dir teilen?)

Nicht auf diese Weise, wenn wir belauscht werden können.

(Sie hat nicht nur Angst, sie ist außer sich vor Entsetzen über die Gefahr für unsere Welt und unser ganzes Volk.)

Linnea, ich kann dir ein terranisches Flugzeug schicken, wenn du dich nicht fürchtest, damit zu fliegen, und wenn du dich mit dem Zorn der anderen abfinden willst. (Ich sehne mich nach dir; du könntest noch heute Abend hier sein, aber für mich selbst würde ich das nie verlangen.) Ich fürchte mich nicht (um dich wieder zu sehen, würde ich mich mit ganz anderen Dingen als Zorn abfinden, aber nicht um meinetwillen), und ich muss dir berichten, was ich erfahren habe.

Regis löste den Kontakt und seufzte. Nach einer kurzen Ruhepause drohten seine vielen Ängste und Schwierigkeiten ihn von neuem zu überwältigen. Er freute sich darauf, Linnea wieder zu sehen, aber die Furcht, die er in ihren Gedanken gespürt hatte, war fast stark genug, ihn in Panik zu versetzen. Außerdem war er hungrig und ausgelaugt von der Anstrengung, einen Kontakt über eine so große Entfernung aufrechtzuerhalten. Das sollten sie bei dem terranischen Projekt auch studieren, dachte er, diese körperliche Erschöpfung, die nach einem Kontakt über lange Zeit oder große Entfernung eintritt. Ja, eine große Entfernung war es wirklich von Arilinn bis hier, mehr als tausend Meilen. Die meisten Telepathen auf dieser Welt hätten es nicht geschafft. Linnea musste mehr an außergewöhnlichen Gaben besitzen, als er geglaubt hatte. Heutzutage, wo es an echten Talenten wie an guter Ausbildung mangelte, hätte eine andere Bewahrerin den Kontakt durch die beiden zwischen hier und Thendara liegenden Relais hergestellt und es gar nicht erst versucht, in Person zu ihm zu kommen. Es war ein Zeichen für Linneas Panik, dass sie auf die Relais verzichtet hatte, und ein Zeichen für ihre Kraft, dass es ihr, wenn auch nur für ein paar Sekunden, gelungen war.

Regis wusste, es würden keine Fragen gestellt werden,

wenn er die terranischen Behörden bat, ein Flugzeug nach Arilinn zu schicken. So war es, aber trotzdem machte er sich Sorgen, während er alles arrangierte. Das würde ihm und Linnea wieder Kritik eintragen – nicht von den Terranern (die waren eifrig darauf bedacht, sich die Hasturs zu verpflichten, verdammt sollten sie sein!), sondern von ihren eigenen Leuten. Die eine Partei verfluchte sie, weil sie überhaupt mit den Terranern zu tun hatten, und die andere verfluchte sie, weil sie nicht genug mit ihnen zu tun hatten. Verflucht wurden sie von beiden.

Er hatte im Augenblick eine weitere unangenehme Aufgabe und eine sehr unerquickliche Unterredung vor sich. Er scheute sich davor, ins Krankenhaus des Terranischen HQ zu gehen, obwohl er wusste, dass das, was er dort finden würde, zum größten Teil harmloser Natur war. Da war das Problem Missy. Wohin war sie gegangen? Der Raumhafen von Darkover war groß, die Handelsstadt enorm, und sie hatte sich über ihrem Kopf geschlossen, als sei sie nie da gewesen. Sein Verstand sagte ihm, dass Missy nach Anonymität streben würde, nicht nach Aufsehen, und doch nagte Furcht an ihm.

Das andere Problem war persönlicher Natur. Regis trödelte in den Korridoren des Krankenhauses herum und ertrug tapfer die neugierigen Blicke der vorbeieilenden Schwestern und Ärzte, die sich fragten (einige von ihnen; die anderen wussten es nur zu genau), was ein Mann in der Kleidung eines darkovanischen Adligen hier zu tun hatte.

Schließlich klopfte er an die Tür von Projekt A, um den anderen Besuch noch ein bisschen hinauszuschieben. Jason und David waren beide anwesend, außerdem Keral, der neuerdings viel Zeit im Krankenhaus verbrachte und viel von dem aufschnappte, was sie dort taten. Regis hatte gestaunt, mit welcher Schnelligkeit sich das Chieri das technische Wissen aneignete, um das es ihm offenbar zu tun war.

Jason begrüßte Regis herzlich, doch Regis zuckte zusammen, als der Terraner ausrief: »Regis! Wie freue ich mich, dich zu sehen, obwohl ich glaubte, du hättest heute Vormittag keine Zeit für uns! Dr. Shield sagte mir, wir dürften dir gratulieren. Ein schöner Junge, habe ich gehört, sechs Pfund und völlig gesund.«

Regis erwiderte: »Ich wollte Melora und das Kind gleich besuchen – falls sie mich sehen will. Sie muss sehr böse auf mich sein; sie hat mir keine Nachricht geschickt.«

»Du hättest hier doch nichts tun können«, meinte David. »Warum solltest du auf deinen Schlaf verzichten? Sie hatte die beste Betreuung; ich habe Marian Shield kennen gelernt, und sie machte auf mich den Eindruck, eine ebenso gute Geburtshelferin zu sein wie sonst irgendwer auf dieser Welt.«

»Von der guten Betreuung bin ich überzeugt, und ich bin euch allen dankbar«, sagte Regis. »Aber die bloße Tatsache, dass sie mich nicht benachrichtigen ließ ...«

Er begegnete Davids Blick und sah Verständnis darin aufblitzen.

Wenn eine Frau den Mann liebt, der ihr Kind gezeugt hat, möchte sie ihn in dieser Stunde bei sich haben.

»Ich muss Melora wenigstens begrüßen«, entschied Regis. »Habt ihr etwas über Missy erfahren?«

»Keine Silbe, Regis«, antwortete Jason. »Man wird sie natürlich festhalten, wenn sie versucht, den Planeten zu verlassen, aber sonst – ihr habt da draußen eine verdammt große Welt, und offenbar ist sie daran gewöhnt, wegzulaufen und sich zu verstecken.«

Eine meines Volkes ein Flüchtling!

Kerals Gedanke war fast zu greifen, und Regis fühlte den unbestimmten Wunsch, ihn zu trösten, doch er wusste nicht, wie. Er sah David wortlos nach Kerals Hand fassen, und der Anblick machte ihn ein bisschen traurig. Ihm war, als habe er etwas Kostbares verloren, von dem er nie gewusst hatte, dass er es besaß, bis es für immer außerhalb seiner Reichweite war.

Er schüttelte den Kopf und verscheuchte den Gedanken. Albernheiten! Dann atmete er auf. Bald war Linnea hier. Das mochte die Sache mit Melora noch mehr komplizieren (ganz bestimmt würde sie sich einreden, Linnea sei auf Regis' persönlichen Wunsch gekommen), aber das war ihm einfach gleichgültig.

Keral erklärte zu aller Überraschung: »Ich habe noch nie ein neugeborenes menschliches Kind gesehen. Darf ich mit dir kommen und deinen Sohn sehen, Regis?«

»Natürlich, ich zeige meine Kinder immer gern her«, antwortete Regis. David entschloss sich, sie zu begleiten, und so gingen sie durch die Korridore des Krankenhauses. Das hoch gewachsene, schlanke Chieri zog immer noch neugierige Blicke auf sich. Aber hier im Krankenhaus des HQ war die Neugier freundlich. Viele hatten Keral inzwischen gesehen und mit ihm gesprochen, und er war weiter nichts als ein fremdes Lebewesen, keine Sensation.

Melora lag im Privatzimmer eines Eckflügels. Der Raum wurde oft für wichtige darkovanische Gastpatienten benutzt. Sein Fenster ging auf die Berge hinaus. Einer darkovanischen Hebamme und einer Pflegerin von Meloras eigenen Gütern war gestattet worden, sie zu betreuen. Melora saß in einem Sessel, gekleidet in ein langes, wolliges blaues Gewand, und ihre Wangen waren leicht gerötet. Sie war ein hübsches Mädchen, groß und von stolzer Anmut, mit kastanienbraunem Haar und grauen Augen. Gerade jetzt sah sie mit ihren über die Schultern fallenden Zöpfen selbst kaum älter als ein Kind aus. Regis' Augen richteten sich schnell mit der alten Angst auf das verhängte Bettchen, in dem das Baby lag (nicht mehr als ein kleines, rotes Gesicht, das in einer weißen Krankenhausdecke schlief), aber dann wandte er seine Aufmerksamkeit sofort Melora zu. Er winkte ihr, sitzen zu bleiben, beugte sich nieder und küsste sie auf die Wange. »Er ist wunderschön, Melora. Ich danke dir. Wenn ich es gewusst hätte, wäre ich hier bei dir gewesen.«

»Du hättest nichts tun können, und es ist sehr gut für mich gesorgt worden«, antwortete das Mädchen kühl und wandte die Wange von seinem Kuss ab. Der Raum war voll von Spannung; die drei, die ihr gegenüberstanden, alles Telepathen von größerer oder geringerer Kraft, spürten ihren Zorn. Regis erkannte plötzlich, dass er die anderen beiden aus Feigheit mitgenommen hatte, weil er hoffte, Melora werde in Anwesenheit von Außenseitern keine Szene machen. Es hatte sie gequält, dass sie ihr Kind an diesem fremden Ort gebären musste, sie wusste nicht einmal, warum Regis es von ihr verlangt hatte, und sie hatte das Recht (sagte sich Regis), ihm ungehindert von Dritten eine Szene zu machen.

Keral sorgte für eine kleine Ablenkung, indem er zu dem Baby hinüberging und sich über das Bettchen beugte. Melora schrie leise auf, doch sie entspannte sich, als Keral die schönen Augen auf sie richtete. Ja, sie lächelte das Chieri sogar an und sagte: »Nehmt ihn nur auf, wenn Ihr möchtet, Edler; Ihr erweist uns Gnade.«

Keral hob das Kind hoch. Seine langen Hände glitten geschickt um den kleinen Körper, als sei er daran gewöhnt, mit Kindern umzugehen. Aber David, der ihn beobachtete, war überzeugt – obwohl er nicht wusste, woher ihm dies Wissen kam –, dass Keral noch nie zuvor ein Neugeborenes gesehen oder berührt hatte. Keral lächelte fasziniert. »Seine Gedanken sind seltsam und formlos. Und trotzdem, welch ein Unterschied zu einem kleinen Tier!«

Bei sich dachte David, das Baby sehe wie jedes andere neugeborene Lebewesen aus, klein und nichts sagend. Er wusste aber auch, dass diese Einstellung auf dem absichtlich kultivierten Zynismus des Mediziners beruhte. Für einen Augenblick versuchte er, das Kind durch Kerals Augen zu sehen, ein kleines Wunder, ein Mirakel der Neuheit. Es belastete ihn zu sehr; er löste den Kontakt und erkundigte sich bei Regis: »Wie willst du ihn nennen?«

»Das ist Meloras Recht.« Regis lächelte die junge Mutter an. »Es sei denn, sie bittet mich, ihm einen Namen zu geben.«

Meloras Gesicht wurde weicher. Sie legte ihre Hand in Regis' Hand. »Tu du es, wenn du möchtest«, sagte sie, und David berührte Kerals Schulter. Keral legte das Baby behutsam wieder hin. Dann gingen sie und ließen die jungen Eltern mit ihrem Kind allein.

Später meinte David, dieser Augenblick des Kontakts mit dem Kind und Regis habe ihn sensitiviert, aber im Augenblick wurde er sich dessen nicht bewusst. Er verbrachte den Tag mit den noch vorhandenen Mitgliedern des Projekts. Rondo zeigte sich bei den Versuchen, seine Kontrolle über kleine Gegenstände zu messen, verdrossen und wenig kooperativ. Er war nicht bereit, über seine Karriere als Spieler und seine Methoden zu sprechen, und er weigerte sich, die Karten und Würfel zu manipulieren, die Jason und David ihm zeigten. Desideria war kurz angebunden und schien sich Sorgen zu machen. Conner war von neuem in Apathie versunken und wollte nicht reden, geschweige denn mitarbeiten. David spürte deutlich, wie verlassen der Raumfahrer sich ohne Missy fühlte.

Regis meldete sich nicht wieder. Danilo, der kurz auftauchte, sagte, er lasse sich privater Angelegenheiten wegen entschuldigen, und verschwand wieder.

Nachdem Rondo missmutig erklärt hatte, er habe Kopfschmerzen und sei müde (bestimmt hätte Conner das auch gesagt, wäre es ihm nicht völlig gleichgültig gewesen, was mit ihm geschah), wandte sich David an Desideria mit der Bitte, ihnen etwas über die Ausbildung einer Bewahrerin zu erzählen. Er hörte zu und machte lustlos Notizen – der reine Automatismus, dachte er, denn es wurde sowieso alles auf Band aufgenommen.

»Die Ausbildung begann mit Spielen, ähnlich dem Manipulieren dieser Gegenstände – das heißt, als wir noch klein waren.« Desideria wies mit dem Kopf auf die Ansammlung von Würfeln, Federn und anderen kleinen Dingen, mit denen David es bei Rondo versucht hatte. »Es gab auch Spiele, bei denen Süßigkeiten und anderes versteckt wurden, das wir finden mussten, und später schwierige Aufgaben, bei denen Hinweise versteckt wurden oder sich eine Gruppe vor einer anderen versteckte. Darauf folgte das ziemlich anstrengende physische Training der Nervenströme – Atmung, Konzentration, Stunden und Stunden mit Atemkontrolle und Meditation. Wir lernten, innerhalb und außerhalb des physischen Körpers zu wirken. Natürlich geschah das alles, bevor wir eine Matrix auch nur zu sehen bekamen. Als wir im Stande waren, unsere sämtlichen natürlichen Talente zu kontrollieren, begannen wir, mit den Matrix-Steinen zu arbeiten, zuerst mit den kleinen ...«

David fand, vieles davon höre sich wie das alte, traditionelle Yoga-Training an, das einige terranische Gruppen immer noch aus religiösen oder gesundheitlichen Gründen praktizierten. Er verschob seine Neugier auf einen Zeitpunkt, wo er Muße haben würde, all dies auszuwerten.

Den ganzen Abend belastete David die trübe, gereizte Stimmung. Keral war auf nervöse Art still und reserviert. Man hatte ihm ein Zimmer im Krankenhaus nahe dem von David gegeben, und wie es bei ihnen schon zur Gewohnheit geworden war, gingen sie zum Abendessen gemeinsam in die Cafeteria. Aber Keral sprach kaum ein dutzend Wörter und hatte auch keine Lust, mit auf Davids Zimmer zu kommen und sich zu unterhalten, wie sie es sonst taten. Auch Conner sprach mit niemandem. Kerals Schweigen beunruhigte David nicht weiter, Conners aber wohl. Wenn diese Apathie anhielt, würde der Raumfahrer dann einen neuen Selbstmordversuch machen? Für Missy war er ins Leben zurückgekehrt. Jetzt war sie fort. Hatte sie sein Interesse am Leben mit sich genommen? Zum Kuckuck mit Missy! David verhärtete sein Herz. Er konnte und wollte nicht die Verantwortung für das körperliche und seelische Wohlbefinden jedes einzelnen Mitglieds an dem verdammten Projekt übernehmen! Das war Jasons Baby – sollte er es schaukeln!

Trotzdem dauerte es lange, bis David einschlief. Die merkwürdige Illusion, er höre am Rand seiner Wahrnehmungsfähigkeit Stimmen, wollte nicht weichen. Es war wie bei weit entferntem Schreien oder Schluchzen, das man immer noch zu vernehmen glaubt, wenn es längst aufgehört hat. Man strengt die Ohren an und wird nervös bei dem Gedanken, gleich beginne es von neuem.

Doch endlich versank er in die Art von leichtem Schlummer, bei dem der Schläfer weiß, dass er schläft, und sich bewusst ist, dass er zwischen Schlaf und echten Träumen und halbwacher Benommenheit hin- und herpendelt. Zwei- oder dreimal überkam ihn das Gefühl, er falle, und er fuhr in die Höhe. Da hatten sich seine Träume mit denen Conners verwoben. Missys Gesicht, alptraumhaft verzerrt vom Weinen, geisterte vor seinen Augen herum, und Kerals fremdartige Hände umschlossen das rosa Körperchen des Babys, während er eine seltsame Melodie summte.

Doch plötzlich war David hellwach. Er sprang auf. Halb angezogen rannte er ...

Leere Korridore. Kerals eilende Füße schlossen sich ihm an. Das entsetzte weiße Gesicht, die erweiterten Pupillen, die erstickte Stimme; *du kannst dort nicht hinein!*

Die Tür flog krachend auf. Die dunkle Gestalt eines Eindringlings, drohend, Meloras Atmung verlangsamt, das Gesicht entfärbt ...

Keral bückt sich, packt, schleudert die dunkle Gestalt, ein furchtbarer Schrei, und der Eindringling fliegt gegen die Wand, das Knirschen, Krachen, Brechen von Knochen – und etwas stirbt. Meloras weißes Gesicht, David zieht mit geübten Fingern ein Augenlid hoch, brüllt nach Hilfe ...

Das Zimmer voll von Ärzten, Schwestern; Schwester betäubt. Mund an den Mund des Mädchens, atmen, atmen, atmen ...

»Ich übernehme, Dr. Hamilton.«

Beiseite geschoben. Atem normalisiert sich. Keral totenbleich. Das Baby in seinen Händen; Kerals Stimme, abgehackt und unwirklich:

»Er braucht Hilfe zum Atmen. Seine Brust ist nicht eingedrückt, aber ich glaube, es sind Rippen gebrochen ...« Das spröde Gefühl winziger Rippen unter seiner Hand, das krampfhafte, würgende Schreien eines halb erstickten Babys, das langsam ins Leben zurückkehrt ...

Leute beugen sich über den Toten im Korridor. Kerals zitternde Hände, das weiße Gesicht eine Maske des Entsetzens; Fragen, Stimmen, Uniformen. Eine offizielle Stimme übertönt die anderen:

»Hier in seiner Tasche – Ampullen mit der gleichen Droge, die er dem Mädchen gegeben hat. Er muss auch Schwester Conniston betäubt haben. Dr. Hamilton, was hat Sie hergeführt? Es sieht aus, als seien Sie gerade rechtzeitig gekommen, um zwei Morde zu verhindern.«

David hörte seine eigene Stimme; sie kam ihm unwirklich vor. »Ich weiß nicht recht. Vielleicht hörte ich Keral – hattest du gerufen, Keral? Ich weiß nur, dass ich aufwachte und das Gefühl hatte, es sei Eile geboten. Ich habe keine Ahnung, woher ich wusste, dass Melora und das Kind in Gefahr waren.«

»Wer ist er?« Uniformierte drängten sich um die Leiche.

»Die gleiche alte Geschichte. Er könnte alles Mögliche sein. Irgendein Herumtreiber von den Raumhäfen – sogar chirurgisch veränderte Fingerabdrücke.«

»Verdammt Glück gehabt. Stellen Sie sich vor, was passiert wäre: Regis Hastur vertraut uns der Sicherheit wegen seinen Sohn an, und Mutter und Kind werden mitten im Terranischen HQ ermordet! Was könnten sie für ein politisches Kapital daraus schlagen!«

Immer noch benommen, fragte David sich, wer sie seien und welches politische Kapital aus dem Tod eines Kindes geschlagen werden könne und welche Ungeheuer sich zu einem solchen Schachzug entschließen würden. Er musste seine Geschichte noch zweimal erzählen, und jedes Mal fühlte er sich stärker desorientiert und ungläubiger. Das Baby war nicht in Gefahr, aber die HQ-Beamten verdreifachten die Wachen um das Zimmer. David stand herum. Das Team, das sich um Melora bemühte, brauchte ihn nicht (es dauerte länger als eine Stunde, bis sie wieder ohne Hilfe atmete; die Betäubung wäre fast tödlich verlaufen). Jason Allison tauchte auf und zog die Raumpolizisten weg, die David befragten (Keral; wo war Keral? David spürte seine Anwesenheit nicht mehr und fühlte sich kalt und beraubt ...), und die Raumpolizisten hörten auf Jason. Sie starrten David an, als sei er irgendein Monstrum.

Irgendwann während dieser Stunde erschien Regis, weiß wie ein gebleichtes Skelett. Er versuchte, etwas zu David zu sagen, brachte es nicht heraus. In seinem Gesicht arbeitete es. Schließlich schlang er stumm die Arme um David und presste seine Wange an die des Terraners.

Bei dieser Berührung erhielt Davids Welt plötzlich wieder Farbe und Realität, als hätte sich ein Nebel verzogen. Er wusste, dass er wach und all dies wirklich war, kein wilder, verworrener Alptraum. Regis' Hände drückten fest die seinen, und er sagte:

»Ist ja gut, Regis; sie werden beide am Leben bleiben, und jetzt, wo wir gewarnt sind, wird nichts mehr passieren. Aber – großer Gott! Wo ist Keral, was ist ihm zugestoßen?«

Vor seinem geistigen Auge tauchte ein Bild auf: Kerals Gesicht, entstellt vor Entsetzen, dem Mann zugewandt, den er getötet hatte.

Kein Chieri hat je ein lebendes Wesen getötet. Er isst nicht einmal Fleisch!

David kehrte in sein eigenes Zimmer zurück. Plötzlich war er sicher gewesen, dass er Keral dort finden würde, und so war es auch. Das Chieri hatte sich zusammengerollt, das Gesicht versteckt, nichts als ein stummes Bündel des Elends und des Abscheus, und sein Atem war so flach, dass David das Herz stockte bei dem Gedanken, der Schock habe ihn getötet. Das blasse, fremdartige Gesicht zeigte keine Spur des Erkennens, auch dann nicht, als David ihn ansprach. David drehte ihn behutsam um. Wieder überwältigte ihn die fast feminine Schönheit des Chieri; sein eigener Traum mit seinen merkwürdigen Obertönen kehrte zu ihm zurück. David erschrak und schämte sich. Ärgerlich auf sich selbst, verbannte er den Gedanken.

Keral braucht dich, und du kannst ihn nicht in menschlichen Begriffen oder in Begriffen deiner eigenen sexuellen Verklemmung beurteilen!

Keral war eiskalt und fast so steif wie ein Toter. David kniete sich auf das Bett neben ihn und zog ihn in blindem Instinkt an sich. Immer wieder flüsterte er seinen Namen.

»Keral, Keral. Ich bin es, David. Komm zurück. Ich bin hier. Es ist alles gut, es wird alles wieder gut werden. Keral, Keral, du darfst nicht sterben.« Die Worte waren nur ein bedeutungsloses Gemurmel, aber sie ermöglichten es ihm, sein ganzes Bewusstsein, seine ganze Persönlichkeit auf eine tiefer gehende Suche zu konzentrieren:

Keral. Wohin bist du gegangen? Komm zurück, komm zurück zu mir. Ich rufe dich zurück mit allem, was ich bin, ich suche dich überall in dem Nichts, in das du gegangen bist, ich finde dich im Schweigen der Furcht ...

Als Erstes spürte David das schwarze, formlose Entsetzen, in dem Keral untergegangen und fast schon ertrunken war:

Tod. Ich habe einem lebenden Wesen den Tod gebracht. Er hielt das Kind zwischen seinen Händen, er hätte es getötet. Wie kann irgendwer ein Kind töten? Wie kann irgendwer Tod bringen? Meine eigenen Hände haben Tod gebracht ... ich sterbe in seinem Tod, ertrinke in dieser Dunkelheit ...

»Gott helfe mir«, sagte David halblaut, »wie kann ich ihn erreichen?« Er füllte seinen Geist mit dem Bild, wie das Leben langsam in das bläulich angelaufene Gesicht des halb erwürgten Kindes zurückgekehrt war, mit dem Strom von Dankbarkeit und Liebe, den Regis' Berührung auf ihn übertragen hatte. Langsam, wie der stockende Schlag eines Herzens unter dem belebenden Drängen eines Schrittmachers, stieg Kerals Bewusstsein aus der Dunkelheit zum Leben empor. David hielt Keral weiter in seinen Armen und murmelte ihm zu (wie einem Kind, wie einer Frau!), bis sich endlich die großen, leuchtenden Augen des Chieri öffneten und David mit verzweifeltem Kummer ins Gesicht sahen.

»Ich wollte ihn nicht töten, nicht einmal einen so Bösen wie ihn. Aber ich machte mir nicht klar, wie schwach er war und wie stark meine Arme sind, wenn der Zorn mich packt.« Er zitterte. »Mir ist so kalt. So kalt.«

»Das ist der Schock«, sagte David sehr sanft. »Es wird dir bald besser gehen. Es gab nichts, was du sonst hättest tun können, Keral.«

»Das Kind ...«

»Ihm geht es gut.« David wunderte sich von neuem. Wie Keral selbst erzählt hatte, starb seine eigene Rasse aus. Keral hatte niemals ein Kind seines eigenen Volkes gesehen. Warum setzte er sich so stark für ein Kind einer anderen Art ein? Dieses tiefe Gefühl der Identität ...

Allmählich wurde Kerals Körper wärmer, die totenähnliche Starre löste sich. Verspätet und mit einiger Verlegenheit wurde David bewusst, dass er immer noch neben Keral lag und ihn wie ein Liebhaber in seinen Armen hielt. Er ließ ihn ziemlich schnell los und stand auf. Der praktische Sinn gewann die Oberhand. »Frierst du noch? Ich will dir etwas Heißes zu trinken besorgen. Und decke dich zu.« Ihn quälte das Gefühl, ihm sei etwas entgangen, er habe den Schlüssel zu Keral, den Schlüssel zu dem ganzen Geheimnis übersehen.

Keral setzte sich hoch. »Ich möchte herausfinden ...«

»Bleib, wo du bist!«, befahl David. »Anordnung des Arztes. Ich werde mich erkundigen, wie es Melora und dem Baby geht, wenn ich etwas für dich hole.« Er scheute sich, dem Chieri mit seiner fremdartigen Physis ein Sedativum zu geben, doch ein heißes Getränk würde ihm sicher nicht schaden. Irgendwo im HQ gab es immer Kaffee oder das nach bitterer Schokolade schmeckende Zeug, das das darkovanische Äquivalent dafür zu sein schien.

Es war eine verdammt aufreibende Nacht gewesen. David überraschte es gar nicht, als er bei einem Blick durchs Fenster feststellte, dass die Sonne aufging.

Ebenso wenig überraschte es ihn, später an diesem Vormittag zu erfahren, dass Conner über alles, was geschehen war, Bescheid wusste. Langsam gewöhnte er sich daran, ein Telepath zu sein, und es hatte seine Vorteile.

Schon formulierten sich in ihm die Fragen, die er Keral stellen musste. Eine wissenschaftliche Untersuchung des

Chieri brachte ihn nicht weiter. Er wollte auf seine Intuitionen vertrauen und ihnen folgen, wohin sie ihn auch führen mochten.

Regis Hastur trat in den rötlichen, nebelverhüllten Morgen hinaus und blickte geistesabwesend zum Himmel empor. Melora war außer Gefahr, und dank Kerals schnellem Eingreifen war das Kind gar nicht erst in wirkliche Gefahr gekommen. Beide schliefen jetzt, und Regis hatte sie in guten Händen zurückgelassen. Aber er war von dem langen Kampf zu Tode erschöpft, und die Angst schüttelte ihn von neuem.

Vielleicht sah er alle Möglichkeiten klarer als andere Menschen. War der Anschlag von Darkovanern der rabiaten Anti-Terraner-Partei verübt worden, um die Terraner in Misskredit zu bringen, wenn sie ein Hastur-Kind unter ihren Augen ermorden ließen? War es Teil des Plans, alle Telepathen zu vernichten, den er schon lange argwöhnte? Wie sollte er Meloras Eltern gegenübertreten, nachdem er ihnen mit großer Mühe die Erlaubnis zu etwas noch nie Dagewesenem abgerungen hatte – eine darkovanische Edelfrau bekam ihr Kind unter den Auspizien des Imperiums!

Wenn jemand von unserem Volk dahinter steckt, sind wir es nicht wert, gerettet zu werden!, dachte er mit der Trostlosigkeit der Verzweiflung. Er richtete seine Sinne nach innen, damit er die Anwesenheit der terranischen Wachen nicht spürte, die seinen Schritten folgten und sich Mühe gaben, dem Fremden, den sie bewachten, nicht lästig zu werden.

Mit der Sicherheit des ausgebildeten Telepathen erkannte er, dass sich Fremde in seinem Haus befanden. Er blieb in dem schwach beleuchteten Flur stehen und versuchte festzustellen, ob eine Bedrohung vorhanden war. Er lauschte nach oben, wo die beiden älteren Kinder mit ihren Pflegerinnen in einem bewachten Zimmer schliefen. Dort war alles friedlich. Er hatte das jüngste überlebende Kind und seine Mutter mit einer Begleitmannschaft nach Burg Hastur geschickt. Das Gefühl, es sei ein Fremder anwesend, blieb ...

Linnea! Ich habe es in dieser schrecklichen Nacht vergessen – bist du schon da?

Er spürte, dass sie die Treppe hinuntergelaufen kam, sah auf und schloss sie in seine Arme. Mit fast qualvollem Verlangen zog er sie an sich, und ihr schlanker Körper verschmolz mit dem seinen, als könnten die Barrieren des Fleisches fallen, als könnte er Linnea irgendwie in sich absorbieren. (Im HQ-Gebäude, weit von ihnen entfernt, löste sich David in plötzlicher Verlegenheit von Keral. Draußen in der Handelsstadt wälzte sich Missy in ihrem unruhigen Schlaf und wimmerte.) Dann stellte Regis sie auf die Füße, trat zurück, seufzte und lächelte.

»Es ist egoistisch von mir, *Preciosa,* und ich sollte dich wieder wegschicken. Aber ich bin glücklich, dass du gekommen bist.«

»Meine Großmutter hat sich auch gefreut, mich zu sehen. Allerdings tat sie, als sei sie schockiert darüber, dass ich meinen Posten in Arilinn verlassen habe. Sie stellte laut Überlegungen an, was das nur für Mädchen seien, die heutzutage ausgebildet werden«, lachte Linnea. »Ich bin froh, dass Melora und das Kind in Sicherheit sind. Ich werde Melora besuchen, wenn die Terraner es erlauben und mich nicht für eine schlaue Attentäterin halten.«

»Das Schlimmste ist, dass ich mir von ihnen allen anhören muss, sie hätten es mir ja gleich gesagt«, gestand Regis. »Doch ich schäme mich, dass ich mich darüber ärgere, wo beide in Lebensgefahr gewesen sind.«

»Du bist zu müde, um vernünftig zu denken«, meinte Linnea. »Lass mich einen Diener rufen, der dir zu essen bringt. Und dann – Regis, es widerstrebt mir, dich noch mehr zu ängstigen und noch mehr Verantwortung auf deine Schultern zu laden, aber ich muss dir berichten, was ich gesehen habe.«

Privates Tagebuch von Andrea Closson; in Code geschrieben
Die Waldbrände haben ihren Zweck erfüllt; in dieser Richtung brauchen keine weiteren Anstrengungen gemacht zu werden, denn die Erdkrume ist in wenigstens drei großen Gebieten unter den kritischen Punkt reduziert worden. Die normalen, durch Blitzschlag entstehenden Feuer dieses Jahres sollten genügen, vor allem, da die Brandbekämpfer in den Bergen demoralisiert sind.

Mit Beginn der Frühlingsregen in den Abschnitten IV und V wird die Erosion in den Hellers beginnen und auf die Vorberge übergreifen. Der Wasserspiegel wird aufgrund des exzessiven Ablaufs in den abgebrannten Gebieten bald gefährlich sinken. Sobald dann in der Gegend von Carthon die Trockenzeit einsetzt, wird es Sandstürme geben, die das Letzte an Ernten vernichten.

Einige Hilfe in der Nahrungsmittelversorgung kann von den gut bewässerten Städten im Tiefland erwartet werden, aber sie wird nicht ausreichen. An das Terranische Imperium gerichtete Bitten mögen politische Entscheidungen auslösen, die die gewünschte Vereinbarung begünstigen. (Anm.: Das Imperium hat einen Antrag auf Vergrößerung der Raumhafen-Anlagen gestellt, der letztes Jahr vom Rat abgelehnt wurde. Die Frage wird sich in fünf Monaten von neuem erheben. Dies wird eine Schlüsselentscheidung werden.)

Die erwarteten landwirtschaftlichen Katastrophen werden diesen Sommer beginnen, obwohl noch nicht in entscheidendem Ausmaß. Wirkliche Hungersnot wird, ausgenommen bei isolierten, Wald bewohnenden nichtmenschlichen Kulturen, erst in drei Jahren auftreten. Trotzdem ist in gewissem Umfang mit Panik zu rechnen.

Agenten müssen Auftrag erhalten, mit der Arbeit unter den Nichtmenschen anzufangen, Panik und Aufruhr zu schüren. Wenn sie zu einem Angriff auf menschliche Städte veranlasst werden könnten, wäre dies ein großer Schritt auf das Endziel zu. Denn wenn zu dieser Zeit ein Krieg zwischen Menschen und Nichtmenschen stattfindet, wird er auch ohne entscheidenden Ausgang Hilfsmittel verschlingen, die anderenfalls eingesetzt werden würden, um Sanierungsarbeiten in landwirtschaftlichen Gebieten durchzuführen.

Die Anstrengungen, eine Einmischung seitens der Hasturs zu verhindern, müssen verdoppelt werden. Die Relais-Türme sind wahrscheinlich unangreifbar, aber bei dem relativ niedrigen Niveau der interplanetaren Politik wird niemand etwas merken, bis es zu spät ist, koordinierende Maßnahmen zu ergreifen. Das ist auf dieser Welt mit ihrer stark individualisierten sozialen Ordnung sowieso nicht zu erwarten.

Wenn meine Berechnungen stimmen, könnte der Punkt, an dem keine Umkehr mehr möglich ist, in wenigen Monaten erreicht sein. Danach brauchen die Tätigkeiten nicht länger geheim gehalten werden, da der Prozess irreversibel ist und Darkover um des nackten Überlebens willen gezwungen sein wird, über planetare Reparaturmaßnahmen unter Leitung von technischen Experten zu verhandeln. Es ist möglich, dass wir diesen Punkt bereits erreicht haben, denn was auf Darkover an technischen Einrichtungen vorhanden ist, reicht nicht aus, den Planeten ohne fachmännische Hilfe wieder urbar zu machen. Diese Hilfe müssen sie sich mit politischen Konzessionen erkaufen, die das angestrebte Ziel einer Neueinstufung als offene Welt ebenso gut erreichen werden. Nicht ausgeschlossen ist, dass ich die Hasturs unterschätzt habe, aber in diesem Augenblick scheinen sie sich mit nichts weiter als läppischen Regierungsangelegenheiten zu befassen. Eine Zentralregierung gibt es ja eigentlich nicht. Diese Welt ist weit offen.

8

»Dieser Planet ist weit offen«, erklärte Regis langsam, die Augen auf Linnea gerichtet. »Ich hätte es mir denken können. Ich habe genug über die Geschichte des Imperiums gelesen – habe ich dir schon erzählt, dass ich als Junge den Wunsch hatte, Darkover zu verlassen und in den Raum zu gehen? –, um zu wissen, was Planetenvernichtung bedeutet. Ich weiß nicht, warum ich geglaubt habe, Darkover sei immun dagegen.«

Danilo Syrtis sagte: »Ich habe diesen Imperiumsbastarden nie getraut.« Sein gespanntes junges Gesicht war unerbittlich. »Einige von den Gebirglern hatten die richtige Idee. Erheben wir uns und vertreiben wir jeden Einzelnen der verfluchten Terraner von unserer Welt, reißen wir den Raumhafen nieder und bestreuen wir den Boden dort mit Salz!«

»Du bist ein Dummkopf, *Bredu*«, erwiderte Regis freundlich. »Es ist nicht das Imperium. Die Terraner haben sich ehrlich gegen uns verhalten und ihre Verpflichtungen erfüllt. Wenn sie diese Welt mit Gewalt öffnen wollten, hätten sie es schon vor dreihundert Jahren getan.«

»Aber wer dann, Regis, wenn nicht die Terraner?«, fragte Linnea.

»Ich kann nur sagen, die Galaxis ist groß, und es gibt – ich habe vergessen, wie viele – bewohnte Welten«, antwortete Regis. »Wie findet man eine bestimmte Nuss im Wald? Schon auf einer einzigen Welt ist die Suche nach einer bestimmten Person – Tatsache ist, Linnea, wir haben nicht die *zentralisierte Organisation …*« – er benutzte die *lingua franca,* da es in der alten darkovanischen Sprache solche Begriffe und Wörter nicht gab – »… um mit so etwas fertig zu werden. Das ist ein

Krieg, und wir haben schon lange keinen Krieg mehr gehabt. Kämpfe schon. Auch Fehden, Überfälle. Noch bevor mir ein Bart spross, war ich dabei, als Kennard Alton uns gegen Kadarin und seine Schar führte. Aber wir hassen und bekriegen einen oder zwei oder zehn. Es ist einfach *unvernünftig,* große Gruppen von Leuten zu hassen, die uns persönlich nie etwas getan haben, nur weil sie *hier* sind. Deshalb haben wir uns gegen das Imperium nie richtig zur Wehr gesetzt, obwohl ich glaube, die meisten Menschen haben keinen Raumhafen auf Darkover gewollt. Es ist eine große Welt, und es ist immer Platz genug für jede Vorstellung gewesen; so haben wir gedacht. Wir haben von den Terranern eine Menge gelernt, und sie haben uns viel gegeben. Und dafür haben wir wiederum dem Imperium unser Siegel aufgedrückt. Aber während diese Art zu denken auf lange Sicht die einzig vernünftige ist, haben wir es jetzt mit der unmittelbaren Zukunft zu tun. Und wir können es nicht fassen, dass Krieg herrscht. Im Großen und Ganzen sind wir ein friedliches Volk, und durch diese Sorte von Sabotage sind wir besonders verwundbar.«

»Dann glaubst du, es gibt keinen Weg, den Feind aufzuhalten?«, fragte Linnea, und Danilo ballte die Fäuste: »Wir können kämpfen, wenn wir müssen!«

»Es gibt einen Weg«, erwiderte Regis, »aber wir sind im Augenblick nicht in der Lage, ihn zu beschreiten. Wir haben eine einzige Hoffnung, und die stirbt aus.«

»Und das wäre?«

»Die alte Telepathen-Technologie von Darkover«, stellte Regis fest. »Nur sind wir durch Inzucht geschwächt, und unsere Fruchtbarkeit nimmt ab, und es wird eine erschreckende Anzahl von uns umgebracht, wie der Überfall heute Nacht von neuem beweist. Für die koordinierte Anstrengung, die wir unternehmen müssten, sind auf Darkover nicht mehr genug von uns am Leben. Oh, wir haben reichlich Warnungen bekommen! In den letzten hundert Jahren haben die Terraner immer wieder versucht, mit uns zusammenzuarbeiten. Sie wollten unsere alten Wissenschaften entwickeln, den Umgang mit den Matrices lernen, die Ausbildung von mehr Matrix-Technikern und Telepathen fördern. Wenn wir ein paar hundert fähige Telepathen und Türme und Relais-Kreise in vollem Betrieb hätten, könnten wir den Planeten erkunden, herausfinden, was gegen uns unternommen wird, und die Schäden beheben. Wie die Dinge liegen, müssen wir uns auf fremde Techniken verlassen, und unser ganzer Lebensstil widerspricht ihnen.«

Er schloss die Augen und dachte nach. Die ersten paar Wochen von »Projekt Telepath« hatten nur ein paar vereinzelte unausgebildete Telepathen zu Tage gefördert, und die Untersuchung hatte bisher keine Ergebnisse gebracht. Sicher, David hatte Melora das Leben gerettet; man hatte neue und faszinierende Einzelheiten über die legendären Chieri erfahren, aber das war nur ein Tropfen auf dem heißen Stein. Etwa ein dutzend auf anderen Welten entdeckte Telepathen waren unterwegs nach Darkover. Wie viele unter ihnen würden sich als Psychopathen wie Rondo erweisen oder, wie Missy, unfähig sein, eine Befragung zu ertragen?

Danilo fragte: »Wie viele Telepathen gibt es eigentlich auf Darkover?«

Müde antwortete Regis: »Aldones, wie soll ich das wissen? Hältst du mich für einen Gott?« Dann durchfuhr es ihn:

Aber ich kann es in Erfahrung bringen!

Ich Dummkopf, ich habe jedermanns Kräfte studiert, nur unsere eigenen nicht!

Mit einer beherrschten Ruhe, die seiner plötzlichen Erregung nicht entsprach, sagte er:

»Denken wir einmal darüber nach. Wie viele Türme sind noch in Betrieb, Linnea?«

»Neun«, gab sie Auskunft, »weit verstreut. In Arilinn sind wir acht; in den anderen Türmen sind zwischen sieben und zwölf oder vierzehn Personen.«

Regis fuhr fort: »In der Handelsstadt haben wir vierzig lizenzierte Matrix-Mechaniker. Ich weiß auch, dass in die alten Familien immer wieder Telepathen hineingeboren werden – Rückschläge, manche von ihnen werden nie ausgebildet, doch sie besitzen einige der alten *Laran*-Gaben. Niemand hat sich je die Mühe gemacht, sie zu zählen oder von ihnen zu verlangen, dass sie ihre Talente einsetzen. Wenn wir nun alle zusammenarbeiten würden ...«

»Das ist phantastisch«, rief Linnea aus, »und wohl auch unmöglich. Du weißt, was ein Turmkreis durchmachen muss, bevor er als Gruppe arbeiten und irgendetwas erreichen kann. Jedes Mal, wenn wir ein neues Mitglied aufnehmen, brauchen wir Wochen, um uns an die telepathische Berührung mit ihm zu gewöhnen. Sieben oder acht Personen scheint das Maximum zu sein.«

Regis meinte halblaut: »Drei von uns, im Tiefenrapport verbunden, haben die Sharra-Matrix zerstört. Was könnten fünfhundert tun?«

Linnea zuckte zusammen. »Alle alten Matrix-Schirme oberhalb der neunten Ebene sind vor Jahren vernichtet worden. Sie wurden als illegale Waffen klassifiziert. Man sagte, sie seien zu gefährlich, als dass menschliche Wesen mit ihnen umgehen dürften, Regis.« Ihre Augen wanderten langsam zu seinem vorzeitig weiß gewordenen Haar. »Eine Stunde mit einer solchen Matrix hat dir ... das ... angetan.«

Er nickte ernst. »Ja. Es ist zu gefährlich, in menschlichen Begriffen. Wenn die Alternative jedoch die Zerstörung eines Planeten ist?«

»Die Frage ist auf jeden Fall akademisch«, wehrte Linnea ab. »Denn die Matrices existieren nicht mehr, und niemand der heute lebenden Menschen weiß, wie man sie baut. Und das halte ich nur für gut.«

»Trotzdem ist es unsere einzige Hoffnung«, begann Regis von neuem. »Die Matrices sind unser einziger Besitz, den das Imperium nicht von außen duplizieren kann. Dafür hilft uns das Imperium vielleicht, ohne politische Konzessionen zu verlangen, die das Darkover, das wir kennen, unweigerlich zerstören würden. Es wird ein Wettlauf werden, ein Wettlauf gegen die Zeit. Aber ich werde es tun.« Sein Gesicht war ausdruckslos. »Ich habe nicht darum gebeten, an die Spitze des Rates gestellt zu werden. Nie habe ich Wünsche in dieser Richtung gehabt. Nun habe ich diese Macht einmal, und egal, ob zum guten oder schlimmen Ende, ich muss sie benutzen.«

»Das verstehe ich nicht«, sagte Linnea. »Warum will das Imperium Telepathen haben? So viel ich gehört habe, glaubt man kaum, dass es uns gibt!«

»Benutze deinen Verstand, Linnea!« Regis wurde heftig. »Ein genügend ausgebildeter Telepath kann mit einer Matrix Energie erzeugen – richtig? Das bisschen Bergbau, das wir auf Darkover haben, geschieht durch einen Matrix-Kreis, der die Minerale ausfindig macht und an die Oberfläche teleportiert – richtig? Wir kommen mit wenig Metall aus, weil wir keine Fabriken wollen, aber für das, was wir brauchen, besitzen wir die entsprechende Technik – oder wir besaßen sie bis vor kurzem.«

»Ja, aber der Arbeitsaufwand ...«

»Kann kompensiert werden. Eine von einem geschulten Telepathen eingesetzte Matrix kann ein konventionelles Flugzeug ersetzen. Und wir brauchen Flugzeuge nur in Notfällen, wir fliegen nicht zum Spaß herum. Dann ist da die Kommunikation: Wir auf Darkover haben Anlagen für eine mechanische Kommunikation über große Entfernungen nicht nötig.«

»Richtig ...« Die Hauptaufgabe der Relais auf Darkover war, besonders jetzt, die Übermittlung von Nachrichten.

»Das Imperium hat schon seit langem erkannt, wozu Telepathen gut sind«, fuhr Regis fort. »Im Raum, für die Kommunikation. Um mechanische Ausrüstungen mittels Levitation oder Energon-Kontrolle zu steuern, wenn die gewöhnliche Maschinerie ausfällt. Mit einer Matrix erkennt jedes Kind die Struktur der Materie deutlich genug, um zum Beispiel eine Oxydierung oder Metallermüdung reversieren zu können. Der Engpass ist der Mangel an Telepathen – und die Unwilligkeit der Darkovaner im Allgemeinen, mit dem Imperium zusammenzuarbeiten. Keiner von uns hat sich für eine Untersuchung zur Verfügung gestellt. Wir wissen selbst nicht, wie wir diese alten Wissenschaften anwenden. Die wenigen Versuche, diese Dinge zu studieren, sind durch menschliches Versagen fehlgeschlagen. Aber es muss einen Weg geben, und jetzt ist es Zeit, ihn zu beschreiten.«

»Was hast du vor?« Linnea scheute sich, seine Gedanken zu lesen.

»Ich werde verlangen, dass über die Relais ein Ruf an jeden Telepathen auf Darkover ausgesandt wird«, antwortete Regis, »als Befehl Hasturs, *mit allem, was das bedeutet.«*

Linnea sah ihm kurz in die Augen und zuckte vor dem Kontakt zurück. Regis schien in diesem Augenblick fast übermenschlich zu sein, und sie dachte an die alten Legenden über den Sohn Hasturs, der mehr war als ein Mensch – und Regis hatte einmal Aldones' Schwert geschwungen, das für die Hand eines Gottes geschmiedet worden war. Man konnte es auch so ausdrücken: Es war ihm gelungen, Kräfte des menschlichen Geistes, die für einen gewöhnlichen Menschen unverständlich sind, zu zähmen und anzuwenden.

Sie brachte einen weniger wichtigen Punkt zur Sprache: »Können wir denn die Relais-Türme schließen und alle Telepathen hier zusammenziehen? Können wir es uns leisten, auf das bisschen an Technik zu verzichten, das wir haben?«

»Ja!«, fiel Danilo unerwartet ein. »Darkover hält die Telepathen, die Arbeit der Relais, für zu selbstverständlich. Schließt die Türme für ein paar Monate oder Jahre und lasst unsere Welt erkennen, wie es ihr ohne telepathische Kräfte geht. Innerhalb eines Monats wird die Bevölkerung aufwachen und es zu verhindern wissen, dass wir einer nach dem anderen ermordet werden. Es hat einmal eine Zeit gegeben, wo ein Mann, der sich an einer Bewahrerin vergriff, zu Tode gefoltert wurde. Jetzt können sie Frauen und Kinder abschlachten, ohne dass es jemanden kümmert.«

»Willst du behaupten, wir könnten dem, was sie unserer Welt antun, allein durch telepathische Kräfte Einhalt gebieten?«, fragte Linnea.

»Nein, das glaube ich nicht«, gab Regis zurück. »Ich vermute, dass dem Planeten zu viel physischer Schaden angetan worden ist. Aber wir können herausfinden, wer es tut, und ihn daran hindern. Und wir können vielleicht wegen der Hilfe, die wir jetzt brauchen, als Gleichberechtigte mit dem Imperium verhandeln. Auf jeden Fall ist es Zeit, dass wir aufhören herumzuspielen und dass wir das Telepathen-Projekt ernst nehmen. Sonst werden wir den Weg der Chieri gehen, und es gibt viele Leute im Imperium, die uns keine Träne nachweinen würden. Denn dann könnten sie Darkover so ausbeuten, wie sie wollen. Wir sind auf einen Posten gestellt und müssen ihn halten.«

Es war ein ärmliches Zimmer, trostlos und dunkel und stinkend, und Missy lag oft lange still und zusammengekrümmt da und wusste kaum, was in ihr und um sie vorging. Die Zeit hatte die Bedeutung für sie verloren, obwohl sie sich längst angewöhnt hatte, ihre Wahrnehmungen zu verlangsamen, damit sie die Welt zumindest teilweise so sah wie die anderen, wie diejenigen, mit denen sie nun einmal leben musste.

So viele Veränderungen, so viele Seltsamkeiten. Und dies neue Erlebnis. Zum ersten Mal hatte jemand die suchende Berührung erwidert, dies Ding in ihrem Gehirn, das sie selbst nie verstanden hatte. Bisher waren Männer für sie nur ein Mittel zum Überleben gewesen. Sie hatte gewusst, dass sie anders, anomal war, unfähig, jemanden zu finden, der auf sie einging. Ihren Körper hatte sie bedenkenlos jedem gegeben, der ihn wollte. Nach den ersten paar Malen (jetzt noch erschauerte sie in der Erinnerung daran, dass das, was ihr so viel bedeutete, für die Männer nichts war) hatte sie nicht mehr darüber nachgedacht. Doch nun:

Conner. Lange abgetötete Gefühle (sie hatte die merkwürdigen Ängste und die Einsamkeit, die ihn geformt hatten, wahrgenommen) hatten sich nach ihr ausgestreckt und sie auf eine Weise berührt, die sie kaum verstand. Sie wusste wenig über ihre eigenen Emotionen. Sie hatte nie gewagt, introspektiv zu sein, aber sie ahnte, wenn sie in ihr Inneres sah, würde sie dort ein heulendes Entsetzen entdecken wie das, von dem Conners Wahnsinn herrührte. Immer noch fühlte sie, fern von ihm, die hilflose Einsamkeit seiner Not (wie sollte sie sich davor bewahren, zurückzueilen, zu fliegen ...).

Missy, ich brauche dich. Missy, kehre zurück, ohne dich versinke ich wieder in Nacht ...

Der Name war unwesentlich; sie trug ihn erst seit ein paar Jahren. Aber der Schmerz in Conners von weit her kommenden Rufen erreichte sie. Er hatte ihr Innerstes berührt. Das konnte sie niemals mehr vergessen. Aber sie konnte sich aus seiner Reichweite entfernen ...

Sie hätte bei Conner bleiben und so viel Glück genießen sollen, wie es für das seltsame Wesen gab, das sie war. (Ah, aber hätte sie es ertragen, ihn alt werden, sterben zu sehen?)

Nur die Berührung von *diesem anderen* ...

Keral war in ihr Inneres eingedrungen, als habe er körperlich die Hand ausgestreckt und in ihr etwas zerrissen. Er hasste sie. Er fürchtete sie. Und trotzdem war etwas zwischen ihnen gewesen, obwohl er nicht einmal ein Mann war. Was war Keral, und was hatte er ihr angetan? Und dieser David war ihr gegenüber gleichgültig geblieben. Zum ersten Mal hatte der Zauber versagt, dem noch nie ein Mann hatte widerstehen können.

Seit dem Augenblick des Rapports mit Keral ging in ihr etwas Unheimliches vor, ein Fließen, Verlagern, Verändern, in ihrem Körper und tief in den unausgeloteten und unauslotbaren Tiefen ihres Geistes. Da hatte sie erkannt, dass auf keinem Planeten Platz für sie beide war, und am Töten fand sie keinen Geschmack. Sie hatte zweimal getötet: einmal, um ihr Leben, und einmal, um ihr Geheimnis zu schützen, aber sie verabscheute, was es ihr angetan hatte, und nur im äußersten Notfall würde sie es wieder tun.

Besser, sie floh von neuem.

»Lass mich gehen«, bat Conner. »Sieh mal, ich bin Raumfahrer; ich kenne mich in diesen Vierteln aus. Darkover ist ein Hafen wie jeder andere; wer einen gesehen hat, kennt sie alle. Ich werde mir anhören, was so geredet wird, und wenn etwas vor sich geht, werde ich es herausfinden.«

David war zwar der Meinung, er persönlich werde es überleben, dass Missy aus ihrer Mitte verschwunden war, aber Conner sah so elend aus, dass er Mitleid mit ihm bekam. Rondo dagegen erklärte grob: »Sei doch froh, Conner, dass du das Miststück los bist. Das Mädchen ist eine Hure, und dazu noch psychotisch.«

David bestätigte: »Conner, das ist wahr. Und da ist noch etwas. Wäre Desideria nicht gewesen, hätte Missy leicht Keral umbringen können. Sie ist gefährlich.«

Jason Allison fügte dem hinzu: »Wir bekommen Nachricht, wenn sie versucht, den Planeten zu verlassen; es ist auf dem Raumhafen Befehl gegeben worden, sie festzuhalten. Ich fürchte nur, wenn sie nicht will, haben wir keine Befugnis ...«

»Ich werde sie davor bewahren, jemand anders Schaden zuzufügen«, flehte Conner verzweifelt. »Aber ich muss sie finden, ich muss!«

Zu aller Erstaunen kam Desideria ihm zu Hilfe. »Ich glaube, Conner hat Recht. An eine psychotische Hure mit voll entwickeltem *Laran,* psychokinetischen und Poltergeist-Fähigkeiten, die die ganze menschliche Rasse hasst und frei auf Darkover herumläuft, kann ich nicht denken, ohne mich mindestens ein dutzend Mal zu schütteln. Geh nur, Dave – und wenn ich dir helfen kann, rufst du mich.«

Das trübe Licht im Zimmer war zum Glosen geworden, und die dunkle Sonne hing wie eine rote Kohle niedrig am Himmel, als Missy aufstand, ihr langes Haar glättete und sich mit so automatischen Bewegungen schönmachte, dass sie kaum in den armseligen gesprungenen Spiegel zu sehen brauchte. Sie zog ihr leichtes Gewand um sich, verließ das Haus und schritt in ihren dünnen Schuhen über die schlammige Straße.

Das Viertel der roten Laternen war genauso wie in den Raumhafenstädten auf allen Planeten, billige Bars und Amüsierbetriebe, Restaurants und Freudenhäuser, Spielhallen und Weinlokale aller Arten und jeden Ranges. Missy hatte sie unter mehreren dutzend Sonnen kennen gelernt. Darkover war ein bisschen kälter als die meisten anderen Welten, ein bisschen besser beleuchtet. Langsam wanderte sie von Bar zu Bar, und gleich beim Eintreten schätzte sie die Anwesenden mit einem Blick ab. Für gewöhnlich konnte sie innerhalb von vier oder fünf Minuten das Durchschnittseinkommen der Gäste berechnen und das Niveau des Lokals bestimmen. In den meisten Fällen behielt sie die Kapuze ihres Mantels über dem Haar und benahm sich ganz unauffällig und bescheiden. Die wenigsten bemerkten sie überhaupt, und die es taten, sahen nur ein schmächtiges Mädchen, vielleicht die kleine Tochter eines Raumfahrers oder Hafenbeamten, die auf jemanden wartete und sich ihrer zweifelhaften Umgebung gar nicht bewusst war. Auch in den anderen Lokalen dämpfte sie ihre Wirkung und wies Annäherungsversuche ruhig zurück, bis sie die gewünschte Beute erspähte.

Er sah wohlhabend aus. Seine Uniform sagte Missy sofort, dass er der Zweite Offizier auf einem Passagierschiff des Imperiums war – kurz, er besaß Autorität und eine Position ebenso wie Geld.

Der Offizier hob die Augen von seinem Glas und erblickte ein junges Mädchen von exquisiter Schönheit. Massen von silbrigem Haar fielen ihr offen wie eine Wolke um das schmale Gesicht, und sie sah ihn mit unergründlichen, leuchtenden grauen Augen an. Die Wirkung dieser Augen war derart, dass er in Verwirrung geriet und später nie erklären konnte, warum er auf sie zugegangen war, als stehe er unter einem Bann. Er war kein Anfänger bei Frauen – das war bei einem Schiffsoffizier gar nicht vorstellbar, besonders nicht bei einem, auf dessen Streifen sieben kleine Edelsteine vom Dienst auf sieben Planeten sprachen. Aber er fand fast keine Worte, er konnte nur wie ein verlegener Jüngling fragen: »Frierst du nicht? In dem leichten Kleid, auf einem solchen Planeten?«

Missy lächelte geheimnisvoll. »Ich friere nie«, antwortete sie, »aber ich bin sicher, wir könnten einen wärmeren Ort finden als diesen hier.«

Später fragte er sich, warum ihm ein so primitiver Eröffnungszug im Zauber des Glanzes, der sie umfloss, neu und seltsam faszinierend vorgekommen war. Während der ganzen nächsten Stunde, an die er sich kaum erinnern konnte, blieb er unter diesem Zauber, und hingerissen folgte er ihr durch die dunklen Straßen in das trostlose kleine Zimmer. Sie hatte nichts von ihm verlangt. Lange Erfahrung hatte sie gelehrt, dass die Männer hinterher bereitwilliger, großzügiger waren. Sie wusste nicht, warum, sie schrieb es dem merkwürdigen Glanz zu, den sie bei solchen Gelegenheiten um sich zu werfen vermochte. Auch zweifelte sie nicht ernstlich daran, dass sie ihn hinterher überreden konnte, sie an Bord seines Schiffes zu schmuggeln. Nicht weniger als zehnmal hatte ein Schiffsoffizier oder -kapitän seine Karriere aufs Spiel gesetzt, indem er das tat, und ihr dann für das Privileg gedankt. Ihr war es ein Balsam und ein Trost, in ihrem Inneren sein Begehren, sein drängendes Verlangen zu spüren – nach ihrem Misserfolg bei David (war Keral daran schuld?) brauchte sie die Selbstbestätigung, um das schreckliche Gefühl zu verbannen, dass sie sich veränderte, sich selbst fremd wurde.

Seine Hände, seine Berührung, sein Mund auf dem ihren wurden fordernd. Sie legte sich zurück und gestattete ihm, dass er sie entkleidete. Ihre Augen waren riesengroß und leuchtend, und der Schiffsoffizier bewegte sich wie ein Mann in einem Traum. Unsicher, zitternd vor Erregung streifte er ihr die leichte Seidenwäsche ab ...

Und dann schlugen seine rauen Hände zu, schleuderten Missy durchs halbe Zimmer, und seine harte, plötzlich wütende Stimme war krank vor Enttäuschung und Abscheu:

»Verdammter, dreckiger, stinkender Perverser! Lausiger Bastard von einem *ombrédin* – ich habe gehört, Darkover sei voll von euch gottverdammten Läusen, aber gesehen habe ich nie einen ...«

Angst schlug ihre eisigen Krallen in Missys Herz. In dem gesprungenen, unklaren Spiegel hatte sie bisher kaum ihr Gesicht gesehen, aber nun gab er mit gnadenloser Schärfe ihren nackten Körper zurück, die unglaublichen, wahnsinnigen

Veränderungen daran. Sie sah den nackten, tobenden Mann mit erhobenen Fäusten auf sich zukommen und duckte sich, immer noch ungläubig.

Das konnte nicht geschehen! Das war unmöglich! Und in einem Anfall von Unlogik: *Irgendwie hat mir Keral das angetan* ... Sie starrte nach unten, die Pupillen so erweitert, dass die Augen schwarz wirkten, hinunter auf ihren eigenen Körper, als sei sie im Spiegel eines verrückten Vergnügungsparks gefangen, der nicht die ihr vertraute Gestalt, sondern ein noch unentwickeltes und doch unmissverständliches Abbild der Merkmale des Wüterichs vor ihr wiedergab: Die Brüste waren noch vorhanden, aber geschrumpft, und unten ragte klein, aber unübersehbar ein rosiges männliches Glied vor ...

Missy kreischte, weniger vor Schmerz als vor Entsetzen. Sie kreischte von neuem, als die Fäuste des Mannes ihr Gesicht trafen, riss unsicher die schlanken Hände hoch, um es zu schützen. Sie verstand die Schimpfwörter nicht einmal, die er über sie ausgoss, ihre Ohren nahmen sie nicht auf. Nur mit ein paar schwachen Bewegungen versuchte sie, die wilden, brutalen Schläge abzuwehren. Sie spürte Blut aus ihrer Lippe hervorsprudeln, fühlte eine Rippe unter seinem Tritt brechen.

Und dann wurde Missy wahnsinnig.

Irgendwie hatte sie immer gewusst, dass sie stärker war als jede andere Frau. Es war Teil ihrer körperlichen Abnormität; sie hatte nie die geringste Angst vor einer Vergewaltigung gehabt und sich bei verschiedenen Anlässen in ihrem langen, harten Leben geschickt und kraftvoll verteidigt. Hier war sie überrascht worden, aber der Geruch ihres eigenen Blutes und die allgemeine Panik machten sie zum Berserker. Wie ein gereizter Tiger schoss sie fauchend vom Fußboden hoch. Ein Stoß von unglaublich starken Armen warf den Mann durchs Zimmer. Sie *fasste* nach ihm mit dieser inneren Kraft, die in

Davids Wohnung die Möbel umhergewirbelt hatte. Aufheulend wie ein verwundeter Bulle drückte der Mann die Hände auf die Lenden. Eine Bank stieg in die Luft, schoss durch den Raum und traf seinen Kopf mit einer Wucht, die einen gewöhnlichen Mann gefällt hätte. Aber er war kein gewöhnlicher Mann, und der Anblick von fliegenden Möbeln machte ihn nur noch wütender. Draußen auf der Straße sammelten sich Wolken von kreiselndem Staub. Steine warfen sich selbst gegen die Türen. Missy wehrte Tritte und Schläge ab. Und dann griff sich der Offizier die fliegende Bank aus der Luft und schlug sie ihr auf den Kopf. Missy brach zusammen und blieb still liegen.

Es hämmerte an die Tür, eine strenge Stimme rief etwas, und vier Männer im schwarzen Leder der Raumpolizei traten das Schloss auf. Vor sich sahen sie einen nackten Mann und ein bewusstloses, blutendes Wesen, das auf den ersten Blick ein nacktes Mädchen zu sein schien. Ohne viel Federlesen brachten sie beide auf die Krankenstation des Raumhafengefängnisses.

Und dort machten sie Entdeckungen, die sie in ebensolche Panik versetzten wie den Schiffsoffizier.

Dem Mann auf dem Bildschirm, der schon verschiedentlich weiterverbunden worden war, konnte man seine Fassungslosigkeit deutlich ansehen.

»Sie sind Dr. Jason Allison? Sie leiten ein Sonderprojekt des Medizinischen Dienstes mit ein paar Außenweltlern?«

»Ich bin Allison, ja.«

»Also, wir haben hier unten etwas. Vermissen Sie einen von Ihren Leuten? Wir wissen nicht, was das ist, und wir können nicht damit umgehen. Wollen Sie bitte herunterkommen und sie oder ihn oder es mitnehmen, bevor es den ganzen gottverdammten Raumhafen in Brand steckt oder so etwas?«

»Oh, oh«, sagte Jason zu sich selbst und wünschte, er hätte einen Panikknopf, den er drücken könnte.

Ohne erst fragen zu müssen, wusste er genau, dass Missy gefunden war.

Meine Familie ...

Keral. Geht es dir gut unter den Fremden, Geliebter?

Es geht mir nicht gut, obwohl mir einer von ihnen lieb ist wie ein Blutsverwandter. Und ich habe viel gelernt, über unser eigenes Volk und diese Welt. Aber ich bin allein und verzweifelt; das Leben innerhalb von Mauern ertrage ich nicht mehr lange. Und was soll ich tun, wenn die Veränderung über mich kommt oder der Wahnsinn, vor dem ihr mich gewarnt habt? Mir ist so vieles fremd, dass ich ständig in Angst bin. Schon habe ich einmal verwundet und einmal getötet, beide Male ohne Absicht. Und hier ist ein Merkwürdiger, der mir Furcht einflößt. Ich will nicht sterben. Ich will nicht sterben ...

9

Jason hatte ein Sedativum mitgenommen, das reichte, um zwei tobende Elefanten zu beruhigen, aber Missy, die im Schock dalag, das Gesicht ein heller Fleck über den eng um sie gewickelten Decken, regte sich nicht und widersetzte sich nicht. Weder sprach sie mit ihm noch öffnete sie die Augen, als er sie behutsam auf eine Bahre und in einen wartenden Krankenwagen schaffen ließ. Während der kurzen Fahrt zurück zum HQ saß Jason ruhig an ihrer Seite, ohne sie zu berühren. Mit ernstem Gesicht dachte er darüber nach, was die Raumpolizisten ihm berichtet hatten. Mit eigenen Augen hatte er die zertrümmerte Zelle gesehen, auch den geschwärzten Fleck, wo die Decken in Flammen aufgegangen waren.

Ich habe eine großmächtige Menge von seltsamen Telepathen und Psi-Talenten auf Darkover gesehen, sagte er grimmig zu sich selbst, aber ein unkontrollierter Poltergeist ist mir neu, und verdammt will ich sein, wenn ich weiß, was ich damit machen soll. Regis wird mir helfen müssen. Schließlich fällt das unter seine Zuständigkeit. Ich bin Arzt, kein Zauberer.

Schon eine oberflächliche Untersuchung der in Missy vorgegangenen Veränderungen hatte ihn entsetzt. Obwohl die eigentümliche Schönheit noch vorhanden war, schien die helle Haut rau und fleckig geworden zu sein. Ihre Augen waren glanzlos – das konnte natürlich vom Schock kommen. Aber das Wesentliche entzog sich einer Beschreibung. Jason war alles andere als immun gegen die herausfordernde, exotische Sexualität gewesen, die Missy aus allen Poren verströmte – und die war verschwunden.

Nun, auch dafür konnte man den Schock und die brutale

Misshandlung verantwortlich machen. Sie war offensichtlich gründlich zusammengeschlagen worden, und die Ärzte im Raumhafengefängnis hatten Angst gehabt, sie zu berühren. *Was er ihnen nicht verdenken konnte.*

Glücklicherweise hatte Missy sich ihm gegenüber nie feindselig gezeigt. Als er sie damals untersuchte, war sie kooperativ, ja, sogar – in einem gewissen Ausmaß – freundlich gewesen. Nur auf David und Keral hatte sie mit Ablehnung reagiert.

Jason hatte gehofft, sie unbemerkt auf die Krankenstation bringen zu können, aber – vielleicht musste er sich an so etwas einfach gewöhnen, wenn er mit Telepathen zusammenarbeitete – sie waren alle da und warteten auf ihn. Er sagte den Männern, die die Trage rollten, sie sollten anhalten, winkte David heran – wenigstens war David ein Kollege – und teilte ihm leise mit:

»Die anderen müssen warten. Sie ist in sehr schlechtem Zustand, hat vielleicht eine Gehirnerschütterung oder innere Verletzungen. David, du kommst mit, und die Übrigen bleiben hier.« Sein Blick wanderte rasch über ihre Gesichter: Regis, angespannt und verängstigt – warum? Conner, grau vor Qual und Verzweiflung, erweckte kurz Mitleid in ihm, und er legte dem Mann die Hand auf die Schulter. »Ich weiß, was du durchmachst«, sagte er. »Sobald ich es verantworten kann, lasse ich dich zu ihr, glaub mir. Sie braucht jemanden, der gut zu ihr ist, nachdem man sie so misshandelt hat.«

Zwar trat Conner zurück, aber David, in diesem Augenblick besonders empfänglich, nahm den hilflosen Zorn des Mannes wahr:

Niemand sonst kümmert es, was aus ihr wird ... sie braucht mich, für die Ärzte ist sie nur ein Fall ... wie ich es nach dem Raumunfall war ...

Und seine Gedanken verloren den Zusammenhang. Wut,

Verzweiflung und Begehren verknäulten sich so ineinander, dass Conner selbst nicht mehr wusste, was was war. David fragte sich: *Wie kann sie ihm so viel bedeuten?*, und schloss die Tür, froh, das dunkle und viel zu ausdrucksvolle Gesicht nicht mehr zu sehen.

Missys Gesicht auf dem Kissen war weiß mit blutigen und blauen Stellen, ein Auge war unter einem großen purpurnen Bluterguss zugeschwollen, ihr helles Haar war verfilzt. Das Elend würgte David in der Kehle, und er fragte sich, ob die Emotionen, die er wahrnahm, die des Mädchens oder Conners waren oder ob in ihm nur diese flüchtige, schmerzliche Ähnlichkeit Missys mit Keral widerhallte. Es würden Narben auf diesem schönen, unberührten Gesicht bleiben, da auf der Wange hatte eine Faust oder ein stumpfer Gegenstand die Haut aufgerissen ...

Er trat an ihr Bett und begann, die Decken zurückzuziehen.

Missy schlug die Augen auf. Sie waren kalt und glänzend wie Stahl. »Nein«, flüsterte sie, die blutigen Lippen unter Schmerzen bewegend, »fass mich nicht an. *Fass mich nicht an!*«

Armes Kind, dachte Jason, nach dem, was sie durchgemacht hat, kann ich es ihr nicht verübeln. »Ist ja gut, Missy«, beruhigte er sie, »niemand wird dir jetzt mehr wehtun. Ich muss mir diese Schnittwunden in deinem Gesicht ansehen und dich untersuchen, ob du noch andere Verletzungen hast. Ich glaube, wir können dich wieder zusammenflicken, ohne dass zu viele Narben bleiben. Sag mir, hast du Schmerzen? Lass mich sehen ...«

Er fasste entschlossen nach der Decke und versuchte, Missys Finger zu lösen, die sie um ihren Körper festhielten.

Im nächsten Augenblick schrie Jason auf und flog in einem feurigen Funkenregen durch die Luft. Er prallte von der gegenüberliegenden Wand ab, fiel unglücklich und blieb in einem zusammengestauchten Haufen liegen. Missy spie die Worte aus:

»Fass mich nicht an!«

»He ...!«, protestierte Jason und raffte sich verblüfft auf, »ich will dir doch nicht wehtun!« Missys Augen waren leer und blind in ihrem metallischen, kalten Starren. David, der neben dem Bett stand, fing einen Wirbelsturm von Gedanken auf, einen Tornado aus Entsetzen und Scham, der zu Furcht erregend war, um entwirrt zu werden ...

»Warte, Jason«, sagte er und beugte sich über Missy.

»Kind, es ist alles vorüber; niemand wird dir etwas tun. Das ist nur der Arzt; er will nachsehen, wie schwer dich dieser Mann verletzt hat. Bitte sag es uns – hat er dich vergewaltigt? Es tut uns allen so Leid ...« Zum ersten Mal in seiner Laufbahn als Arzt bemühte David sich mit aller Kraft, die Barrikade aus Angst zu durchdringen und das Mädchen dahinter zu erreichen. Missys Fremdartigkeit nahm er gar nicht mehr wahr; ebenso hätte er zu einem verängstigten Kind gesprochen. Der spezifisch sexuelle Inhalt der Furcht, wortlos, aber deutlich zu erkennen, führte David zu einer völlig falschen Schlussfolgerung. »Missy, wenn du Angst vor uns hast, möchtest du dann, dass eine der Frauen, Dr. Shield vielleicht, kommt und bei dir bleibt?«

Eine noch heftigere Explosion aus Wut und Angst brach wie ein Sturm in dem Raum los. Missys Augen waren glasig, und als David die Decke anfasste, durchzuckte seine Hand ein lähmender Schlag wie von elektrischem Strom.

Jason versuchte noch einmal, vernünftig mit ihr zu reden. »Miss Gentry, das ist albern. Wie können wir Ihnen helfen, wie können wir auch nur Ihre Wunden verbinden – sehen Sie, Ihr Gesicht blutet immer noch –, wenn Sie es gar nicht zulassen?«

»Es hat keinen Zweck, mit ihr zu argumentieren«, meinte

David mit leiser Stimme. »Ich glaube, sie hört nicht einmal, was wir sagen, Jason.«

Die Tür öffnete sich, und Keral erklärte in seiner schüchternen Art: »Dr. Allison, ich glaube, ich weiß, was mit Missy geschehen ist. Sie wissen doch, sie ist eine von meinem Volk, von meiner Rasse. Das ist etwas, das Sie nicht verstehen. Ich will versuchen, ihren Geist zu erreichen ...«

Keral sah angespannt aus, und David spürte seine Angst, die der Missys glich, wie Statik im Raum: *Es ist der Wahnsinn der Veränderung ... und wenn sie auf einer anderen Welt aufgewachsen ist und nicht weiß, dass so etwas geschehen kann, wenn es ohne ihr Wissen über sie kam ...*

»Hör mich«, hauchte er. »Sei mit mir, Missy. Ich bin nicht dein Feind. Ich bin von deinem eigenen Volk ...«

Sie sank zurück. Ihre Augen waren immer noch glasig, aber ihr Körper erschlaffte. Ihr Atem kam und ging in einem harten, tödlichen Rasseln. David wusste, dass sie Keral hörte, auch wenn die Augen nichts verrieten. Kerals Stimme zitterte. Er musste sich gewaltsam zusammennehmen, und doch lag eine Zartheit in seinem Ton, die beiden Zuhörern schmerzlich die Einsamkeit des Chieri bewusst machten.

»Missy. Öffne deinen Geist und hör mich an. Ich kann dir helfen; du brauchst mich nicht zu fürchten, verirrter Nestling von unserer Welt, kleine Schwester, kleiner Bruder, kleiner verlorener Vogel ...«

Missys starrende Augen flackerten. Sie holte laut schluchzend Atem ...

Und dann explodierte das Zimmer. Keral schrie auf vor Qual und schlug wild auf die Flammen, die unter seinen Händen hochschossen. Wieder tobte ein Sturm los. Er kippte den Rollwagen mit den Verbänden und Instrumenten um; Metall klirrte, Glas splitterte. David duckte sich vor fliegenden Glassplittern, Jason brüllte etwas ...

Keral wich mit bleichem Gesicht zurück und presste die verbrannten Hände in stummem Schmerz zusammen. Heiser flüsterte er: »Ich kann sie nicht erreichen, sie ist wahnsinnig ... holt Desideria, sie versteht, mit Missy umzugehen ...«

Sie eilten auf den Flur hinaus und knallten die Tür hinter dem Chaos im Zimmer zu. Dann sahen sie sich entsetzt und deprimiert an. Die anderen drängten sich mit besorgten Fragen um sie. Jason winkte Desideria und fragte kurz: »Wie bändigst du einen verrückten Poltergeist? Regis, du bist der Experte; was tut ihr, wenn einer von euren Leuten zum Berserker wird?«

»Mir ist bisher noch nie einer vorgekommen«, sagte Regis. »David, du kümmerst dich um Keral, er ist verletzt – Desideria, kannst du sie zur Ruhe bringen?«

Linnea, die still am Rand der Gruppe stand, erbot sich: »Lass mich dir helfen, Großmutter. Wenn zwei Bewahrerinnen es nicht schaffen, eine Wahnsinnige zu bändigen, warum sind wir dann hier?«

Jason trat zur Seite, damit die beiden Frauen ins Zimmer konnten. David zog Keral mit sich hinein. Schließlich war dies die Notaufnahme und der einzige Ort, wo es Verbandzeug und Medikamente für die Brandwunden an Kerals Händen gab. Wissbegierig sah er zu, wie Desideria und Linnea ein paar Schritte vor Missys Bett stehen blieben und sich an den Händen fassten. Desiderias schneeweiße Haarkrone und Linneas flammendes Kupferhaar waren dicht nebeneinander, und die starke Ähnlichkeit zwischen den beiden Frauen vermittelte einen merkwürdigen Eindruck von Macht. Zwei Paare grauer Augen, denen Missys so sehr gleichend, fokussierten sich wie ein sichtbarer Lichtstrahl ...

David bückte sich, richtete den Rollwagen auf, schob die verstreuten Instrumente aus dem Weg, drückte Keral nieder auf einen Stuhl und suchte in einem Schrank nach Brandsalbe – *Gott sei Dank für die standardisierten Etiketten, darkovanische Schrift wäre im Augenblick zu viel für mich!*, schoss es ihm durch den Kopf, als er das bekannte Flammensymbol auf einem Päckchen mit Betäubungsspray erspähte. Vorsichtig öffnete er Kerals verkrampfte Finger und zog bestürzt die Luft ein. Die Handflächen waren voller Blasen. Hinter sich spürte David die Spannung im Raum. Missy kämpfte wortlos, zitternd gegen den vereinigten Druck der beiden Frauen an ...

Desideria erklärte kalt: »Tu, was du tun musst, Jason. Sie wird ruhig bleiben.«

Linnea holte tief Atem. »O Großmutter, nein ... o Evanda, habe Erbarmen! Das arme Ding ...«

David zog die Verbände an Kerals Händen fest. Er benetzte seine Lippen. »Das wird in ein oder zwei Tagen heilen, Keral. Ein bleibender Schaden ist nicht angerichtet. Bist du in Ordnung? Fühlst du dich schwach?« Das Chieri war totenbleich, sein Mund zuckte. David war schrecklich wütend auf Missy und musste sich mit aller Gewalt zusammennehmen. Und als Jason ihn bat: »David, wenn du fertig bist, hilf mir hier«, versuchte er, professionelle Ruhe wie einen Mantel über seine Furcht und seinen Zorn zu legen.

Jason zog die Decke weg, und es war deutlich zu sehen, dass er fast zurückgesprungen wäre. Aber diesmal lag Missy still. Sie wirkte halb bewusstlos. Jason entblößte den schlanken Oberarm und stieß eine Nadel in das schlaffe Fleisch. Nach einem Augenblick der Spannung schlossen sich Missys Augen, und sie begann in langen, schläfrigen Zügen zu atmen.

Jason wandte sich an die Frauen: »Das wird sie ruhig halten. Danke; sie hätte uns alle drei töten können.« Grübelnd sah er sie an. Der Konflikt zwischen der ärztlichen Ethik – man untersucht keinen Patienten vor den Augen von Außenseitern – und der Abneigung, mit der gefährlichen Patientin allein gelassen zu werden, äußerte sich in deutlichen Spuren eines inneren Kampfes in seinem Gesicht.

David riet: »Lass sie bleiben, Jason. Sie wissen mehr über Telepathen – und über fremde Lebewesen – als wir.«

Seltsam losgelöst sah er Jason zu, der Missy auszog. Mitleid überkam ihn. Kein Wunder, dass die Veränderung sie verrückt gemacht hatte; ihr eigener Körper war zu einem fremden und Furcht erregenden Ding geworden ... aber er unterdrückte diese völlig subjektive Empathie *(Keral! Was hatte das mit Keral zu tun?)* und versuchte, die neuen Merkmale mit kühler Wissenschaftlichkeit festzustellen.

Die Brüste hatten sich in Umfang und Form entschieden verändert. Natürlich waren sie nie groß gewesen, nicht viel größer als die eines Mädchens von zwölf. Trotzdem war der Unterschied auffallend. Die Textur der Haut schien auch anders zu sein, obwohl er sich da nicht ganz sicher war. Sie hatte allen Glanz verloren. Das merkte er, als er Jason half, die Schnittwunden und Abschürfungen zu reinigen. Die Umwandlung der Genitalien war deutlicher. Schon vorher war Missy ein weibliches Wesen mit kleinen Anomalien gewesen. Jetzt hätte jeder sie auf den ersten Blick für männlich gehalten. Für einen etwas unterentwickelten Mann, ja, aber trotzdem zweifellos männlichen Geschlechts. *Armes Kind, was war ihr da Grässliches widerfahren!* Ihr? Aus Gewohnheit dachte er an Missy immer noch als ein Mädchen, und als ihm Conner einfiel, begann sein Gesicht zu brennen, so entsetzte er sich für ihn. *Hier tut mir Missy Leid, aber wie soll ich Conner erklären, dass sein Mädchen nicht einmal ein Mädchen ist?*

»Da haben wir eine verdammt große Büchse mit Würmern aufgemacht«, bemerkte Jason Stunden später. Missy lag immer noch still in ihrem Betäubungsschlaf. David blätterte die Seiten des medizinischen Berichts um, den er gerade las. Massive Schwankungen, noch andauernd und wahrscheinlich unstabil, zwischen männlichen und weiblichen Hormonen – kein Wunder, dass das Ergebnis emotionale Instabilität gewesen war! »Ob wohl alle Chieri so sind? Du bist Kerals Freund; vielleicht kannst du ihn dazu bringen, dass er dir die ganze Geschichte erzählt. Hat er nicht gesagt, die Chieri seien vor tausenden von Jahren auf der Suche nach einem Weg, ihre Rasse zu retten, in den Raum gezogen und dann zum Sterben nach Hause gekommen? Offenbar ist Missy eine von ihnen, die verloren gegangen ist, irgendwie und irgendwo. Hat wahrscheinlich gar nicht gewusst, was sie ist – zum Teufel, wenn sie ein Findelkind ist, wie sie sagte, muss jemand auf den ersten Blick entschieden haben, sie sei ein Mädchen, und wer will auch dem Zeugnis seiner eigenen Augen misstrauen? Aber müssen wir uns darauf gefasst machen, dass etwas in der Art auch mit Keral geschieht? Welchen Ausdruck hat er da benutzt – *der Wahnsinn der Veränderung?* Oh, verdammt«, platzte Jason heraus, »ich werde nicht damit fertig! Was für einen Sinn hat dies ganze Projekt überhaupt?«

David spürte die plötzliche Verzweiflung Jasons, die nichts mit seiner Patientin zu tun hatte. Schnell fragte er: »Jay, was ist los?«

Jason schüttelte den Kopf. »Persönliche Probleme. Ich habe soeben Nachricht bekommen, dass meine eigenen Leute sterben wie die Fliegen – das weißt du noch nicht, ich bin selbst unter Nichtmenschen aufgewachsen, den Waldläufern. Du wirst noch nichts davon gehört haben in der kurzen Zeit, die du auf Darkover bist, aber es hat Waldbrände gegeben, und die Bewohner des Waldes sterben ... Was hat es für einen Sinn, dies Projekt durchzuführen oder ein paar Leute zu retten, wenn diese ganze Welt untergeht?«

David wusste nicht, wie er ihn trösten sollte. Schließlich sagte er gehemmt: »Ich finde, wir müssen einfach tun, was wir können, Jason. Ich werde mit Keral reden und sehen, was sich machen lässt.«

Er verschob die Unterredung auf später, ohne sich bewusst zu sein, warum es ihm schwer fiel, dem Chieri gegenüberzutreten. Es war Nacht geworden, und die hohen Türme des Raumhafens funkelten durch die regnerische Dunkelheit, als er in sein eigenes Zimmer zurückkehrte. Dort fand er Keral vor, still, reserviert und blasser als je zuvor. Keral begrüßte David kaum, und dem jungen Arzt war es, als falle das Gebäude aus Freundschaften und Rapporten, das er seit seiner Ankunft auf Darkover aufgebaut hatte, um ihn in Stücke. Conner krank vor Verzweiflung über Missy – David hatte es noch nicht übers Herz gebracht, ihm Bescheid zu sagen. Regis erfüllt von seinen eigenen Ängsten. Jason, der unter dem Schicksal der Waldläufer litt. Eine auseinander brechende Welt, die vor Qual stöhnte ... und er selbst mit seiner tiefen Empathie für Keral, der sich jetzt innerlich von ihm zurückzog. David dachte an Missys weißes, entsetztes Gesicht und meinte, den Widerhall von Panik und Wahnsinn in Kerals hellen Augen zu finden. Und dann zuckte er zusammen, als ihm jener Morgen einfiel, der schon so weit zurückzuliegen schien. War das erst ein paar Wochen her? Er hatte Keral zum ersten Mal unten in dem Büroraum gesehen, und ursprünglich war er unsicher gewesen. Erst war ihm Keral wie ein Junge, dann wie ein zartes Mädchen vorgekommen, und bis zu der Untersuchung war die Unsicherheit geblieben.

»Wie geht es deinen Händen, Keral?«

»Recht gut. Missy?«

»Noch betäubt. Ich hoffe, sie wacht geistig gesund auf. Vielleicht könnten wir mit Hormonen helfen, aber ich weiß nicht recht.«

»Ich fühle mich verantwortlich«, erklärte Keral langsam. »Der Kontakt mit mir hat das ausgelöst.«

»Keral, du hast nur versucht, ihr zu helfen, und wenn sie bei klarem Verstand gewesen wäre, hätte sie es eingesehen.«

»Nein. Ich glaube, es war ... der Kontakt mit mir ... der sie in die Veränderung getrieben hat.«

»Das verstehe ich nicht ...«

»Ich auch nicht, und ich habe Angst«, stieß Keral schmerzlich hervor, »denn ich hätte es selbst sein können.«

David sah ihn verwundert an. Er wagte jedoch nicht, ihn zu unterbrechen, denn er spürte, dass Keral seine Zurückhaltung aufgab. Und nach einem Augenblick fuhr Keral immer noch mit dieser harten, beherrschten Stimme fort:

»Versuch es zu verstehen. In all den langen Jahren meines Lebens habe ich gewusst, dass ich das einzige und letzte Kind meines Volkes bin. Alle anderen unserer Rasse sind alt, zu alt – nicht zu alt für eine Paarung, aber zu alt, um Kinder zu bekommen. Und ich wuchs unter ihnen auf, jung, jung ... Jetzt bin ich zum ersten Mal unter anderen jungen Leuten, die, wenn man die Unterschiede in der Art, wie wir die Zeit erleben, berücksichtigt, etwa in meinem eigenen Alter sind. Zum ersten Mal in meinem Leben bin ich unter ...« – er hielt inne und würgte an dem Wort, und David konnte sich nur schwach vorstellen, wie stark emotional die Vorstellung befrachtet war – »... unter potenziellen Paarungspartnern. Und deshalb weiß ich, dass ich jederzeit unstabil werden und mich verändern kann, wie es bei Missy geschehen ist.«

Schon vorher hatte David Furcht in Kerals Gesicht gesehen. Jetzt war es nacktes Entsetzen, das sich in dem Gesicht des Chieri widerspiegelte.

David bemühte sich, sachlich zu sprechen. »Glaubst du, es ist Missy, auf die du reagierst? Biologisch, meine ich, auf die einfache Tatsache, dass du zum ersten Mal in Gesellschaft eines geschlechtsreifen Mitglieds deiner eigenen Rasse bist?« Es wäre, so erkannte er erschrocken, eine perfekte und einfache

Lösung. Diese beiden, die Letzten ihrer Rasse, könnten einen neuen Anfang machen ...

»Nein.« Kerals Stimme verriet seinen Abscheu. »Das ist unmöglich bei mir. Es ist einer der Gründe, warum mein Volk ausstirbt, und doch ... wir sind von Anfang an falsch konstruiert gewesen. Ich habe die Geschichte oft genug gehört. Der Sexualtrieb ist zu schwach, die ... die Sensibilität zu stark. Ich habe kein Recht, Missy zu verurteilen, da ich ihr Schicksal kenne. Ich habe Mitleid mit ihr. Ich habe so viel Mitleid mit ihr, dass ich fast krank davon bin. Wenn ich mir vorstelle, wie schrecklich es für sie gewesen sein muss ... Des Überlebens wegen war sie dazu gezwungen, ihre Gaben nur zu benutzen, um fremde Männer mit ihrem Körper zu faszinieren! Aber sie ist, was sie durch ihr Leben geworden ist, und ich ... ich bringe es nicht fertig, dem nahe zu kommen.«

David fiel etwas ein, das Regis gesagt hatte, und mit immer noch etwas Bitterkeit erinnerte er sich an seine eigene Jugend. »Ich nehme an, das ist so das Übliche bei Telepathen. Es kommt selten vor, dass sie – sexuell – etwas mit solchen zu tun haben, die dieses – Bewusstsein in der Intimität nicht erwidern können. Ich habe eine scheußliche Zeit durchgemacht, und als Folge davon ...« – er lachte ein bisschen – »... sind meine eigenen Erfahrungen mit Frauen – sagen wir minimal. Ein paar Experimente – und ich habe ihnen mehr oder weniger abgeschworen. Bei Conner muss es noch schlimmer gewesen sein – bis er Missy fand. Er hielt es überhaupt nicht aus, mit anderen Leuten zusammen zu sein, und sie war die Erste, die ihn ertrug.«

»Es ist sicher schwer für dich gewesen«, sagte Keral mit diesem sofortigen Verständnis für eine Emotion, das für David etwas so Neues und so Willkommenes war.

»Ich muss gestehen, es ist mir in letzter Zeit durch den Kopf gegangen: Wenn es hier auf Darkover Telepathen gibt, mag es auch Frauen geben, die fähig sind ...« David errötete leicht. »Nicht dass ich viel Zeit hätte, darüber nachzudenken, aber wenn ich Regis mit diesem Mädchen sehe, das kürzlich sein Kind geboren hat – und jetzt mit Linnea, man merkt sofort, dass sie sich beide sehr lieben ...« Wieder lachte er verlegen. »Wenn man unter Telepathen lebt, kann man nicht umhin, seine Einstellung in gewissen Dingen zu ändern. Ich meine, Sex wird zu einer so offenkundigen Sache. Keral, ist es dir unangenehm, darüber zu sprechen? Gott helfe mir, ich bin mir nicht einmal sicher, ob du ein Mann oder eine Frau bist!«

Keral hielt seinem Blick ruhig stand. »Wie alle meines Volkes beides. Wir – verändern uns, wie die Gelegenheit es erfordert. Und, wie ich sagte, wenn wir – zusammenkommen, muss das Gefühl sehr stark beteiligt sein, sonst – in eurer Sprache bin ich immer noch nicht sicher, aber ich habe etwas über eure Technik gelernt – sonst kann keine Befruchtung stattfinden. Oh, wir haben alles versucht, was sich da anbietet, David. Künstliche Befruchtung. Unsere Frauen, oder vielmehr die von uns, die sich in der weiblichen Phase befanden, paarten sich unter Drogen, die ihr Bewusstsein betäubten, mit Männern von anderen Rassen in der verzweifelten Hoffnung ...«

»Und ihr konntet euch nicht mit anderen Rassen kreuzen?«

»Nicht – willkürlich«, antwortete Keral, »obwohl es hier auf Darkover Legenden gibt ... es heißt, die Comyn-Telepathen haben Chieri-Blut. In einer Legende hat eine Frau unseres Volkes ... du hast Missy gesehen ...«

»Ja. Sie veränderte sich, und du meinst, der Kontakt mit dir habe es ausgelöst. Sie war in der – weiblichen Phase, sagst du? Aber du ...«

»Ich glaube, ausgelöst wurde die Veränderung durch den Kontakt mit Conner«, erwiderte Keral. »Nach dieser ganzen Zeit mit Männern, die Fremde für sie waren, fast wie Tiere, riss die erste Begegnung mit jemandem, der ihre Gedanken und

Gefühle erreichen konnte, sie aus der Phase, die wir *emmasca*, Neutrum, nennen. In der Neutrumsphase hätte sie – passiv – Geschlechtsverkehr mit jedem haben können, aber Conner erreichte ihre Emotionen und – endokrinen Drüsen? Deshalb war die Paarung mit Conner etwas Wirkliches, etwas, das sie in ihrem tiefsten Inneren aufstörte, vielleicht tiefer ging als jede frühere Erfahrung in ihrem Leben.«

David sagte: »Ich glaube, ich verstehe. Aber nach der Computer-Analyse sind ihre männlichen und weiblichen Hormone fast identisch mit den menschlichen. Ich würde meinen, wenn es eine Frage der Chemie ist, hätte Conners Männlichkeit sie tiefer in die weibliche Phase hineintreiben müssen.«

»Ich weiß es nicht«, antwortete Keral, »ich habe nur haltlose Theorien. Eine ist: Beim ersten Mal ist die Veränderung etwas – etwas, das hin und her geht, bis die Hormone sich stabilisieren. Die Älteren haben mich auch gewarnt, dass manchmal Wahnsinn damit verbunden ist.«

»Ich bin Arzt, Keral. Wenn überhaupt jemand, kann ich es sachlich betrachten.«

»Wirklich, David?« Keral lächelte schwach. »Ja, hin und wieder haben wir uns mit anderen Rassen gekreuzt ... durch Zufall. Es kann geschehen, dass eine von uns, wenn die Zeit der Veränderung kommt und niemand ihrer eigenen Art da ist, um sich mit ihr zu paaren, trunken vom Mondschein und mit dem Wahnsinn der Veränderung in Körper und Geist im Wald umherirrt und sich irgendeinem Mann hingibt, der ihr in die Arme läuft, ohne sich dessen bewusst zu sein. Es ist – etwas, worüber wir nicht sprechen. Manche haben sich danach umgebracht. Aber andere haben fremde Kinder geboren. Es heißt, dass einige dieser Kinder, von uns verstoßen und von Menschen aufgezogen, hier auf Darkover die *Laran*-Gaben, die telepathischen Kräfte in die Comyn-Linie gebracht haben. Bei unserem Volk ist damit so viel Entsetzen und Scham verbunden, dass nur im Flüsterton davon gesprochen wird. Und auf keine andere Weise – keine andere Weise ...« Zitternd und bleich brach Keral ab und begann zu schluchzen.

David war klar, dass wissenschaftliche Objektivität hier schlimmer als sinnlos sein würde. Von einem heftigen Gefühl geleitet, streckte er die Arme nach dem Chieri aus und zog es an sich. Doch Keral wehrte sich.

Schnell ließ David ihn los, und dann standen sie da und sahen sich an, Keral immer noch schluchzend, David gequält von einer wilden Vermutung. Endlich sagte Keral mit schmerzlichem Lächeln: »Siehst du? Du bist es, den zu berühren ich Angst habe.«

Mit großer Anstrengung beherrschte David sich. Er hielt sich vor, dass Keral, einer hermaphroditischen Rasse entstammend und ohne eine Ahnung von der menschlichen Kultur aufgewachsen, menschliche Tabus und Perversionen nicht einmal dem Namen nach kannte. Die Tatsache, dass sie beide männlichen Geschlechts waren, bedeutete Keral nichts. Beide? Verdammt! Er selbst war sich anfangs nicht sicher gewesen, ob Keral nicht ein Mädchen sei. Aber an so etwas musste man sich erst gewöhnen. Schließlich überwand David seinen Schock und sagte mit leiser Stimme: »Keral, ich verstehe nicht. Sagst du damit, dass du und ich – Partner sein könnten?«

»Ich weiß es nicht.« Kerals Stimme klang ebenso kläglich, wie er aussah. »Habe ich dir wehgetan oder – oder dich beleidigt, David?«

David musste gegen den blinden Impuls ankämpfen, Keral von neuem in die Arme zu nehmen. Es war kein Begehren, bestimmt kein sexuelles Begehren – obwohl, dessen wurde er sich verspätet bewusst, auch das vorhanden war, wenn auch tief in seinem Inneren vergraben –, sondern ein überwältigendes Verlangen nach Nähe, ein Sehnen nach Kontakt, nach

Verschmelzen. Das Gefühl war so stark, dass er alle Kraft brauchte, um ruhig zu bleiben. Er streckte Keral die Hände entgegen. Irgendwie musste er ihn berühren. »Ich verstehe nicht, was geschehen ist, Keral. Auch ich habe Angst. Aber ... Keral ...« Er hob die Augen, und als er dem aufrichtigen Blick des Chieri begegnete, durchströmte ihn ein Gefühl großen Glücks. »Es kümmert mich nicht, was es ist. Ich liebe dich, das weißt du. Ich würde alles für dich tun. Hab keine Angst vor mir. Ich werde dich nicht berühren, solange du es nicht willst. Und wenn du es willst ...« Er schloss ganz einfach: »Wir sind Freunde. Und Freunde können auch Liebende sein.«

Keral bewegte sich nicht. Seine schlanke verbundene Hand schloss sich leicht um die Davids, aber er blieb ganz still. Sein Gesicht zuckte. Endlich sagte er: »Ich habe aber Angst. Es ist, als würde ich mir selbst fremd. Und ich kann nicht umhin, mich zu fragen, ob meine Leute mich deswegen hergeschickt haben. Ich brauche dir nicht erst zu erzählen, was es für unsere Rasse bedeuten könnte, Leben statt Tod ... und doch frage ich mich, ob ich einfach verrückt geworden bin.«

David wagte nicht zu lachen. Er behielt Kerals Hand in der seinen. »Wir müssen warten, bis wir ganz sicher sind. Wir müssen herausfinden ...«

»Sag es niemandem!«, bat Keral plötzlich.

»Das werde ich nicht tun, nur halte ich nicht viel von unserer Chance, es zu verbergen. Denke an Conner und Missy! Aber vor allem anderen, Keral, bevor wir irgendein Risiko eingehen, müssen wir herausfinden ...« Ihm versagte die Stimme, und er brach in ein sehr unpassendes Gelächter aus. »Ich lache nicht über *dich,* Keral, aber – es ist so komisch – o Gott, stell dir vor, du würdest ein Kind von mir bekommen ...«

Kerals schöne Augen sahen David offen an. »Wie jeder aus meinem Volk würde ich dafür jede Gefahr eingehen«, erklärte er. »Sogar Wahnsinn. Sogar meinen eigenen Tod, immer wieder. Aber ich vertraue dir, David, und ich liebe dich. Und ich halte es für möglich.«

Und dann brach die Fröhlichkeit durch den Ernst:

»Oh, was sind wir beide für Dummköpfe, David, dass wir zusammen und so traurig und finster sind. Ich kann deine Gedanken manchmal so deutlich lesen: *Ein kaltblütiges Experiment!* Hast du denn gar nichts verstanden? Ich dachte, ich hätte dir klargemacht, dass nur, wenn meine eigenen Gefühle – wovor hast du Angst?«

Sie umarmten sich, lachten sich an wie Kinder, und dann schob Keral seinen Freund sanft zurück.

»Du hast Recht«, flüsterte er, immer noch lachend. »Wir haben so viel Zeit, wie wir brauchen. Und wir müssen alles, was wir können, über uns herausfinden, und zuerst über Missy. Ich ...« Er lachte verlegen.

»Ich möchte herausfinden, was mir bevorsteht! Aber, David, es ist ein Versprechen.«

Sie reichten sich die Hände, und David erkannte, dass dies in tieferem Sinn als jede Liebeserklärung eine Verpflichtung war.

Dafür war er nach Darkover gekommen.

Es mochte sein, dass er dafür geboren worden war.

10

Der harte, bittere darkovanische Winter hatte sich auf die Berge von Thendara herabgesenkt. Der Raumhafen lag sechs Fuß tief unter Schnee begraben, und unablässig arbeitenden Kolonnen gelang es mit Hilfe terranischer Maschinen gerade eben, die Landefelder freizuhalten. Die Tage waren kurz und kalt, die rote Sonne wurde von Sturmwolken oder Schnee verdunkelt.

Die Frau, die sich Andrea nannte, hatte eigentlich die Absicht gehabt, nach Beendigung ihrer Arbeit ein Schiff zu nehmen und Darkover so schnell wie möglich zu verlassen. In den verschneiten Bergen ließ sich doch nichts mehr unternehmen. Die Fluten der Frühlingsschmelze und der Regen würden den Prozess vollenden und den kahlen Boden endgültig wegschwemmen, falls nicht mit hoch entwickelten technischen Hilfsmitteln drastische Schritte unternommen wurden, die enorm viel Geld und Arbeitskraft erforderten.

Es war nicht so, dass es daran auf Darkover fehlte, auch heute noch nicht, dachte Andrea. Aber niemand, der hier lebte, war fähig, die angerichteten Schäden festzustellen und die Hilfsmittel an den richtigen Stellen mit der richtigen Art von konzentrierter Bemühung einzusetzen.

Jetzt hätte sie ihre Passage auf einem der großen Schiffe buchen und abreisen können.

Wohin? dachte sie müde.

Irgendwohin. Irgendwohin in der Galaxis. Du hast alles, was du dir wünschen kannst, oder das Geld, es dir zu kaufen.

Und doch schob sie die Abreise hinaus, und langsam wurde sie sich darüber klar, dass es auf tausend Welten nichts gab, was sie verlockte. *Ich bin alt, zu alt, als dass es mich interes-*

sierte. Also blieb sie einen Tag nach dem anderen, ließ jedes Schiff ohne sie starten und war sich nur vage bewusst, dass sie zögerte, die trübe rote Sonne und die hohe, zerklüftete und schmerzlich vertraute Bergkette am Horizont zu verlassen, die sie, wenn der Himmel sich aufklärte, aus dem Fenster ihres Zimmers am Horizont sah. *Wenn ich nicht bald gehe, werde ich hier sterben,* sagte sie zu sich selbst, denn sie hatte schon andere ihrer Art sterben sehen, einfach, weil es nichts mehr gab, das sie am Leben hielt.

Verstoßen, verlassen, von allen vergessen. Wie ich mein armes Wechselbalg verstoßen und verlassen habe ...

Die Erinnerung, hunderte von Jahren unter Verschluss gehalten, brach sich Bahn, ein Alptraum, der durch einen dunklen Vorhang lugte, und wurde sofort wieder von Schichten anderer Erinnerungen zugedeckt. Scham, Entsetzen, Qual, Wahnsinn wurden zugedeckt mit Entschlossenheit, Härte, Zorn auf diese sich mehrenden Rassen, die leben und sterben würden. Sogar die seit hundert Jahren vergessene Schuld.

Ich verdiene es nicht, hier unter meiner eigenen Sonne zu sterben ...

Sie hatte ihre Assistenten entlassen und sie gut dafür bezahlt, dass sie in fernen Teilen der Galaxis verschwanden und verschwunden blieben. Sie hatte das Geschäft des Planetenvernichtens zur Schönen Kunst erhoben, und sie war perfekt darin, dass zu der Zeit, wenn der Schaden festgestellt wurde, alle ihre Handlanger auf hundert Planeten über unzählbare Lichtjahre verteilt waren und niemals aufgespürt und identifiziert werden konnten, um Zeugnis abzulegen. Jetzt waren sie fort, niemand außer ihr wusste, welche Maßnahmen getroffen worden waren, und nichts wies auf sie als die Urheberin hin. Nur mit Verachtung dachte sie an die einzige vorhandene Verbindung, die beiden Freien Amazonen, die gesehen hatten, wie sie den sterilisierenden Virus vergrub. Einfache Frauen, die nichts ahnten!

So blieb sie von Tag zu Tag und von Woche zu Woche und redete sich ein, wenn die Frühlingsschmelze käme, werde sie abreisen. Die alte Liebe zu ihrer eigenen Sonne, ihrem eigenen Himmel konnte sie auf einer ruinierten Welt nicht in Versuchung bringen, da zu bleiben und den Planeten sterben zu sehen.

Sei nicht sentimental. Er wird nicht sterben, er wird als blühender Markt des Imperiums in eine neue Lebensphase eintreten. Das ist anderen Planeten auch so ergangen, und es ist nichts Ungewöhnliches dabei.

Es war eine tief eingewurzelte Gewohnheit von ihr, an jedem Ort, wo sie sich aufhielt, Spione zu beschäftigen und gut zu bezahlen. Etwa drei Wochen lag der Winterschnee, als einer von ihnen mit vage beunruhigenden Nachrichten zu ihr kam.

»In dieser Jahreszeit ist wenig Verkehr«, berichtete er ihr, »aber überall in den Bergen ziehen Karawanen. Und bei jeder sind zwei, drei, fünf von der Telepathen-Kaste. Sie scheinen alle auf Thendara zuzuhalten, auf die alte Comyn-Burg, die leer steht, seit der Comyn-Rat vor fünf oder zehn Jahren zerfiel. Ich weiß nicht, was das zu bedeuten hat, aber Ihr wolltet doch alles erfahren, was mit der Telepathen-Kaste zusammenhängt.«

Andrea dachte nach. Anderswo hatte sie das Gerücht gehört, das Terranische HQ suche in der ganzen Galaxis nach operanten Telepathen. Sie hatte sogar mit dem zynischen Gedanken gespielt, hinzugehen und sich ihnen selbst zum Studium anzubieten. Da würden sie einige Überraschungen erleben! Die schon zum Instinkt gewordene Gewohnheit, die Existenz ihrer Rasse vor anderen Wesen geheimzuhalten, hatte diese Idee ein kurzes Spiel bleiben lassen. Auf jeden Fall waren alle anderen ihrer Art lange tot, lange verschwunden – warum sollte sie jetzt noch auf sie aufmerksam machen?

Doch wenn irgendwer fähig war, herauszufinden, was mit Darkover geschah, dann diese Telepathen. Mit einem seltsamen, fast persönlichen Hass dachte sie an Regis Hastur. Wie war es diesem jungen Mann gelungen, vierzehn Attentätern hintereinander zu entkommen? War es möglich, dass sie die Comyn-Telepathen unterschätzt hatte?

Eins stand fest: Wenn sie sich, aus welchem Grund auch immer, alle an einem Ort vereinigten, bildeten sie ein bequemes Ziel.

Jetzt konnte sie ihre Arbeit zu einem genialen Abschluss bringen, warten, bis sie alle versammelt waren, und mit einem endgültigen Streich Darkover von dem letzten Hindernis befreien, ein weiteres Glied in der Kette der Imperiumsplaneten zu werden.

Auch wenn ihr alle Hilfsmittel der Gesellschaft für Planetenvernichtung zur Verfügung standen, erforderte ein Massenmord in diesem Umfang Zeit und Planung. Nun, sie hatte den ganzen langen, bitteren darkovanischen Winter, um ihn zu planen.

Stunde um Stunde saß sie an ihrem Fenster und betrachtete die Schneestürme und die fernen Berge. Und hinter diesen Bergen kamen weitere Berge und weitere Wälder, und in diesen Wäldern ...

Nichts. Niemand. Nur Tod und Verwüstung. Nicht einer war mehr am Leben. Bis auf mich, und das auch nicht mehr lange.

Das Isolierungszeichen war immer noch an Missys Zimmer, und das Krankenhauspersonal war es müde geworden, Conner immer wieder zu sagen: »Tut mir Leid. Keine Besucher für diese Patientin.«

Conner war mit seiner Geduld am Ende. Am siebten Tag erzwang er sich den Zutritt bei Jason und David. »Warum haltet ihr sie betäubt und isoliert? Ihr habt mir versprochen, dass ich sie sehen darf! Ihr habt mir gesagt, sie sei auf dem Weg der Besserung, und ganz gleich, wie schwer verletzt sie war, inzwischen muss sie sich erholt haben. Bestimmt will sie mich sehen. Ich muss zu ihr!«

»Conner«, sagte Jason freundlich, »sieh doch ein, dass sie *niemanden* sehen will. Sie reagiert nicht auf andere Leute – sie nimmt einfach keinen Kontakt auf. Missy ist *wahnsinnig.«*

»Ich auch, gemessen an den Richtlinien für den Raumdienst des Imperiums«, gab Conner zurück. »Oder habt ihr meine Personalakte nicht gelesen? Vielleicht kann ein Irrer dem anderen helfen.«

Jason streckte die Hand aus. »Setz dich hin, Mann – stehe nicht da und rage über mir auf! Ich bin auf deiner Seite. Aber weißt du es denn nicht? Dies – dies Wesen hätte Keral beinahe getötet, seine Hände sind immer noch nicht ganz verheilt. Sie hat eine Gefängniszelle der Raumpolizei und unseren Notaufnahmeraum in Trümmer gelegt.«

»Ja«, ergänzte David, »und dich hätte sie auch beinahe getötet, Jason. Wenn dein Kopf statt der Wand den Türpfosten getroffen hätte, wäre dein Schädel zerschmettert worden wie eine Eierschale. Desideria und Linnea haben es gemeinsam gerade eben geschafft, sie so lange zu bändigen, dass wir sie betäuben konnten. Ganz ehrlich gesagt: Wir wagen es nicht, sie wieder aufwachen zu lassen.«

Conner blieb stur. »Sie wird mir nichts tun. Sie braucht mich. Und ich liebe sie.«

Von neuem überkam David das Gefühl seiner eigenen Zerrissenheit. Conners Geist mit all dem Elend eines verzweifelten einsamen Mannes, der endlich etwas findet und sofort wieder weggenommen bekommt, lag offen vor ihm. »Conner«, beschwor er ihn, »wir haben versucht, es dir vorzuenthalten, gerade *weil* du sie liebst. Willst du unbedingt wissen, was mit Missy geschehen ist? Sie ist verändert, sie ist nicht einmal mehr eine Frau!«

»Ich verstehe nicht ...«

»Den medizinischen Bericht will ich dir ersparen«, fuhr David fort. »Ich weiß, wie du auf Missy reagiert hast. Das wissen wir alle, nicht wahr? Aber wie wäre es mit ein paar hübschen, sexy Aktfotos?« Mitleid und Zorn ließen ihn vergessen, wie sehr er Conner verletzte. Er nahm Bilder von Missy in ihrem Betäubungsschlaf aus einer Mappe und reichte sie dem Raumfahrer.

»Hier ist deine – Freundin. Liebe? Conner, sie könnte auf dich nicht einmal mehr als Frau reagieren ...«

Conner nahm die Bilder. Langsam verlor sein Gesicht die Farbe und nahm ein krankes Aschgrau an. Er benetzte die Lippen, schluckte und legte die Fotos hin. Dann stieß er mühsam hervor: »Ich weiß nicht, wie das passiert ist. Vielleicht könnt ihr Missy helfen. Aber – da es nun einmal passiert ist, wird sie mich mehr brauchen als je zuvor. Ich muss mich um sie kümmern.«

»Du verstehst das nicht!« David brüllte beinahe. »Du sprichst immer noch von *ihr*! Sie ist kein Mädchen, sie ist keine – oder vielleicht hast du ein geheimes Verlangen nach Männern?«

Conners Gesicht verzerrte sich vor Wut, als wolle er sich auf David stürzen. David sah Conner an, ohne mit der Wimper zu zucken, und Conner holte tief Atem und beherrschte sich.

»Hör zu, du Bastard«, erklärte er. »Es ist Missy, die ich liebe, um die ich mir Sorgen mache, die ich brauche. Nicht die Tatsache, dass sie einen Körper hat, mit dem ich gern ins Bett gegangen bin. Das will ich nicht herabsetzen, aber ich könnte es fast überall bekommen, wenn ich so wild darauf wäre. Zufällig liebe ich Missy – ich *liebe* sie. Oder ihn. Oder *es*, wenn ihr das vorzieht. Das bedeutet, es interessiert mich, was mit ihr geschieht, nicht ob ich sie bumsen kann oder nicht. Offenbar hast du so etwas nie für einen anderen Menschen empfunden, und da kannst du mir nur Leid tun, du Bastard. Und wenn du mich noch länger von ihr fernhältst, verdammt noch mal, dann werde ich einen solchen Krach schlagen, dass das, was sie angestellt hat, sich dagegen ausnehmen wird, als habe ein kleines Mädchen nach seiner Puppe geweint!«

Die Worte blieben vibrierend im Raum hängen wie mit feurigen Buchstaben in die Luft geschrieben. David hatte das Gefühl, es sei eine ungeheuerliche und irgendwie persönliche Kapitulation, als er sagte: »Dave, ich hatte es nicht verstanden. Es tut mir Leid. Verzeih mir, Jason ...« Er wandte sich an den anderen Arzt. »Ich glaube, wir müssen ihn zu Missy lassen. Wenn er zu ihr durchkommen, wenn er ihr dies klarmachen kann, haben wir vielleicht keine weiteren Schwierigkeiten mit ihr.«

»Damit gehen wir ein Risiko ein. Wenn sie ihn nun tötet, bevor er zu ihr durchkommt?«

»Das Risiko will ich gern auf mich nehmen«, fiel Conner ein. »Missy hat mich lebendig aus der Hölle geholt, und ihr meint, ich werde nicht versuchen, sie aus ihrer eigenen Hölle zu retten, worin diese auch bestehen mag?«

Das Zimmer war weiß von dem Licht, das der draußen vor den Fenstern fallende Schnee reflektierte. Missy lag zusammengekrümmt unter einer Decke, blass und still, das farblose Haar auf dem Kissen ausgebreitet. Ihr Gesicht wirkte schmal und fremd, der Knochenbau trat stark hervor.

Nein, dachte Conner erschrocken, schön ist sie nicht mehr. Ist sie je schön gewesen, oder war es nur der seltsame Glanz, den sie über ihn geworfen hatte?

Jason hatte ihm mitgeteilt, sobald die Drogenwirkung abgeklungen sei, werde sie auf natürliche Weise erwachen. Leise setzte sich Conner neben das Bett und wartete. Missy stöhnte, und noch durch ihre verworrenen Träume spürte Conner Kummer, Schock und Furcht erfüllte Scham. Er nahm ihre schlaffe weiße Hand zwischen seine beiden Hände. Die Haut fühlte sich rau und hart an und war schwach verfärbt. Conner hatte die medizinische Grundausbildung aller Schiffsoffiziere erhalten, die, wenn es an einem Arzt fehlt, Passagiere und Mannschaftsmitglieder behandeln müssen, und in gewissem Ausmaß konnte er Jasons Bericht folgen. Extremes Ungleichgewicht der Hormone, Verminderung der weiblichen und Überschuss der männlichen, Hirnanhangs- und Schilddrüse außer Kontrolle, was die Hautanomalien hervorrief. Abbau des Brustgewebes, teilweise Atrophie der weiblichen Geschlechtsteile, alles beschleunigt ...

»Die hormonale Instabilität ist natürlich induziert«, hatte Jason gesagt, »aber auch der emotionale Schock ist beträchtlich. Ich nehme an, sie hatte keine Ahnung, dass so etwas passieren könnte.«

Conner erreichte ihren verängstigten Geist, empfing ihr Entsetzen darüber, dass die eine sichere Sache in ihrer Welt verschwunden war, die Faszination, die sie über jeden ausübte, den sie faszinieren wollte. (Hatte ihr Misserfolg bei David die erste Unsicherheit hervorgerufen?) Conner schickte seine Gedanken hinaus, wie er es gelernt hatte ...

... drehte sich im Raum, ein Punkt des Nichts, ließ seinen Körper zurück, sprach sie an mit seinem inneren Selbst, das nichts mit seinem Körper zu tun hatte:

Missy, Missy, ich bin hier. Ich bin bei dir. Körper bedeuten uns wenig, wir können sie benutzen oder verlassen, sie genießen oder vergessen. Aber wir sind enger verbunden als beim Liebesakt, wenn wir uns auf diese Weise umarmen ...

Langsam kam er wieder zu sich. Missy hatte ihre großen grauen Augen geöffnet und starrte zu ihm hoch.

»Dave?«, flüsterte sie und lächelte. Seine dunkle Hand schloss sich fest um ihre weiße. Worte waren unnötig, doch er beugte sich über sie und hauchte:

»Es kümmert mich nicht, was du bist, Missy. Ich liebe dich, und ich brauche dich. Vielleicht kann man dir helfen, aber so oder so gehören wir zusammen und werden dies gemeinsam durchstehen. Jetzt, wo wir uns gefunden haben, ist alles andere unwichtig geworden.«

Sie war zu schwach, um sich zu bewegen, sie wandte nur das Gesicht und drückte ihre Lippen auf seine Handfläche. Dann schlief sie ein, ihre Hand immer noch in Conners Hand.

11

Tag für Tag strömten sie in die Stadt, in Karawanen und allein, rothaarige darkovanische Telepathen: Comyn und Leute aus dem Volk, Städter und Landbewohner, Adlige und Bauern. Sie hatten nur eins gemeinsam, das feuerrote Haar, das auf Darkover seit grauer Vorzeit unlösbar mit den telepathischen Genen und den *Laran*-Kräften der alten Welt verbunden war.

Nein, sie hatten noch etwas gemeinsam. Jeder Einzelne, ob er durch schneeverwehte Pässe oder vom Staub erstickte Trockenebenen gereist war, hatte eine Geschichte über eine sterbende Welt zu erzählen.

»Als der Boden im Herbst gepflügt werden sollte, hatte er sich in schwarzen Staub verwandelt«, klagte ein verbitterter Mann aus dem Tiefland. »Nicht einmal das Unkraut will mehr wachsen. Das Land ist unfruchtbar wie eine Frau von neunzig Jahren.«

»Wir sterben an der sengenden Sonne«, stellte ein großer Berglord mit wildem Gesicht fest. Er trug die gestickte Lederkleidung, die es in den Städten seit mehr als hundert Jahren nicht mehr gab. »In den Bergen gibt es keinen Nebel, keinen Regen mehr. Die Dämpfe, die unter der Sonne von den Harzbäumen aufsteigen, vergiften unsere Tiere.«

»Die Bäume sind blattlos, sind gelb und braun geworden und verstreuen diesen Herbst keine Samenkörner«, berichtete ein ruhiger Aristokrat mit dem Hastur-Gesicht und den grauen Augen der Waldbewohner. »Die Waldläufer sterben in ihren Dörfern, sie kommen an den Waldrand und stehen da, die roten Augen fast weiß gesengt, und haben keine Angst mehr vor den Menschen. Wir geben ihnen an Lebensmitteln, was wir können, aber auch wir sehen jetzt Hunger und Not entgegen.«

»Es weht kein Geisterwind, und doch kommen die Ya-Männer aus den Bergen«, erzählte ein Mädchen traurig. Ihr Haar war eingeflochten, ihr Kleid von silbernen Schmetterlingen zusammengehalten. Der blaue Sternenstein einer Bewahrerin hing ihr wie ein Schmuckanhänger um den Hals. »Noch nie hat sie ein Sterblicher erblickt, und jetzt sehen wir nur ihre Leichen, die am Rand des tiefen Waldes liegen. Wir haben uns immer vor ihnen gefürchtet, denn wenn der Geisterwind sie aus den Bergen trieb, kamen sie in kannibalischer Wut, um zu plündern, zu zerstören und zu rauben, und doch ist der Gedanke schrecklich, dass sie aussterben und nicht mehr sein werden.«

»Der Boden wird weggewaschen, wo es gebrannt hat ...«

»Die Bäume tragen keine Früchte, keine Nüsse, kein Öl ...«

»Man hört nicht einmal mehr die Stimmen der Katzenwesen ...«

»Wir sterben ...«

»Wir sterben ...«

»Sterben ...«

Die Terraner versuchten, die Lebensmittelversorgung zu organisieren. Doch da es auf Darkover keine Transportmittel gab, konnte den ferner liegenden Gebieten kaum geholfen werden. Regis hatte sein Privatvermögen zur Verfügung gestellt, aber zuerst musste erforscht werden, was geschah und wie. Je mehr seine Verwandten in die Stadt strömten – Verwandte und andere, ihm nahe durch ihre merkwürdigen ererbten Eigenschaften –, desto stiller und verzweifelter wurde er. Wie konnte er einen Weg finden, sie auf eine Weise zu vereinigen, die ihre Welt rettete? Reichten sämtliche Hilfsmittel und Reichtümer Darkovers dazu überhaupt aus?

»Projekt Telepath« hatte er David und Jason überlassen.

Dafür hatte er jetzt keine Zeit. Wenn seine spezielle Hilfe vonnöten war, würde Jason es ihm mitteilen. Er musste vor allem das Leben seiner noch übrigen Kinder retten; alles andere konnte warten.

Linnea war nicht nach Arilinn zurückgekehrt. Sie blieb an seiner Seite, und ihre Anwesenheit war ihm gleichzeitig Trost und Qual, die Qual des unerfüllten Begehrens. Er wollte sie nicht der Gefahr aussetzen, die Melora und deren Kind bis in die Mauern des Terranischen HQ gefolgt war. Wenn ein Attentäter dort zuschlagen konnte, war eine Frau, die ein Hastur-Kind trug, nicht einmal mehr im Turm Asharas oder im Heiligtum zu Hali sicher. Und Linnea durfte nichts zustoßen.

Nachdem Regis sich zurückgezogen hatte, übernahm David die Verantwortung für das Projekt, aber er sah keinen Sinn mehr darin und hatte die Testreihen abgebrochen. Was nützte es, wenn festgestellt wurde, dass Desideria kleine Gegenstände bis zu (aber nicht einschließlich) achtzehn Gramm Bruttogewicht manipulieren konnte? Er beschäftigte sich unter leisen Gewissensbissen mit den Aufzeichnungen über die merkwürdigen Veränderungen an Missy. Eines Spätnachmittags waren er und Keral zusammen in seinem Zimmer und gingen sie interessiert durch.

»Ich konnte erst kaum glauben, was du mir darüber erzählt hast, dass emotionale Faktoren die Veränderung hervorrufen«, sagte David. »Aber der Kontakt mit Conner scheint Auswirkungen auf Missy zu haben. Offensichtlich ist die Rückkehr in die weibliche Phase so gut wie abgeschlossen – allerdings haben wir mit Hormonen nachgeholfen. Es war ein Akt der Verzweiflung. Sie war schrecklich krank, und die Nebennieren und die Schilddrüse versagten schon. Wir mussten es versuchen.«

Er sah Keral forschend an und brauchte seinen nächsten Gedanken nicht mehr auszusprechen: Die zarter werdende Haut, die zunehmende Passivität ließen ihn vermuten, dass auch in dem Chieri eine Veränderung begann. Es machte ihm etwas Angst, darüber nachzudenken. Keral folgte seinen Überlegungen mit dieser verblüffenden Genauigkeit und fragte: »David, könntest du diese Veränderung in mir hervorrufen? Du sagtest, die Hormone seien sich ähnlich.«

»Bei Missy ging es um Leben und Tod«, antwortete David. »Für nichts Geringeres würde ich es riskieren, Keral, nicht einmal bei Menschen. Eine Hormonbehandlung ist gefährlich und in ihren Folgen unberechenbar, und wir haben das schon dreitausend Jahre lang studiert! Die für Veränderungen erforderlichen Mengen sind winzig, und ein Fehler kann Wahnsinn und Tod bedeuten. Wir müssen einfach abwarten ... Wie lange dauert es für gewöhnlich?«

»Mit dem richtigen Stimulus nicht lange«, sagte Keral. »Wie du weißt, sind wir Chieri nicht so an Uhren und Sonnenzyklen gebunden wie ihr. Vielleicht dauert eine volle Phasenverschiebung eine Nacht und einen Tag ... als grobe Schätzung.«

»Was löst die Verschiebung für gewöhnlich aus, Keral? Die Jahreszeit? Die Mondphase?« Darkover hatte vier Monde, erinnerte David sich, und ihre Bahnen und Phasen hätten einen Astrologen wild gemacht.

»Ich weiß nicht genau, was die Veränderung bis zum fruchtbaren Zustand bringt«, gestand Keral. »Wie könnte ich sicher sein? Mir ist von den Älteren gesagt worden, ich sei jetzt alt genug, um ein Kind – nein, es macht mir nichts mehr aus, darüber zu sprechen; damals kannte ich weder dich noch deine Sprache gut genug, um mich verständlich zu machen. Normalerweise können viele Dinge die für eine Paarung notwendigen Veränderungen hervorrufen, nur fällt es uns schwer, diese Dinge auf eure Weise zu analysieren. Das häufigste ist – nun, die Vorspiele der Liebe, der Kontakt selbst. Ich weiß nicht, wie es funktioniert.«

David meinte mit schiefem Grinsen: »Ich hätte nie gedacht, dass ich Teil einer Untersuchung des Sexuallebens deines Volkes werden würde. Vielleicht wäre es leichter, wenn ich nicht persönlich betroffen wäre.«

»Wünschst du, du wärest es nicht?«, fragte Keral.

»O nein.« Er lachte plötzlich auf, weil seine Phantasie ihm ein Bild von Keral als Frau malte. Es waren unvereinbare Vorstellungen. Ein weibliches Chieri war in seinen Augen so, wie Missy mit ihrer massiven Verführungskunst anfangs gewesen war.

»Ich weiß«, sagte Keral leise. »Und auch ich fürchte mich davor. Und vielleicht ist es diese Furcht, die ... die Veränderung verzögert.«

Es klopfte an der Tür, und zumindest David war die Störung willkommen. Doch Keral zuckte zusammen, als er Missy im Eingang stehen sah.

Die einzigen verbliebenen Spuren der psychotischen Episode waren ein paar Narben und Verfärbungen auf ihrer Haut. Sie verströmte keine aufdringliche Weiblichkeit mehr, doch der Gesamteindruck war feminin. Conners wegen war David froh, es zu sehen. Offensichtlich war sie immer noch in der neutralen Phase, und David hatte keine Ahnung, ob sie und Conner von neuem irgendwelche sexuellen Beziehungen aufgenommen hatten. Allerdings vermutete er, wenn ja, wäre es ihm nicht entgangen. Er nahm die durch Enthaltsamkeit hervorgerufene Spannung zwischen Linnea und Regis sehr deutlich wahr, und sie ging ihm auf die Nerven. Hatte nicht Regis selbst gesagt, in eine Gruppe aus sich fremden Telepathen bringe Sex nur Unruhe? Das war eine Untertreibung, wenn es je eine gegeben hatte! Manchmal kam es vor, dass er Desideria ansah und in ihr das junge Mädchen von einst mit seiner exquisiten Sinnlichkeit erkannte. Er konnte dann das aufsteigende Begehren nicht unterdrücken, das doch bei der heutigen Desideria mit ihrem hohen Alter und ihrer geschlechtslosen Würde so völlig unangebracht war. Sie war eben eine starke Persönlichkeit und würde bis zu ihrem Tod Frau bleiben. David hätte sie nie berührt – großer Gott, sie hätte seine Urgroßmutter sein können –, aber es war da, und sie wussten es beide, und deshalb benahmen sie sich im Umgang miteinander irgendwie liebevoll ...

Schnell wandte er seine Aufmerksamkeit wieder Missy zu und flüchtete sich in höfliche Plattheiten.

»Können wir dir irgendwie helfen?«

Keral war weiß geworden vor Angst. Missy blickte an David vorbei und sagte schnell: »Ich werde euch nicht verletzen, keinen von euch beiden.« Mit einer merkwürdigen, verschleierten Verachtung ruhte ihr Blick auf Keral. »Du hast ein behütetes Leben geführt, nicht wahr?«

Keral erklärte: »Es steht mir nicht zu, über dich zu urteilen, Missy.«

Ihr Gesicht wurde ein bisschen weicher. »Ich weiß, was du für mich gewagt hast, Keral. Es tut mir Leid, dass ich nicht fähig war – darauf zu reagieren. Ich war nicht bei Verstand. Aber ich danke dir dafür, und ich bin gekommen, um dich zu bitten, noch etwas für mich zu tun.«

Keral senkte den Kopf. »Ich werde tun, was ich kann, um dir zu helfen, das weißt du.«

»Du hast mir gesagt, ich gehöre zu deiner Rasse, deiner Art. Ich weiß nichts, nichts von meinem Volk. Ich war ein Findelkind, buchstäblich weggeworfen mit noch blutenden Geburtswunden, weggeworfen wie eine Fehlgeburt.« Ihr Gesicht war bitter von einer alten Qual, und Keral schüttelte bestürzt und ungläubig den Kopf.

»Das verstehe ich auch nicht. Unserem Volk sind Kinder

unaussprechlich kostbar, sie sind geliebt, willkommen, Grund für Jubel und Freude. Dass eine Frau der Chieri ihr eigenes Kind zum Sterben aussetzen sollte ... vielleicht ist sie selbst gestorben, oder sie war wahnsinnig ...«

»Du hast einen Beweis dafür bekommen, dass wir wahnsinnig werden können«, bemerkte Missy mit traurigem Lächeln.

»Oh, ich glaube dir, was du sagst, ich habe dich mit dem Kind in den Armen gesehen, dem Kind von Regis Hasturs Frau, und offensichtlich hat es auch in dir tiefe Empfindungen ausgelöst. Aber ich möchte mehr über dein Volk wissen.«

»Du sollst alles erfahren, was ich selbst weiß«, versprach Keral, und David ergänzte: »Es gibt Legenden über Chieri, die unter Menschen gingen. Desideria kennt sie und hat versprochen, sie Keral und mir zu erzählen. Warum kommst du nicht mit uns, Missy? Ich bin überzeugt, Desideria würde sich freuen ...«

Missy zuckte ein bisschen zusammen, dann lachte sie. Wie Keral hatte sie ein zauberhaftes Lachen, hell und klar wie das Läuten eines Glöckchens. »Ich habe immer noch Angst vor ihr«, gestand sie, »aber auch sie hatte nicht die Absicht, mir wehzutun. Und ich muss lernen, keine Angst zu haben.«

»Das ist wahr«, erwiderte David ernst. Irgendwie wurde zwischen ihnen ein starkes Band gewoben, und aller Groll musste verschwinden ... Er war sich nicht sicher, warum, aber es gehörte zu dem, was er eines Tages werden musste.

Jetzt kam es ihm unglaublich vor, dass er gar nicht nach Darkover hatte kommen wollen.

Früher war er nur halb am Leben gewesen. Die Eigenschaft, die er für eine Deformierung gehalten hatte, stellte jetzt den wichtigsten Teil seiner Persönlichkeit dar. Er nahm den vertrauten Kontakt mit Keral auf. Sollte er das wieder verlieren, wäre es für ihn schlimmer, als zu erblinden.

12

Diese Legende wurde in der hohen Zeit der Comyn erzählt, Jahre bevor die Terraner hierher kamen. Ich hörte sie, als ich ein junges Mädchen war und auf Burg Aldaran als Matrix-Bewahrerin und Technikerin ausgebildet wurde. Aber sie ist viel, viel älter.

In der alten Zeit, als die Lords der Täler in Thendara Gericht hielten und von Arilinn nach Carthon ritten, war in Carthon ein Lord des Alten Volkes König über alle, die dort lebten. Es gab damals noch keine Sieben Domänen und keine Comyn.

Da war ein Mädchen unter dem Schönen Volk des Waldes, Kierestelli mit Namen, was in der Sprache der Täler *Kristall* bedeutet. Die Legenden machen viel Rühmens von ihrer Schönheit, aber Schönheit liegt in den Augen der Liebe und nicht in einer einzelnen Eigenschaft. In jenen Tagen herrschte eine böse Königin im Wald, und sie vertrieb Kierestelli. Das Mädchen floh in das Land der Talbewohner, und dort begegnete sie an dem Brunnen von Reuel dem Lord von Carthon. Er nahm sie mit sich auf seine Burg in der alten Stadt, die heute von den Wassern der Bucht der Träume bedeckt ist, jenseits der Insel Mormallor, und dort lebten sie glücklich. Es verbreitete sich aber das Gerücht, sie werde von ihm gefangen gehalten, und die Chieri-Lords schickten einen großen Schatz an Gold und Edelsteinen als Lösegeld. Denn sie wussten, das Volk des Tals schätzte diese Dinge, die den Chieri nichts bedeuten. Kierestelli wollte jedoch bei dem Lord von Carthon bleiben, weil sie ihn liebte, so dass der Lord von Carthon den ganzen Schatz bis auf einen einzigen Goldring zurückschickte, und der Ring ist im Hause Hastur lange Zeit weitervererbt worden.

Der Schatz des Waldvolkes ist eine Legende in den Venzabergen, denn als der Lord von Carthon ihn zurückschickte, wurde die Karawane überfallen und erreichte den Gelben Wald nie. Da sagte Kierestellis Vater: ›Diese Leute wollen sowohl das Gold als auch die Frau behalten‹, und er versammelte seine Krieger zur Schlacht, um sie zu retten. Doch bevor der erste Pfeil flog, kam Kierestelli aus der belagerten Burg, im Hemd und barfuß, das Haar offen, so ging sie durch die Verteidiger und die Belagerer, kniete vor ihrem Vater nieder, legte die Hand in die ihres Lords und bat sie, sich zu versöhnen.

›Ich will kein Kind in Krieg und Schrecken gebären‹, sagte sie, und als der Chieri-Lord sah, dass ihr Körper schwer war von Carthons Kind, legte er seinen Speer nieder und weinte, und dann rief er seine Männer zurück in den Wald. Danach gelobten sie sich ewige Freundschaft, und es wurde ein großes Fest gefeiert – heute noch sagt man in den Bergen, wenn jemandem große Ehren erwiesen werden: ›Sie feierten ihn wie die Lords von Carthon.‹

Am Ende zerbrach die Freundschaft, und die Chieri zogen sich wieder über den Kadarin und in die Berge hinter Carthon zurück. Aber der Sohn Carthons wurde der Vater Cassildas, die die Gemahlin Hasturs wurde, und von Hastur und Cassilda stammen die Söhne der Sieben Domänen ab.«

Desideria hatte ihre Geschichte beendet, und ihre Zuhörer schwiegen eine Weile. Dann griff David einen wesentlichen Punkt auf:

»Die Legende spricht von einer *Frau* der Chieri ...«

»Das ist der Eindruck, den sie bei eurem Volk hervorrief«, erklärte Keral. »Mir erscheint an dieser Geschichte wichtig – und es mag durchaus wahr sein –, dass ein Mensch und ein Chieri ohne Furcht und ohne Wahnsinn ein Kind zeugten. Ich weiß seit langem, dass in den Adern der Comyn-Leute hier auf Darkover das Blut meines Volkes fließt. Wir Chieri sehen in euch unsere entfernten Nachkommen. Und deshalb wird ein Teil von uns fortleben, auch wenn wir sterben.«

David fragte: »Und woher kommt das rote Haar?«

»Ich bin mir nicht sicher«, antwortete Jason. »Aber ich habe die darkovanische Geschichte studiert. Es gibt da eine Theorie, weißt du, dass Darkover ursprünglich von einem der ›Verlorenen Schiffe‹ kolonisiert wurde – Schiffe aus dem 21. und 22. Jahrhundert, der Zeit vor dem Terranischen Imperium, vor dem Hyperantrieb, als so viele Schiffe verschwanden, von denen man nie wieder etwas hörte. Rotes Haar kommt bei einem oder zweien der alten irdischen Völker häufig vor, besonders bei den Hochland-Kelten, die parapsychische Fähigkeiten gehabt haben sollen – das Zweite Gesicht. Möglich, dass diese Merkmale in der telepathischen Linie fixiert worden sind.«

Desideria sagte: »Ich glaube, ich habe schon erwähnt, dass die Matrix-Arbeiter behaupten, je röter das Haar, desto stärker die Gabe. Es heißt aber auch, dass sehr intensive psychische Arbeit eine Bewahrerin vorzeitig grau macht. Mein Haar ist nach dem Kontakt mit Sharra beinahe über Nacht weiß geworden.«

»Meins auch«, war Regis' leise Stimme zu hören.

»Teilweise Adrenalin-Erschöpfung?«, theoretisierte Jason.

»In den Bergen, wo ich zu Hause bin«, berichtete Desideria, »habe ich viele Geschichten über die Chieri und ihre Schönheit gehört. Da ist ein altes Lied – ich kann mich gerade nicht darauf besinnen.« In angestrengtem Nachdenken zog sie die Brauen zusammen. »Eine Chieri-Frau sucht ihren sterblichen Liebsten, ohne zu wissen – denn so lange leben sie –, dass er inzwischen alt geworden und gestorben ist ...«

Missy flüsterte, ohne aufzublicken: »Bevor ich wusste, was ich bin ... habe ich ein einziges Mal geglaubt zu lieben. Ich blieb jung, ein Kind dem Aussehen nach, und er wurde alt, alt ...«

Ihre Stimme erstarb. Keral fasste an Conner vorbei nach ihrer Hand. Sie zeigte das kurze, traurige Aufdämmern eines Lächelns und schwieg. Regis nahm Linneas Hand und legte sie auf seinen Arm.

»Immer – eine *Frau* der Chieri«, murmelte David und merkte gar nicht, dass er es laut aussprach.

Linnea hob den Blick und sah Keral an. »Es ist nicht müßige Neugier, glaubt mir. Ich habe in den Legenden von seltsamen Dingen gehört. Legenden lügen; *wie ein altes Lied lügen,* ist bei uns eine sprichwörtliche Redensart. Nun sagt ihr es mir: Ist es wahr, dass ihr nur einmal einen Partner wählt und niemals einen anderen nehmt, wenn der Tod oder ein Unglück euch scheidet?«

»Nicht ganz wahr«, erwiderte Keral. »Es stimmt, dass wir uns selten anderswo umsehen, wenn unser Herz und unsere Gefühle einmal angesprochen worden sind. Das weiß ich aus den Erinnerungen meines Volkes, nicht aus eigener Erfahrung, das werdet Ihr verstehen, Lady. Fast immer kommt ein Chieri unberührt zu seiner Liebsten – wie sie zu ihm. Nicht etwa, dass wir es verlangen, es ist einfach so, dass alle Dinge zu ihrer Zeit kommen, und wir suchen, wie wir sagen, weder Früchte im Frühling noch Blüten von einer Winterknospe ...« Er seufzte. »Wir empfinden nicht nur kein Begehren für einen anderen – wir ertragen ihn nicht. Und das ist der Grund, warum mein Volk stirbt ... Vielleicht nimmt Evanda auf diese Weise das Geschenk der Langlebigkeit zurück, das sie uns gab, als die Welt erschaffen wurde. Unsere Frauen sind nur – ich weiß euer Wort dafür nicht – *cuere* – nur einen Ablauf der Jahreszeiten? Ein Jahr? Ja, vielleicht ein Jahr in hundert Jahren fruchtbar, und manchmal säen die von uns, die in der männlichen Phase sind, viele *cueru* hintereinander nur unfruchtbaren Samen. Nicht oft geschieht es, wie ihr euch jetzt denken könnt, dass beides zusammentrifft, *raiva* – das Reifen für die Paarung: einer, der zeugt, und einer, der empfängt. Deshalb werden uns immer weniger Kinder geboren. Es gibt Ausnahmen. Manchmal wünscht sich eine von uns so sehnlich, ein Kind zu empfangen, dass sie sich einen anderen Partner sucht. Das ist immer eine bittere, schwere Sache und kostet große Überwindung. Etwas in unserem Blut will es nicht erlauben, wie ich euch gesagt habe.«

Linnea forschte weiter: »Ist es dann wahr, was auch behauptet wird – zwei aus eurem Volk liegen nur dann zusammen ...« – sie benutzte das höfliche und umschreibende *Casta*-Wort *accandir,* und sie sprach ruhig und ohne Verlegenheit – »... wenn sie sich ein Kind wünschen?«

Keral lachte laut heraus. »Zumindest *die* Geschichte ist falsch – sonst wären wir tatsächlich ein merkwürdiges Volk! Nein, Linnea, ich nehme an, wir kommen zusammen wie alle anderen Leute auf dieser oder sonst einer Welt, zum Trost in der Einsamkeit, zum Vergnügen, zur Erleichterung des Herzens. Doch es ist außer im Wahnsinn der Veränderung kein Trieb, kein Zwang. Keine Notwendigkeit, sondern etwas Angenehmes wie die Musik oder der Tanz.«

David meinte langsam: »Ein Volk ohne getrennte Geschlechter, ohne starken Sexualtrieb ...«

»... hat einen niedrigen Überlebensfaktor«, ergänzte Jason, und Regis setzte hinzu: »Irgendetwas davon ist von euch auch in unser Blut geraten. Ich weiß seit vielen Jahren, dass der Geschlechtstrieb unter Telepathen schwächer ist als unter gewöhnlichen Menschen.«

Conner, der bisher auf seinem Platz im Schatten kein Wort gesprochen hatte, sagte ruhig: »Das hat Sinn und Verstand. Leute mit ›geschlossenen Gehirnen‹ haben keine andere Möglichkeit, einander zu erreichen, als die blinde Berührung der Körper beim Sex ...«

»Und Sex kann ein tieferer Kontakt sein«, erklärte Linnea

ernst, »und er kann auch – wenn jemand anstrengende telepathische Arbeit tut – als schwere Störung wirken. Lange Zeit glaubte man, eine Bewahrerin müsse Jungfrau sein. Die meisten sind es heutzutage nicht mehr – ich jedenfalls nicht –, aber man muss vorsichtig sein. Männer, die an den Matrix-Schirmen arbeiten, sind einen Großteil der Zeit impotent.«

Desideria nickte. »In meiner Mädchenzeit war die Jungfräulichkeit der Bewahrerin Vorbedingung. Meine erste Liebe hatte zur Folge, dass ich aus meinem Amt verbannt wurde. Ich fand bald heraus, dass ich meine Kraft nicht verloren hatte, aber es dauerte Jahre, bis ich den Mut fand, sie wieder zu benutzen.«

»Noch etwas.« Linnea sah David gerade ins Gesicht. »Unter den Comyn-Telepathen werden Männer und Frauen nicht als so sehr unterschiedlich betrachtet, und es kommt häufig vor, dass ein Mädchen sich zum ersten Mal in ein anderes Mädchen verliebt und ein Junge sich in einen seiner Spielgefährten.«

»Das ist bei Terranern auch nicht unbekannt«, sagte Jason, »aber das Tabu ist sehr stark.«

Regis, der immer noch Linneas Hand hielt, berichtete: »Für mich war es ein furchtbarer Konflikt. Schon als kleinem Jungen wurde mir eingehämmert, ich sei der letzte männliche Hastur. Mein Vater starb jung, mein Großvater war schon sehr alt. Von frühester Kindheit an hatte ich das Gefühl, man betrachte mich nur als *Samen*. Eine Zeit lang habe ich die Frauen gehasst. Wohl fühlte ich mich nur in der Gesellschaft anderer Männer, meiner Verwandten und Cousins ...« Er warf Danilo einen raschen Blick zu und lächelte.

David bemerkte: »Das Problem wäre im Imperium leicht zu lösen gewesen, indem man dich zu einer Sperma-Bank hätte beitragen lassen.« Er musste lachen, als Regis ihn verständnislos ansah, erklärte es ihm und machte die erstaunliche Erfahrung, Regis Hastur erröten zu sehen. Offenbar war Sex unter Telepathen nicht so ganz ohne Tabus, wie er geglaubt hatte. Im Stillen überlegte er, dass trotz des starken Tabus gegen homosexuelles Verhalten in terranischen Kulturen er sich oft mit seinen männlichen Freunden im Krankenhaus enger verbunden gefühlt hatte als mit den meisten Frauen.

– *Du stellst den Rapport schnell her,* kam es von Regis. *Ich bin nicht homosexuell!*

Würde es so viel ausmachen, wenn du es wärest? Rasch fing Regis sie alle mit dem Netz des Rapports ein. Conner und Missy, deren Finger leicht ineinander verflochten waren, hell und dunkel, trugen eine merkwürdige bittersüße Note zu dem Kontakt bei. Von Desideria ging Wärme aus: *Ich liebe euch alle, obwohl keiner von euch mich je berührt hat oder berühren wird.* Keral war immer noch voller Widerstreben und Furcht ...

– *Die Vorspiele der Liebe ... wie soll dieser tote Punkt überwunden werden ...*

Lange Zeit herrschte Schweigen. Schneeflocken schlugen weich gegen die Fensterscheiben, und ein stummer Wind wirbelte weiß vor der Dunkelheit. In Kerals Geist war das Bild von einem Wald, der friedlich unter dem Schnee lag, leichte Gestalten schwebten im Schneeflockentanz unter den kahlen Bäumen dahin ... einen Augenblick lang sahen und spürten sie es alle.

Dann sagte Regis mit leiser Stimme:

»In meinem Volk heißt es, wenn Männer mit Männern oder Frauen mit Frauen in Liebe zusammenkommen – wir nennen es die *donas amizu,* das Geschenk der Freunde –, ist es die Erkenntnis einer tieferen Wahrheit. Dass in jeder Frau ein Mann, in jedem Mann eine Frau versteckt ist. Und diesem inneren Selbst, dem Gegenpol des eigenen, gibt man seine Liebe.«

»Der *animus* und die *anima*«, murmelte Jason.

»Und bei den Chieri«, meinte Missy nachdenklich, »ist die

innere Seite nicht versteckt; sie liegt näher an der Oberfläche. Auch mir ist das neu ...«

– aber nichts, dessentwegen man sich schämen müsste.

Und wieder vereinigten sich ihrer aller Gedanken. David erkannte plötzlich, dass er seine eigene Wahrheit gefunden hatte. Mann oder Frau? Er berührte Conner für einen Augenblick und nahm ein ähnliches Gefühl des Nachhausekommens wahr, spürte Linnea wie eine Blume in seinem Bewusstsein blühen, streckte seine Hände nach ihr aus, zog sie an sich und küsste sie, fühlte sich selbst kurz von Jason umarmt, teilte dies mit dem einen und jenes mit dem anderen. Missy flammte wie ein Komet durch sein Bewusstsein. Diese Wärme und Liebe, das war Desideria. Und dann kehrte er glücklich zu Keral zurück.

Auch wenn sie immer noch ängstlich waren, würden Keral und er den toten Punkt aus Scham und Furcht überwinden und irgendwie einen Weg zueinander entdecken.

Der Rapport löste sich auf, und sie waren getrennt. Aber David wusste, dass er nie wieder allein sein würde.

Sie brachen auf, und jeder für sich musste in Gedanken lachen, als er Linneas scherzhaften Protest hörte:

»Ich liebe deinen Verwandten, Regis, aber muss er uns überall folgen, wohin wir auch gehen? Wird Danilo zu unseren Füßen schlafen? Können wir nie allein sein?«

Und die schnelle, ernüchternde Antwort: »Möchtest du, dass dich Meloras Schicksal trifft? Allein?«

Und während die letzten Fetzen des Kontakts zerflatterten, klang ein Gedanke auf, dass es Dinge gibt, die nicht einmal ein Leibwächter tun kann.

13

Sie trennten sich still, ohne sich zu verabschieden (wozu? Sie wussten, dass sie nun immer zusammen sein würden). David und Keral gingen durch die Stadt nach Hause. Die Lichter des Terranischen HQ leiteten sie wie ein weißer Turm vor dem sich aufklarenden dunklen Himmel. Sie hielten sich leicht bei den Händen, aber keiner von ihnen sprach. Erst als sie die Tore des Raumhafens hinter sich hatten, erklärte Keral, als beantworte er eine Frage Davids: »Mich kümmert es jetzt nicht mehr, ob sie es wissen.«

»Mich auch nicht.«

»Der Kontakt mit Conner hat Missy aus dem schlimmsten Wahnsinn der Veränderung zurückgeholt.«

Dann schwiegen sie wieder und stiegen zu Davids Zimmer hinauf. Es hatte für sie bereits die Vertrautheit eines Heims gewonnen.

David machte von seinem Privileg Gebrauch und ließ sich das Abendessen bringen. Sie aßen, und immer stärker wurde das Gefühl, miteinander isoliert zu sein. Der rings um sie fallende Schnee trug dazu bei. Keral war in der fröhlichsten Stimmung, und das war ansteckend. Alles, was einer von ihnen sagte, schien witzig zu sein. Immer wieder brachen sie in Lachstürme aus. War nicht schon ihre Anwesenheit auf ernste Weise komisch? Wovor hatten sie Angst gehabt? David merkte, dass er gefährlich nahe an den Rand der Betrunkenheit geraten war, und schob ein drittes Glas von dem süßen, hellen Wein der darkovanischen Berge zurück. Keral folgte seinem Beispiel. »Ich habe nicht versucht, dich betrunken zu machen, David, aber kommt es denn darauf an, ob wir uns betrinken?«

»Nur insofern, dass ich mir über die Wirkungen des Alkohols auf deinen Metabolismus nicht klar bin – und zu verdammt klar über die Wirkungen auf meinen!«, lachte David. »Auf keinen Fall möchte ich etwas verderben, weil ich durch den vielen Wein wirr im Kopf bin.«

»Bedeutet es dir so viel, alles exakt definiert zu haben? Vielleicht sollen die Dinge gar nicht so deutlich sein. Es wäre vielleicht gut, wenn sich die Kanten ein bisschen verwischten.« Keral kam zu David, beugte sich nieder und nahm Davids Kopf zwischen seine Hände. Es war eine seltsame und, wie David sofort erfasste, eine ungewöhnliche und intime Geste. Keral flüsterte: »Schließlich ist es nur dann ungefährlich, in die Sonne zu sehen, wenn man es durch berußte Gläser tut.«

»Dafür ist es mir zu ernst.«

»Und du meinst, mir sei es nicht ernst?« Keral drückte David den Kopf in den Nacken, ihre Blicke begegneten sich, und irgendetwas in David riss auf. Er lebte nun schon seit Wochen damit, doch plötzlich war es kristallklar und ohne das gnädige Verwischen: Begehren und Zärtlichkeit, zu eng miteinander verflochten, um es voneinander zu unterscheiden. Keral sagte: »Wenn es für mich nicht ernster wäre, als du dir überhaupt vorstellen kannst – dann wäre ich gar nicht hier.«

Er ließ sich auf den Fußboden sinken und legte seinen Kopf auf Davids Knie. Sein langes Haar fühlte sich weich und fein an. Ein leichter Schauer überlief ihn. David hätte ihn so gern in die Arme genommen, aber sein Verstand sagte ihm, dass er warten musste. Für Keral würde dies ein langsam dem Höhepunkt zustrebender Prozess sein, den jeder Schock möglicherweise aufhalten oder abbrechen mochte.

Keral hob den Blick, und David, der den Gesichtsausdruck des Chieri jetzt genau deuten konnte, sah, dass ihm die Tränen nahe standen.

»Ich habe Angst, David. Missy lag in den Armen eines

Mannes, als die Veränderung über sie kam, und es nahm die falsche Richtung. Wie können wir sicher sein?«

David geriet darüber beinahe in Panik. Keral war überzeugt gewesen, alles würde gut gehen. Wenn er seine Zuversicht verlor, was lag dann vor ihnen?

Aber vielleicht war das unvermeidlich. Während die Persönlichkeit zwischen dem Männlichen und dem Weiblichen, dem Aktiven und dem Passiven schwankte, musste es einige drastische Hormonstörungen geben. (David stellte fest, dass es ihn beruhigte, auf klinische Weise darüber nachzudenken.) Es machte Keral unsicher und labil. Allein das Wissen um die Unausweichlichkeit des Vorgangs erschütterte ihn. Er hatte etwas in Gang gebracht, das er nicht mehr ändern oder kontrollieren konnte ... so unvermeidlich und drastisch wie eine Geburt ...

David dachte: *Die Benutzung des männlichen Pronomens gehört wahrscheinlich auch zu dem, was mich stört.* So viel Mühe er sich auch gab, er konnte in Keral keine Frau sehen, ebenso wenig wie er Missy als männliches Wesen empfand, obwohl er sie tatsächlich als männliches Wesen gesehen hatte.

Und doch war Weiblichkeit in Keral ...

Die versteckte Frau ...

Er musste sie akzeptieren, ihr helfen, an die Oberfläche zu kommen.

David beugte sich über Keral und wiederholte Kerals Geste, indem er seine Hände an das zarte, blasse Gesicht legte. »Fürchte dich nicht. Ich will versuchen, nicht ... nicht schneller zu gehen, als du folgen kannst.«

Keral lächelte, antwortete jedoch nicht. David ging im Geist sein Wissen um die fremde Physis durch. Kerals augenblickliche neutrale Phase, in der das Männliche noch leicht vorherrschte, würde sich, wenn der Stimulus stark genug war –

und dies war ein großes Wenn –, wenn die psychischen und physischen Stimuli alle im Gleichgewicht waren, langsam in die weibliche Phase verwandeln: Hormone, Genitalien, Psyche.

Vom rein Körperlichen her musste ein Geschlechtsverkehr möglich sein, sogar jetzt schon. Das war alles, was sie wussten. So viel ihnen von der Anatomie bekannt war, gab es keinen Grund, warum das *nicht* möglich sein sollte.

Immerhin klaffte ein gewaltiger Abgrund zwischen Theorie und Praxis! *Ich habe noch nie hypothetischen Geschlechtsverkehr gehabt,* dachte David und merkte, dass er immer noch nicht wieder ganz nüchtern war. Wie lange das Überwechseln in die weibliche Phase wohl dauerte?

»Ich weiß es nicht«, sagte Keral, und David fragte sich, ob er die Frage laut gestellt hatte, »wir sind nicht so an Uhren gebunden wie deine Leute. Ich habe die Zeit nie gemessen. Mit einem von uns würde ich vielleicht zwei oder drei Stunden oder weniger schätzen. Aber mit dir – ich bin nicht absichtlich so unbestimmt. Ich *weiß* es nicht!«

»Es spielt keine Rolle«, erklärte David schnell, denn er sah, dass Keral nahezu hysterisch war. *Die Hormone sind identisch. Theoretisch müsste er auf mich genauso wie auf einen seiner eigenen Leute reagieren. Aber die psychischen Faktoren haben auch verdammt viel Bedeutung.*

Eine Art grimmiger Zärtlichkeit erfüllte David. So schwierig und Furcht erregend dies für ihn war, für Keral musste es noch unglaublich schlimmer sein. David brach nur ein oberflächliches Tabu gegen den Geschlechtsverkehr mit jemandem, der ähnliche Organe hatte. *Und ein verdammt dummes Tabu ist es sowieso.* David würde wenigstens bei seinem alten Geschlecht und seiner gewohnten Rolle bleiben. Keral musste sich verändern, und das, nachdem er eine unvorstellbare Zahl von Jahren – wie alt war er: drei- oder vierhundert oder noch älter? – als männliches Wesen gelebt hatte. Und – das beunruhigte David noch mehr – lieben gelernt hatte er Keral als männliches Wesen. Würde ihm Keral als weibliches Wesen so fremd vorkommen, dass die Liebe in der Fremdheit unterging? Würde er weniger liebenswert sein?

Keral zitterte immer noch heftig. David hielt ihn fest und fragte sich mit einer seltsamen, geistesabwesenden Neugier, ob ein direkterer sexueller Stimulus die psychischen oder sogar die physischen Veränderungen fördern oder behindern würde. Er mochte die Spannung lockern oder verschärfen. David wusste es nicht. Versuchsweise küsste er Keral. Keral nahm den Kuss passiv hin, er wehrte sich nicht und er reagierte nicht, und David wollte sich von ihm lösen. Aber Kerals Hände hielten ihn fest.

Verdammt! Es kommt mir so kaltschnäuzig vor, seine psychischen Reaktionen auf diese Weise auszuprobieren. Wie ein Experiment.

Endlich fand David seine Stimme wieder. »Keral, auch ich habe Angst. Ich weiß nicht, wie du reagierst oder was du in einem bestimmten Augenblick erwartest, nicht einmal, was du dabei empfindest. Wenn es überhaupt funktionieren soll, dürfen wir auf keinen Fall voraussetzen, der andere *wisse*. Ich habe die Erfahrung gemacht, dass dies Gedankenlesen im ungeeignetsten Moment versagt. Wenn es auch nur körperlich zu Stande gebracht werden soll, ganz zu schweigen von der Art, wie wir es uns wünschen, müssen wir vollkommen offen einander sein. Vollkommen. Wenn ich zu schnell vorangehe oder etwas tue, wozu du nicht bereit bist, musst du mich aufhalten, und kränke dich nicht, wenn ich dasselbe mit dir tue. Denn wir dürfen das Risiko nicht eingehen, dass wir uns in einer Sackgasse festfahren.«

Keral lächelte geheimnisvoll: »Wir müssen eben auf Sackgassen Acht geben und uns eine Erholungspause gönnen, wenn wir auf eine stoßen. Nichts, was du tun könntest, wird mich gegen dich einnehmen. Es wäre nur ein Fehler, keine Katastrophe.«

»War es ein Fehler, dich zu küssen? Manche terranischen Gruppen ...«

»Kein Fehler. Vielleicht ein bisschen zu früh für mich.«

David spürte die Anstrengung, die es Keral kostete, das alles während des schrecklichen Aufruhrs in Körper und Seele in Worte zu fassen, und das nicht einmal in seiner eigenen Sprache. Es kam ihm grausam vor, Keral dies fremde Spiel der totalen Ehrlichkeit aufzuzwingen. Er sah nur keine andere Möglichkeit, dies durchzustehen, ohne sich gegenseitig emotionale Wunden zuzufügen, die einen Keil zwischen sie treiben mochten.

Womit sollten sie die Zeit ausfüllen, in der Keral sich mit seinem eigenen Tempo auf ein unvorstellbares Ziel zubewegte? David fiel ein, dass sie sich bisher nur unter eher prosaischen Umständen unbekleidet gesehen hatten. Es mochte klug sein, sich aneinander zu gewöhnen, damit die Fremdartigkeit des anderen später nicht als Schock kam. Keral ging ganz sachlich auf seinen Vorschlag ein und bemerkte ruhig, seine Leute trügen nur bei schlechtestem Wetter oder unter Fremden Kleider. Er zog sich ohne eine Spur von Scheu oder erotischem Bewusstsein aus. David dagegen hatte Hemmungen. Für ihn bedeutete Nacktheit Intimität und hatte sexuelle Obertöne, machte ihm Kerals und seinen eigenen Körper bewusster. Er war froh, dass sie sich schon unter unpersönlicheren Bedingungen gesehen hatten, und doch war ihm, als sehe er Keral zum ersten Mal. Keral war groß, mehrere Zoll größer als der hoch gewachsene David, und sein zarter, feinknochiger Körper war hell und bis auf einen schwachen silbrigen Schatten über den Lenden haarlos. Obwohl die Brüste klein waren, fiel es nicht mehr schwer, sie als feminin zu betrachten. Neben

Keral kam David sich grob, rau und beinahe affenhaft maskulin vor.

Eine Zeit lang standen sie da, sahen sich an und versuchten, ihr altes Selbst in dieser neuen Zeit und an diesem neuen Ort wiederzufinden. Dann erschauerte Keral leicht und breitete die Arme aus. Sie umarmten sich behutsam, nicht zu eng. David, sich der Gefahr der Hysterie bewusst, unterdrückte das in ihm aufsteigende Lachen. Stattdessen küsste er Keral von neuem, und diesmal gab es eine zögernde, unendlich scheue Reaktion. Als sie sich voneinander lösten, sagte Keral schüchtern: »Ich weiß nicht einmal ... welche Formen des Liebesspiels ... bei euch üblich oder erlaubt sind.«

Ein starkes Verlangen machte David schwindelig. Er musste gegen den Impuls ankämpfen, Keral mit aller Gewalt an sich zu pressen, eine Reaktion zu erzwingen ... die Langsamkeit der Entwicklung war Folter, ein Vor und Zurück, eine Tantalusqual ... doch er beherrschte sich, denn das wäre bestimmt eine Sackgasse gewesen. Eine Vergewaltigung, so vermutete er, war wohl körperlich unmöglich, und selbst wenn sie möglich wäre, was würde sie bringen außer Entfremdung und Widerwillen? Sehr sanft antwortete er: »Mein Lieber, kommt es darauf an, was üblich ist? Dies ist keine übliche Situation. Du sagtest, nichts, was ich tun würde, könnte dich gegen mich einnehmen. Ich empfinde ebenso. Wir müssen uns einfach Zeit lassen und abwarten, was geschieht.« Damit hatte er die richtigen Worte gefunden. Während die unendlich zarte Polarität vom Männlichen zum Weiblichen umschlug, würde Keral scheuer, passiver werden, und David musste die Führung übernehmen.

Eine erfahrene Frau kann einen jungen oder schüchternen Mann führen. David wusste jedoch nicht einmal, wie viel Erfahrung Keral mit Wesen seiner Art hatte, und auf jeden Fall wäre diese Erfahrung jetzt irrelevant. David musste die Initiative ergreifen und trotzdem genau auf Erwiderung oder Abwehr bei Keral achten.

Er zog Keral neben sich nieder. Sie lagen sich in den Armen und küssten sich sanft. Langsam erwachte die Leidenschaft. Schließlich schnappte David nach Luft und stieß heiser hervor: »Das ist nicht zu schnell für mich – nur könnte es zu schnell für dich sein, Keral.« Er nahm Kerals Hand und leitete sie, aber Keral riss sich heftig los.

Ganz kurz wallte Zorn in David auf. Nichts hatte ihn darauf vorbereitet, dass Keral prüde sein könne. Gleich darauf wurde er wieder vernünftig *(Er musste denken! Ganz gleich, ob Erektion, ob Begehren, er durfte nicht seinen Körper für sich denken lassen)* und sagte sich, dass Keral Angst hatte. Es war eine physische Angst, und wenn sie die Oberhand gewann, waren sie gescheitert. Kerals ganzer Körper bebte von der Anstrengung, diese Angst zu verbergen, aber sie war wie ein Geruch. David setzte sich auf und rückte ein Stück von ihm ab.

»Siehst du? Ich habe mich immer noch unter Kontrolle, Keral. Ich habe es dir versprochen; nichts, für das du nicht bereit bist. Ich wünschte nur, du hättest es mir gesagt, bevor es so schlimm wurde. Ich kann deine Gedanken jetzt nicht lesen, deine Emotionen verwischen alles. Deshalb musst du mit mir reden.«

»Das ist es nicht. Ich wollte, dass du mich berührst, aber ...«

Einer plötzlichen Intuition folgend, fragte David: »Unterscheide ich mich so sehr von einem deiner Leute in der männlichen Phase? Genug, um dich zu ängstigen?«

»Eigentlich nicht, obwohl ... du stärker bist, als ich geglaubt habe. Ich bin – es ist schwer, das zu sagen –, ich bin anfangs immer etwas ängstlich. Aber das ist es nicht allein. Bei uns geht die Veränderung immer weiter, und wenn du jetzt schon so bist, fürchte ich, dass später, wenn ich bereit bin ...«

Nun zitterte er heftig, war den Tränen nahe, und David verstand. Er hätte beinahe gelacht, es kam einem dummen schmutzigen Witz so nahe! Stattdessen nahm er Keral vorsichtig in die Arme und hielt ihn fest. Ruhig erklärte er: »Nein. Nein, Keral, du hast es vergessen. Wir erreichen den Höhepunkt der Erregung schnell. So wie ich jetzt bin, werde ich auch sein, wenn du bereit für mich bist. Mehr nicht.«

Natürlich. Wenn Keral an eine langsame, allmähliche sexuelle Veränderung gewöhnt war, an ein Wachstum, das sich über Stunden hinzog, und wenn David schon in diesem frühen Stadium die maximale Größe und Intensität erreicht hatte, wie konnte Keral das wissen? Schließlich waren sie sich fremder als ein zivilisierter Mann und ein Wilder, und sogar unter den Menschen einer einzigen Rasse und eines einzigen Planeten gab es endlose Missverständnisse und schwer begreifliche Tabus.

Keral war jetzt ruhiger. Er sagte: »Natürlich – es war dumm von mir, mich zu fürchten. Ich wünschte, ich wäre für dich bereit.«

»Ich kann warten.«

»Du gibst dir so viel Mühe, mir auf halbem Weg entgegenzukommen. Ich schäme mich.«

»Das brauchst du nicht, Keral.«

Er fühlte sich geschmeidig, fast zerbrechlich in Davids Armen an. David kam sich grob und rau vor und war sich nicht einmal ganz sicher, welche Art von körperlichen Veränderungen er bei Keral sehen würde. Schließlich sagte er: »Ich bin immer noch in einem fremden Land und habe keine Karte. Ich möchte ganz sicher sein ...«

Sofort fiel Keral ein: »Ja. Das zumindest ist so. Wir müssen genau wissen, was der andere ist ... auch wenn wir der gleichen Rasse angehörten, wäre das gut.«

Von neuem bemühte David sich um eine objektive, beinahe klinische Einstellung, als Keral seinen Körper langsam mit den

Händen erkundete. Die Berührung war erregend, aber nicht in gefährlichem Ausmaß, und die beiderseitige Neugier verringerte die Spannung. *Zum Teufel mit Theorien und anatomischen Verallgemeinerungen, ich möchte genau wissen, wie dieser eine hier aussieht!* Verlegen und unsicher berührte er Keral. Würde die Fremdartigkeit ihn abstoßen? Konnte irgendetwas an Keral ihm Widerwillen einflößen? Die Lehrbuch-Zeichnungen, die er nach den ersten medizinischen Untersuchungen sowohl von Keral als auch von Missy gemacht hatte, tauchten in seiner Erinnerung auf. Hätte er sich damals so etwas träumen lassen? Er betastete den gefalteten genitalen Schlitz, und es schoss ihm durch den Kopf, dass diese Anordnung vernünftiger sei als die freiliegenden Geschlechtsteile seiner eigenen menschlichen Art. »Du musst es mir sagen, wenn ich dir wehtue.«

Keral lachte. »So zerbrechlich bin ich wirklich nicht. Ich habe dir doch auch nicht wehgetan, als ich dich berührte, nicht wahr?« David stellte fest, dass sie große Fortschritte gemacht hatten, Keral war jetzt fähig, ihn ohne Zögern oder Furcht anzufassen. Die Veränderung musste fast abgeschlossen sein, und das machte ihm Mut.

Nichts war besonders fremdartig, und nichts war abstoßend. Vorn in dem Schlitz lag, jetzt eingezogen, wie eine kleine Knospe, das männliche Organ, kleiner als das eines menschlichen Babys. Irgendwie muss ich mich mit dem Mann in Keral abfinden, dachte David. Er berührte es behutsam, und Keral gab leise, wohlige Laute von sich. Dahinter befand sich das langsam anschwellende weibliche Organ, dessen Farbe sich vertiefte. David spürte das Pulsieren unter seiner Hand, und seine Sachlichkeit zerstob. Er schloss die Augen und rückte zitternd von Keral ab, denn er fürchtete, wieder zu hastig zu sein. Von heftigem Beben geschüttelt, zog Keral ihn an sich.

»Ich bin mir nicht sicher, es ist nicht dasselbe – ich halte das nicht aus!«, stieß er hervor. »Irgendetwas wandelt sich, es bringt mich um ...«

Damit hätten wir rechnen müssen, dachte David enttäuscht. *Festgefahren.* Bis hierher und nicht weiter, und die kulturellen Tabus sind so stark, dass keiner von uns beiden sie brechen kann. Der Versuch musste unternommen werden, bevor er die Nerven verlor, und doch war er wie gelähmt in Gedanken daran, welche Folgen eine Voreiligkeit haben könnte. Vorsichtig schob er sich über Keral. Die Augen des Chieri schlossen sich, er legte David die Arme um die Schultern. Immer noch zitternd sagte er: »Ich weiß es nicht – ich habe Angst ...«

David selbst fürchtete sich so sehr, dass es ihn fast entmannte. *O Gott, warum haben wir es versucht, wir hatten so viel ...* Er fand sich wieder, wie er schlaff an Kerals Brust lag und hilflos schluchzte. Auch Keral weinte. Sie klammerten sich in einer Art blinder Panik aneinander. Endlich brachte David mühsam, ächzend heraus: »Was sollen wir tun? Was sollen wir tun?«

Langsam beruhigte Keral sich. Er drückte David an sich, seine Lippen lagen auf Davids Haar, und zum ersten Mal in dieser Nacht wurde sich David der Weichheit von Kerals Haut, der femininen Leichtigkeit seiner Berührung bewusst. Keral flüsterte ihm in seiner eigenen Sprache etwas zu, das David nicht verstand, doch es mussten Koseworte sein. Dann murmelte er: »David, mein Lieber, darauf hätten wir uns gefasst machen müssen. Wir waren beide zu – zu angespannt, zu verkrampft. Vielleicht braucht die Liebe ein bisschen Wahnsinn. Weißt du nicht mehr, was du über Sackgassen gesagt hast?«

»Es ist also hoffnungslos?«

»Nein. Nein. Ein Fehler, keine Katastrophe. Wir hatten Angst und waren – nun, unsicher.« Er richtete sich auf, küsste

David und strich ihm das Haar aus den Augen. »Bleib hier neben mir liegen, David. Wir hatten es beide zu eilig. Als müssten wir uns einer des anderen auf der Stelle vergewissern.«

»Ich schäme mich ...«, murmelte David.

»Vorher habe ich mich geschämt, aber es ist leichter für mich, wenn ich weiß, dass auch du dich fürchtest«, erklärte Keral einfach. »Du wirktest so selbstsicher, ich fragte mich, ob du überhaupt eine Ahnung hättest, wie schwer es für mich war ...«

»Ich habe nur so getan«, flüsterte David an Kerals Hals. »Ich wollte dir Zuversicht einflößen.«

Allmählich beruhigten sie sich. Sie lagen dicht nebeneinander, spürten den Rhythmus ihrer Herzschläge. So war es schon einmal gewesen, erinnerte David sich, nur waren sie damals nicht so ehrlich miteinander. Wärme und Geborgenheit hatten ihr Werk getan. David spürte die neue Erektion, und Keral schmiegte sich vertrauensvoll an ihn. Lächelnd umarmte das Chieri ihn.

»Hab keine Angst. Wir können es versuchen.«

David konnte die Öffnung nicht gleich finden, und Keral musste ihm helfen. Er. Sie. *Verdammt, verdammt.* Neue Furcht, Unbeholfenheit – ein scharfes Atemholen von Keral und eine Spannung, die David fast wieder hätte erschlaffen lassen. Dann merkte er, dass er eingedrungen war. Er widerstand dem Instinkt, sich zu bewegen, beherrschte sich und flüsterte:

»Keral?«

»Es ist gut ...« Aber die Stimme war nur ein Hauch.

»Keine – Angst?«

»Ein bisschen, aber – mach weiter, ich möchte es ...«

Es ging schwer, und anfangs mühten sie sich hilflos miteinander ab. Von neuem wurden sie von Angst gepackt. Keral schluchzte in einem letzten Aufflackern von Panik. Und plötzlich stellten sie fest, dass sie zueinander passten, und David war so ungeheuer erleichtert, dass er wieder hätte in Tränen ausbrechen mögen. Er ruhte sich eine Minute aus, küsste das nasse Gesicht unter dem seinen, und dann verschwanden Spannung und Furcht vor den Fluten des Begehrens.

Sie umklammerten sich beinahe wild, sie lernten es, sich dem Rhythmus und den Bewegungen des anderen anzupassen. Keral schluchzte immer noch, aber nicht mehr aus Furcht. Und dann war es in einer betäubenden Lichtexplosion für David vorbei.

Als er wieder zu Atem gekommen war, beugte er sich nieder und küsste Keral. Zerknirscht spürte er seine Tränen und zog ihn an sich.

»Nicht weinen, da gibt es doch gar nichts zu weinen –nicht wahr? Habe ich dir so sehr wehgetan? Ich habe versucht ...«

»Nein, nein, wehgetan hast du mir nicht, ich hatte so Angst, es würde wieder etwas schiefgehen, und jetzt –jetzt möchte ich weinen, lachen, fliegen ...«

Schweigen herrschte, und draußen vor dem Fenster wisperte der weich fallende Schnee. David hatte gar nicht gemerkt, wie völlig die Fremdartigkeit verschwunden war, und doch war dies immer noch Keral. Er brachte es nicht fertig, in Keral eine Frau zu sehen – ach zum Teufel! Warum musste allem ein Etikett aufgeklebt werden? Keral war Keral, er liebte ihn, und sonst kümmerte ihn nichts. So schlief er in Kerals Armen ein.

14

An einem Tag spät im Winter guckte Jason ins Laboratorium und sagte: »David? Regis Hastur hat mir gerade eine Botschaft geschickt. Er möchte, dass wir alle zur Burg hinaufkommen. Warum, hat er nicht gesagt. Willst du mit mir gemeinsam gehen?«

David holte seinen dicksten Mantel – es war ein darkovanischer; die Mäntel, die er auf anderen Planeten getragen hatte, waren hier Sommerkleidung – und schloss sich Jason an. Jason erkundigte sich: »Wie geht es voran?«

»Man tut, was man kann. Übrigens hatte ich Recht; alle Telepathen der neuen Gruppe haben graue Augen, und alle Comyn und sonstigen Darkovaner haben die typischen Gehirnwellen, nicht so prägnant wie bei den Chieri, aber das Gleiche in geringerem Ausmaß.«

Jason lachte vor sich hin. »Hast du je so viele Rothaarige gesehen?«

»Nein! Ich habe einmal eine prähistorische Erzählung gelesen, die *Liga der Rothaarigen* hieß sie, eine dumme Geschichte über etwas, das damals als Verbrechen galt. An das Ganze erinnere ich mich nicht mehr, aber ein Absatz ist mir heute Vormittag wieder eingefallen: ›Ich hoffe, so einen Anblick nie wieder zu erleben. Von Norden, Süden, Osten und Westen war jeder, der einen rötlichen Ton in seinem Haar hatte, angereist. Ich hätte nie gedacht, dass es so viele im Land geben könne. Jede Rotschattierung war vertreten: Stroh, Limone, Orange, Ziegel, Leber, Ton und das echte Feuerrot.‹«

»Du siehst aus, als ob du dazugehörst«, meinte Jason, und David lachte. »Das ist Zufall. In meiner Kinderzeit auf Terra wurde rotes Haar mit nichts anderem in Verbindung gebracht als einem aufbrausenden Naturell. Und das hatte ich; es war, bevor ich merkte, dass keiner der Leute um mich ebenso leicht meine Gedanken lesen konnte wie ich die ihren. Woher hast du es, Jason? Du bist nicht rothaarig.«

»Ich war es als Kind, aber ich hatte es vergessen. Meine Mutter war rothaarig«, antwortete Jason. »Sie war Darkovanerin, und sie starb so früh, dass ich mich nicht mehr an sie erinnern kann. Ich bin nie auf den Verdacht gekommen, ich könnte Telepath sein, bis ihr kamt und ich anfing, dies und jenes aufzufangen. Wo ist Keral?«

Sie waren am Raumhafentor angekommen, gingen hindurch und stiegen die steilen alten Straßen zu der Burg hoch über ihnen auf den Klippen empor. David sagte: »Er macht einen Spaziergang durch die Felder. Ich glaube, die Straßen und Gebäude ersticken ihn.«

»Allein?«

»Nein, Conner ist bei ihm und ein paar Wachen – ich wollte noch eine Arbeit beendigen.«

»Keral sieht bei weitem nicht so – nun, so mädchenhaft aus wie Missy. Mir fällt auf, dass du immer noch von ihm sprichst.«

David zuckte die Schultern. »So denke ich von ihm. Vielleicht veränderte sich Missy so stark, weil sie die Menschen nachahmte. Oft ist Verhalten, das uns sexualgebunden vorkommt, in Wirklichkeit kulturgebunden, aber ich weiß es nicht.«

Jason erzählte: »Ich habe einmal eine Freie Amazone geliebt. In vieler Beziehung war es, als liebte ich einen Mann, und das wurde gegen Ende hin stärker.«

»Ich habe Linnea von den Freien Amazonen sprechen gehört, und irgendwie hatte ich gedacht, sie liebten nur andere Frauen.«

»O nein! Aber sie tun, was ihnen gefällt, und kein Mann

kann eine von ihnen lange halten. Kyla blieb drei Jahre bei mir, und das war für eine Frau ohne Kind eine lange Zeit. Dann war sie des Stadtlebens müde. Ich hatte jedoch hier meine Arbeit und entschloss mich zu bleiben. Ich bin mir nicht sicher, ob ich mich richtig entschieden habe, aber ich bin Arzt, und was auch kommt ...« Jason verstummte, und David nickte: »Ich verstehe.«

»Die Arbeit, die wir jetzt tun, eine zuverlässige Untersuchung der Telepathen und ihrer Kräfte, wird für Darkover große Bedeutung haben«, meinte Jason. »Man hat es früher schon versucht, es ist jedoch nichts daraus geworden; die Darkovaner waren nicht zur Kooperation zu bewegen. Nun tun sie es freiwillig.«

»Nicht ganz freiwillig«, erwiderte David, »nur der Not gehorchend. Ich glaube, was Keral über sein Volk berichtet, hat ihnen einen Schreck eingejagt; sie sehen sich selbst. Auch ihre Geburtenrate fällt, weißt du. Besorgnis erregend. Keine der Frauen hier hat mehr als ein Kind, und die Männer ...« Er zuckte die Schultern. »Ein paar empfinden es wie Regis als ihre Pflicht, für Nachwuchs zu sorgen, den anderen ist nie der Gedanke gekommen.«

Jason fragte: »Ist das ein Fall, wo die Natur zurück zur Norm züchtet?«

»Ich glaube nicht. Es liegt an – der Sensibilität«, erklärte David. »Einem Menschen, der sich an diese Art von Kontakt einmal gewöhnt hat, genügt weniger nicht mehr. Und so viele potenzielle Partner gibt es gar nicht. Auch werden Heiraten aus politischen Gründen geschlossen, die Mädchen wachsen isoliert auf und sehen nur ihre eigenen Blutsverwandten. Niemandem ist es eingefallen, die telepathischen Gene gezielt zu züchten. Die Folge ist, dass die Telepathen-Familien sich mit anderen vermischt haben, bis die Gaben kaum noch auftraten, und die anderen haben wieder zu viel Inzucht getrieben, so dass bedauerlicherweise rezessive Merkmale zum Vorschein kommen.«

»Das ist richtig«, pflichtete Jason ihm bei. »Nun, vielleicht bringt dies Treffen ein Ergebnis.« Damit passierten sie die hohen Tore der alten Burg. Die diensttuenden Wachposten sahen die beiden terranischen Ärzte in ihren weißen Uniformen schief an, ließen sie jedoch durch. In den Gängen, die wie bei den meisten darkovanischen Gebäuden aus hellem, durchscheinendem Stein mit farbigen Lichtern hinter den Paneelen bestanden, sagte ihnen ein Diener, Lord Hastur habe Anweisung gegeben, sie in die Ratskammer zu führen.

David wusste bereits, dass Regis' Befehl, jeden auf Darkover bekannten Telepathen nach Thendara zu bringen, zweihundertunddreißig erwachsene Männer und Frauen – was auf Darkover älter als fünfzehn Jahre bedeutete – hergeführt hatte. Rund hundert weitere hatten wegen ungünstiger Wetterverhältnisse, hohen Alters oder Krankheit nicht reisen können, und ein paar Frauen wegen weit fortgeschrittener Schwangerschaft. Das war keine große Anzahl für eine Bevölkerung von ein paar Millionen – eine Volkszählung war auf Darkover nie durchgeführt worden. David kannte die alten Schätzungen; früher hatte etwa jeder Hundertste messbare telepathische Gaben gezeigt.

Regis ließ sie nicht lange im Zweifel, warum er sie zusammengerufen hatte. Nachdem er ein paar der bekannten Probleme zusammengefasst und sie gebeten hatte, an dem von den Terranern unterstützten Projekt mitzuarbeiten, bei dem ihre Gaben gemessen und diejenigen, die latent waren, ausgebildet werden sollten, brach er die formelle Ansprache ab und verließ die hohe Rednerplattform.

David war oft genug mit ihm in Kontakt gewesen, um seine Hingabe an sein Amt zu kennen, aber für eine Führerpersönlichkeit hatte er ihn eigentlich nicht gehalten. Regis hatte auf ihn den Eindruck eines stillen, ziemlich schüchternen jungen Mannes gemacht, der gegen seinen Willen in eine Machtposition geschoben worden war und kein Vergnügen daran fand. Regis war nicht besonders groß, nicht einmal für einen Darkovaner – sie waren keine hoch gewachsene Rasse. Er maß etwa fünf Fuß neun Zoll, und obwohl er feine Gesichtszüge besaß und das schneeweiße Haar ihn distinguiert erscheinen ließ, hätte er normalerweise nie aller Augen auf sich gezogen. Aber jetzt spürte David, dass Regis bei seiner Ansprache von einer Autorität Gebrauch machte, die über seine eigene Person hinausging.

»Unsere Welt wird von Verbrechern zerstört«, sagte er, »und ich kann euch nicht einmal drängen, Hilfe bei den Terranern zu suchen. Es mag besser sein, auf unsere Art zu sterben, als auf ihre Art zu leben. Nur glaube ich nicht, dass das unsere einzigen Alternativen sind. Unter den hunderttausend bewohnten Welten stellen wir etwas ganz Ungewöhnliches dar, und wir müssen bewahren, was wir haben.

Unsere traditionelle Regierungsform ist zusammengebrochen, und nichts Neues ist an ihre Stelle getreten. Das Terranische Imperium wartet nur darauf, dieses Vakuum zu besetzen.

Der Comyn und der Comyn-Rat, unsere alte Hierarchie, sind dahin. Ich bitte euch alle, mit mir einen neuen Rat zu bilden. Dieser Rat soll Darkover nicht regieren, sondern daran arbeiten, unsere Welt wieder herzustellen.

Hunderte von Jahren sind jene unter euch, die wie ich in Telepathen-Familien und -Kasten hineingeboren wurden, der Tradition gefolgt, ihre Gaben für das Wohl unserer Welt als Ganzes einzusetzen. Ihr habt euch geopfert und isoliert gelebt, ihr habt mit den Schirmen und Matrizen gearbeitet, um uns mit einem Mindestmaß an Technik zu versorgen. Und diejenigen von euch, die in andere Familien und Kasten hineingeboren wurden, hat man als Außenseiter und Abnormitäten betrachtet, seltsam und unheimlich, und sie gleichzeitig verehrt und gefürchtet.

Ich fordere euch auf zum Zusammenschluss: Comyn und Volk, Bauer und Lord, Freie Amazone und Fremder, Talbewohner und Bergbewohner. Ich bitte euch, weiter für unser Volk zu arbeiten. Und im Augenblick bitte ich euch, eure Gaben den Terranern zur Verfügung zu stellen. Dafür werden wir die Hilfe bekommen, die wir zum Wiederaufbau unserer Welt benötigen. Aber ich gebe euch mein Wort, dass wir niemals eine weitere gleichgeschaltete Welt des Imperiums werden. Vielleicht können wir der Sauerteig in ihrem Brot sein. Vielleicht werden sie, wenn sie sehen, dass sie uns nicht nach ihrem Bild gestalten können, sich selbst nach unserem Bild gestalten.

Wollt ihr mir alle helfen?«

Er stand schweigend da, und es kam keine Antwort.

Es war keine Antwort nötig. Wie ein Sturmwind ging es durch den Raum, als jeder Mann und jede Frau aufsprang – und David wurde mit hineingerissen in diese plötzliche und unglaubliche Vereinigung.

Es gab geringfügige Meinungsverschiedenheiten, und es würde auch Streit geben. Aber in diesem Augenblick waren sie alle eins, und David dachte bei sich, noch nie in der Geschichte des bekannten Universums konnte ein einzelner Mann eine Gruppe mit solcher Einmütigkeit erfüllt haben.

Er wusste nicht, wie sie die Probleme ihrer Welt lösen würden. Aber er vertraute darauf, dass sie sie lösen würden und dass er – es durchzuckte ihn wie eine Vision – Teil der Antwort war.

Der Winter verging, ein langer Tag nach dem anderen, während Andrea Closson ihre Pläne studierte, ihren Spionen zuhörte und über den Schlussakt nachsann, der diesen Planeten hilflos machen würde. Ein- oder zweimal dachte sie, sie hätte es kaum besser planen können, als es jetzt ohne ihr Zutun geschah. Alle noch übrigen Telepathen kamen in der Comyn-Burg zusammen, und das war, als eilten sie wie die Lemminge ihrer Vernichtung entgegen.

Die wenigen, die nicht gekommen waren, zählten nicht. Sie waren alt, unwichtig, krank oder in abgelegenen Gebieten festgehalten. Auch auf die paar schwangeren jungen Frauen, die weggeblieben waren, kam es nicht an. Ohne es sich selbst einzugestehen, empfand sie darüber Erleichterung, denn sie hatte ein irrationales Vorurteil dagegen, eine schwangere Frau zu töten, und nun war sie dessen enthoben. Regis Hastur, der ihr Hauptziel gewesen war, solange ihre Attentäter noch auf Darkover weilten, sollte, so ging das Gerücht in der Stadt, eine neue Mätresse haben. Andrea hatte Regis Hastur nie gesehen, aber sie hegte eine vage Bewunderung für ihn, der so viele Angriffe vereitelt hatte. Sollte er ruhig die Zeit, die ihm und seinem Volk noch blieb, in Frieden genießen. Die wenigen, die nach ihrem letzten Streich noch am Leben sein würden, waren zu schwach und zu wenige, um einen neuen Stamm an Telepathen zu zeugen. Noch eine Generation, und es würde nur noch die Erinnerung an sie und ein paar vereinzelte Rückschläge geben.

Mit Hilfe einiger Agenten (wie in den meisten Handelsstädten kann man auf dem Haupt-Raumhafen von Darkover alles kaufen, wenn man bereit ist, den Preis dafür zu zahlen) war es ihr gelungen, sich das gewünschte Material zu verschaffen.

Eines Abends, als es schon auf den Frühling zuging, bekam sie die Nachricht, auf die sie wartete:

»Es ist eins ihrer besonderen Feste«, berichtete der Mann ihr, »und sie werden in dieser Nacht alle oben in der Burg sein, auch die Telepathen, die für dies medizinische Projekt im HQ von anderen Welten hergeholt worden sind. Es ist eine Art von Tanz – um die Frühjahrsschmelze oder die ersten grünen Blätter oder so etwas zu feiern. Ich weiß nicht, warum sie zu dieser Zeit des Jahres und bei all ihren Problemen nichts Besseres anzufangen wissen, als zu tanzen, aber ich werde die Darkovaner wohl nie verstehen.«

»Wie zuverlässig ist diese Information?«, fragte Andrea.

»So einwandfrei wie ein Computer-Ausdruck«, versicherte der Mann ihr. »Einer der Männer von dem Telepathen-Projekt ist ein unverbesserlicher Spieler. Ich kann ihm die Zunge lockern, wenn er gewinnt – und ich sorge dafür, dass er gewinnt.«

»Idiot«, sagte Andrea ohne Hitze. »Wenn er Telepath ist, weiß er wahrscheinlich, dass Sie ihn ausforschen.«

»Ob er es weiß oder nicht, es ist ihm verdammt gleichgültig«, gab der Spion zurück. »Ich habe keine Ahnung, was Sie planen oder vorhaben, deshalb kann er aus meinen Gedanken kaum etwas entnehmen, höchstens, dass ich nichts Gutes mit ihnen im Sinn habe. Ich bin kein Telepath, aber ich weiß auch so, dass dieser Rondo ebenfalls nichts Gutes mit ihnen im Sinn hat. Wahrscheinlich ist er ganz begeistert von der Vorstellung, dass ich jemandem Meldung mache, der diese Leute nicht liebt.«

Der Schaden war nun einmal angerichtet. Andrea bezweifelte jedoch, dass irgendwer sich die Mühe machen würde, festzustellen, wer hinter einem einzelnen Spion steckte. Sie glaubte nicht, dass ein Mensch ihre Gedanken lesen konnte, nicht nach all diesen Jahren. (Als diese kupferhaarige Freie Amazone gesehen hatte, wie sie den schwarzen Virus im Wald vergrub, hatte sie zwar eine Spur von Kontakt gespürt, doch für so etwas hatte sie nur Verachtung. Tatsächlich war auch nichts geschehen, obwohl sie mit einer kurzen Überprüfung festgestellt hatte, dass die Freie Amazone zu irgendeiner lokalen Seherin um einen Gegenzauber gelaufen war. Alles Dummköpfe, diese darkovanischen Telepathen!)

Und wenn sie ihre Gedanken zu spät lasen – dann war es zu spät. Andrea ließ es nie an die Oberfläche ihres Bewusstseins steigen, dass sie nach diesem Schlussakt keinen Plan für ihre eigene Flucht hatte. (Wozu auch?)

Ihre Entschuldigung war simpel. Es gab niemanden, dem sie ihre Pläne anvertrauen durfte, weil die Telepathen sie dann seinem Geist hätten entnehmen können.

Deshalb würde sie ganz allein handeln, und eine weitere Rasse würde sterben. Wie ihre eigene.

Ohne es zu wissen, wiederholte David die Worte von Andreas Spion:

»Ich weiß nicht, warum sie sich bei all ihren Problemen die Zeit nehmen, ein Tanzfest zu veranstalten!«

Jason lachte vor sich hin. »Wenn du erst noch ein paar Jahre auf Darkover gelebt hast, wirst du es verstehen.« Beide sahen es jetzt als selbstverständlich an, dachte David, dass er auf Darkover eine Heimat gefunden hatte. »Das Tanzen ist hier etwas sehr Wichtiges. Lass drei Darkovaner irgendwo zusammenkommen, und sie werden bestimmt ein Tanzfest veranstalten.«

Regis erklärte: »Das geht auf graue Vorzeit zurück, vielleicht hat es sich aus den alten Volksfesten zur Tagundnachtgleiche entwickelt. Der Tanz ist die einzige ausschließlich menschliche Aktivität. Für alles andere gibt es bei den Tieren eine Parallele, sogar für die Musik – die Vögel singen, und manche Insekten stellen künstlerische Muster her. In einem alten Gedicht heißt es: Nur Menschen lachen, nur Menschen weinen und nur Menschen tanzen.« Er sah großartig aus in seinem Kostüm in Blau und Silber, mit Edelsteinen geschmückt. Linnea war mit rosa Blüten bedeckt, natürlichen und künstlichen. Regis lächelte David freundlich zu und erkundigte sich bei Keral, der neben David stand: »Tanzen die Chieri auch?«

»O ja«, antwortete Keral, »in den Wäldern – bei Sonne oder Mondschein – in Ekstase.«

David, der wie immer Kerals Stimmung wahrnahm, dachte bei sich, dass Keral selbst auch beinahe in Ekstase sei. Obwohl er Menschenmengen für gewöhnlich mied, hatte er heute Abend sein eigenes Gewand angelegt – eine merkwürdige lange Tunika aus einem schimmernden Stoff, den er Spinnenseide nannte – und sich ihnen angeschlossen. Die Veränderung in Keral war abgeschlossen, und David kam er schöner vor, als Missy je gewesen war. Von dem Chieri schien ein Leuchten auszugehen.

Hinter ihnen erglänzte der Ballsaal mit tausend Lichtern. Er war voll von Männern und Frauen in herrlichen Kostümen, und ihr Haar zeigte sämtliche Rotschattierungen. Leise Musik mit einem ausgeprägten Rhythmus erklang. Regis wandte dem allen den Rücken und ging in den dunklen Garten. Er sah zu den vier Monden am Himmel auf. Dann drehte er sich wieder um. Der Mondschein fing sich in Kerals hellem Haar. Conners Gesicht war nur ein Schatten vor der Dunkelheit.

Conner sagte: »Höre, Regis, ich habe eine dieser Visionen außerhalb des Zeitstroms. Irgendetwas wird heute Nacht schiefgehen. Ich war eine Minute lang da und spürte es, aber ich kann es nicht kontrollieren.«

Regis antwortete langsam: »Ich spürte nichts, aber die Vorausschau ist keine Hastur-Gabe. Wie war es, Conner? Beschreibe es mir!«

Conner zog in angestrengtem Nachdenken die Stirn kraus. »Ich kann das nicht völlig kontrollieren. Ich bin mir nicht sicher. Wie – wie ein Feuerwerk.«

»Vielleicht hast du die Vergangenheit wahrgenommen und

nicht die Zukunft. Diese Burg hat eine lange und manchmal blutige Geschichte, mein lieber Freund.«

»Mag sein.« Aber Conner machte sich weiter Sorgen und griff in der Dunkelheit nach Missys Hand. Sie gingen zusammen fort, und Regis sah ihnen nach. Missys phantastische Schönheit war nicht wieder zurückgekehrt, aber nach dem, was Keral über die Chieri im Allgemeinen berichtet hatte, war dafür noch Zeit. Viel mehr Zeit, als Conner hatte. Ganze Lebensalter. Doch Conner war mit ihr zufrieden, wie sie war.

David ging wieder in den erleuchteten Ballsaal. Er stand abseits – Tanzen war etwas, wovon er wenig Ahnung hatte – und sah den komplizierten Figuren zu: Paare, Gruppen, lange Ketten, gelegentlich ein Solotänzer, der aus der Gruppe ausbrach. Es war, als beobachte man den Flug leuchtend bunter Vögel. Regis und Linnea sonderten sich für kurze Zeit von der Gruppe ab und tanzten eng umschlungen. Ihre Liebe war fast greifbar. Nicht etwa, dass ihr Tanz eine erotische Färbung hatte, und doch umgab sie Sexualität wie ein Licht, und David hatte den Eindruck, dass sie das stolz zur Schau stellten. Amüsiert sagte er sich, er habe seit seiner Ankunft auf Darkover bemerkenswert viel Zeit mit dem Nachdenken über das Sexualleben anderer Leute verbracht. Aber es war nun einmal eine grundlegende Tatsache, und die meisten Menschen dachten viel darüber nach. Auf Darkover – oder zumindest unter den Telepathen – war es einfach nicht möglich, dies Thema bei alltäglichen Unterhaltungen und Begegnungen auszuklammern. Es war sinnlos, ein Mädchen zu behandeln, als sei man an ihr nicht interessiert, wenn sie sich über die geheimen Gefühle ihres Gegenübers ebenso klar war wie über ihre eigenen. Ob die Telepathen deshalb diese fast rituelle Höflichkeit entwickelt hatten? Zum Beispiel durfte man ein junges Mädchen nicht offen anstarren. Das mochte bedeuten: »Ich bin ein sexuelles Wesen und reagiere auf dich, aber ich betone hiermit, dass ich auf deine Reaktion und Zustimmung warte.« So viel David über die gesellschaftlichen Formen auf Darkover wusste, war das bis auf Gruppen durchgesickert, die absolut keine Telepathen waren, und er hätte gern gewusst, welche rationalen Erklärungen sie dafür zu geben hatten. Duelle waren hier üblich – eine Kompensierung der Unfähigkeit, Feindschaft zu verbergen? Ein Ventil für schmerzhafte Empathie? Oder eine Methode, Männlichkeit zu beweisen?

Keral fasste nach Davids Hand, und David umschloss sie in dem Bewusstsein ihrer Verbundenheit. Keral war heute Abend fröhlicher als sonst. Die grauen Augen funkelten vor Vergnügen, sein Gesicht glühte. Das lange seidige Haar, das ihm bis über die Schultern fiel, schien jeden Luftzug einzufangen und in einem unsichtbaren Strom, der auch die Kerzenflammen tanzen ließ, zu flattern. David sagte: »Du siehst glücklich aus, Keral«, und dachte, der Ausdruck sei viel zu schwach.

»Ich bin auch glücklich. Weiß du noch, was ich zu dir sagte, als wir das erste Mal zusammen waren – *ich möchte lachen, singen, fliegen?«*

»Natürlich. Wie könnte ich das vergessen?«

»Jetzt bin ich noch glücklicher. Frag mich nicht, warum, nicht jetzt, nicht hier. Ich werde es dir sehr bald erzählen. Aber jetzt – hier ...« Er warf den Kopf zurück und stand da, als lausche er konzentriert, hingerissen. Anscheinend hörte er etwas, eine Stimme aus dem Nichts. Dann hob er die Arme, schwankte einen Augenblick wie eine Blume auf einem hohen Stängel, gewiegt vom Atem der Musik, und begann zu tanzen.

Für David verstummte die Musik – vielleicht hörte er sie einfach nicht mehr. Er nahm nur noch Keral wahr, der erst wie ein Blatt im Wind dahintrieb, dann in wilder Ekstase umherwirbelte. Die zarte, sensible Linnea ließ sich als Erste anstecken. Sie riss sich los und tanzte hinter ihm her, und ihr folgten die anderen, zuerst zu zweit und zu dritt, dann in

Gruppen von zehn und zwölf, als ob ganze Vogelscharen kreisten, niederschössen, aufstiegen. David, verzaubert von dem Tanz, sah aus den Augenwinkeln, dass sich Conner in den Strom warf, dass Desideria auf leichten Füßen hineinschwebte. Davids individuelles Bewusstsein verlor sich in den Wogen, die über seinem Kopf zusammenschlugen und ihn in die Flut seines eigenen Volkes schwemmten.

Steigen und Fallen, Treiben und Kreisen und Wirbeln auf den Gezeiten der Welt, die Macht des quellenden Frühlings in Herz und Seele! Der Mondschein zog sie an wie ein Magnet, durch die großen Türen hinaus in den kühlen, nebligen Garten. David, dessen Füße im gleichen Rhythmus wie alle anderen stampften, fühlte die kalte Luft auf seinem Gesicht, und in einem Sekundenbruchteil der Klarheit fragte er sich: *Was tun wir denn alle?* Und schon ging der Gedanke unter im Licht der Monde, in dem gemeinsamen Bewusstsein, in der schwindelnden Freude um der Freude willen. Ein bisschen war es, als schwimme er unter Wasser und werde von einer Strömung erfasst, und er ergab sich ihr. Bruchstückhaft nahm er Schönheit wahr; Kerals vom Mondschein versilbertes Haar, das aufwärts gerichtete Gesicht verklärt, fast nicht mehr menschlich; Missy, dahingetrieben wie ein Blatt; Conner, willenlos von der Flut mitgerissen; Regis mit geschlossenen Augen in langsamen Bewegungen, und doch irgendwie einem fliegenden Pfeil gleichend. Und dann wurde David von seinen Freunden getrennt und in den Mittelpunkt des Strudels gefegt, der sich schneller und schneller drehte. Es war wie in einem Traum, nur dass sein Körper völlig wach und sich der Freiheit der Bewegung, der Anziehungskraft von Monden und Meer lustvoll bewusst war. Jeder einzelne Mond war ein lebendiges Prickeln in seinen Nerven, jeder einzelne Stern am Himmel übte seinen besonderen Einfluss auf sein Gehirn aus, und jeder Tänzer in der Menge war eine eigene Kraft. Mit unendlich geschärften

Sinnen, die sich wie leuchtende Spinnenfäden beinahe sichtbar durch die dünne, duftende Luft erstreckten, berührte er jedes Einzelwesen, spürte seine Einmaligkeit, seine ureigene Freude.

Und mehr. Und mehr. Im ganzen verheerten Land brachen die Blattknospen tapfer und ungesehen auf. Die Moose entfalteten sich unter dem Schnee. Das stille, geheime Leben der Vögel hier im Garten und weit entfernt in den Bergen und Wäldern, das Schleichen der nichtmenschlichen Katzenwesen, angetrieben von Hunger und Furcht, der steigende Saft im Blut der Tiere, der sie zur Paarung trieb – überall erwachte alles, überall waren Frühling und Wiedergeburt und eine neue Welt. Ohne zu wissen, wie, *sah* David sie deutlicher, als sich beschreiben lässt, die alte Rasse mit den ernsten schönen grauen Augen, die wie die Kerals waren, und dem langen offenen Haar und der alterslosen Weisheit in ihren Herzen. Schon hatten sie sich damit abgefunden, dass ihr letzter Herbst zu Ende ging, und plötzlich spürten sie den neuen Frühling, so dass auch sie vor Freude an der überwältigenden Gewissheit einer Wiederkehr des Lebens tanzten und sprangen.

(Und irgendwo von einem hoch gelegenen Aussichtspunkt über dem Garten sah Andrea, wie die Rothaarigen vom Wahnsinn des Tanzes ergriffen wurden, und spürte mit ihren durch Jahrhunderte abgestumpften Sinnen das sprießende Leben und die Erneuerung. Sie stand wie gelähmt. In ihrem Inneren wurde gewaltsam an Türen gerüttelt, die vor langer Zeit verschlossen und verriegelt worden waren. Unerträgliche Erinnerungen quälten sie. Ihre Augen brannten in stummer Wut.)

Der drängende Rhythmus der unsichtbaren Musik, das Leben des Planeten selbst, die magnetischen Ströme des Frühlings pulsierten in ihnen allen, erweckten sie zu der totalen Ekstase der Welt. Sogar die Sterbenden spürten den Ruf, das Leben kämpfte und behauptete sich gegen die Herrschaft des Todes und der Vernichtung auf einem hilflos um sein Weiterbestehen ringenden Planeten. Regis war es, in dem der Quell des erneuerten Lebens zuerst die explosive Gewalt des Verlangens erreichte. Immer noch mit geschlossenen Augen tanzend, zog er das Mädchen neben sich in seine Arme. Zusammen sanken sie in das weiche Gras.

Und dann wurde einer nach dem anderen aus dem Tanz des Lebens hinausgeschleudert, und zu zweit und zu dritt fielen sie nieder. David spürte, wie die Woge sich in seinem Inneren aufbäumte, sich über seinem Kopf brach, ihn blind und betäubt zurückließ. Vage war er sich der Hände auf seinem Körper bewusst, eines Flüsterns, des Gesichts eines Mädchens von exquisiter Schönheit, umgeben von Massen flammenden Haars. Er wurde aus dem Tanz gelöst und sank in ihre Arme. Es war ihm kaum bewusst, wie es geschah, aber innerhalb von Sekunden, so schien es, lagen sie beisammen, nackt auf dem warmen, mondbeschienenen Gras. Es war wie Wahnsinn, mit dem feuchten Duft der Blüten rings um sie, und überall in der Nacht waren Laute der Liebe zu hören: Küsse, Gemurmel, das Niedersinken der letzten Tänzer, Leidenschaft, Schreie des Hungers, der Sättigung. In blindem und taubem Begehren riss David das Mädchen an sich.

Und doch – blind? Taub? Oder mehr erfassend als mit allen seinen gewöhnlichen Sinnen, weil er sie nicht länger benutzte? *Nicht ich allein,* erkannte er, als er für einen zeitlos kurzen und doch unendlichen Augenblick mit der durch Liebe verwandelten Süßigkeit Kerals verschmolz *(Hier bin ich, wieder mit dir vereint, Geliebter ...*), und dann war es, als falle das letzte Kleidungsstück, als sei er zum ersten Mal in seinem Leben völlig nackt.

Er fühlte mit einer nie gekannten Intensität Linneas weiche Lippen auf seinem Gesicht, obwohl er wusste, dass sie am anderen Ende des Gartens in Danilos Armen lag. Wieder fühlte er die wilde Süßigkeit Kerals, so vertraut und so ewig fremd, stand kurz in Rapport mit Jason, während sich die Hände seines Freundes heftig um die Brüste eines unbekannten Mädchens schlossen, und darauf mit Regis. (Sich schnell ablösende Bilder von gekreuzten Schwertern, der Griff um die Handgelenke bei fliegenden Luftakrobaten, der gewalttätige und sinnliche Kampf von Ringern, deren Umarmung glühender ist als die Liebender.) Für einen Augenblick bekam David einen Begriff davon, was es bedeutete, wenn das Bewusstsein der eigenen Männlichkeit schwand – hatte Keral diese Mischung aus Kummer, Freude und Demütigung erfahren müssen? –, als sein Geist und sein Körper sich mit einem unbekannten Mädchen verbanden, und im Augenblick der Erfüllung sah er in Regis' Augen hoch. Dann war David wieder in seinem eigenen Körper. Das Mädchen unter ihm war weich, anschmiegsam, verlangend. Und sonst war da nichts ... und alles ... für immer ... Hitze ... Explosion ... langsam zurückweichende Wellen ... Sterne, die sich innen und außen drehten, und eine Welt, die sich in dunkles Schweigen hüllte.

Drei Sekunden oder drei Stunden später – das wusste keiner von ihnen – kehrte David wie aus tiefem Wasser auftauchend in die Wirklichkeit zurück. Der weiche Körper des Mädchens ruhte noch in seinen Armen, ihr seidiges Haar verdeckte seine Augen. Er streichelte es sanft und küsste es, bevor er es von seinem Gesicht wegstrich. Dann stützte er sich auf einen Ellenbogen und blickte in das überraschte, lächelnde Gesicht Desiderias. Sie brauchten eine Weile, um sich zu orientieren. Die Erinnerung an das, was sie zusammengeführt hatte, kehrte zurück, und David lachte. Was kam es darauf an? Alter und sogar Geschlecht waren bei diesem Anlass ohne Bedeutung. Ein Ausdruck von Zweifel und Reue huschte über das Gesicht der alten Frau. David lachte und küsste sie und sah die Furcht verschwinden. Desideria flüsterte: »In alten Geschichten heißt es: Was unter den vier sich vereinigenden Monden geschieht, ist der Wille der Götter und steht außerhalb der Wünsche und des Begehrens der Menschen. Aber bis jetzt habe ich nicht gewusst, was damit gemeint war.«

Er lächelte sie an und ergriff ihre Hände. Überall im Garten kündete leises Murmeln von der Wiederkehr des Bewusstseins in getrennte Körper. David fasste nach seinen Kleidern, denn es war frostig, auch wenn Frühling war, und kam sich wie ein Hund vor, der seine Ohren nach einem Geräusch spitzt, das kein Mensch hören kann. Es war ruhig und friedlich hier, und doch zerrte eine plötzliche Angst an seinen Nerven. Argwöhnisch sah er sich um und suchte den Kontakt mit Conner.

David? Ich weiß nicht, das gefällt mir nicht – Feuerwerk ... zum ersten Mal in meinem Leben geheilt und glücklich ... niemals mehr werde ich allein sein, aber sogar hier, hier ...

Keral stieß einen Schrei aus, in dem sich Schreck und Freude mischten. Ein schwacher Lichtschein glomm auf, und acht oder zehn hoch gewachsene Gestalten erschienen aus dem Nichts, groß und blass mit silbrigem offenem Haar und ernsten grauen Augen, die in ihrem eigenen Licht zu leuchten schienen. Keral lief auf sie zu, bewegte sich sicheren Fußes durch die noch im Gras liegenden Paare und wurde von einem nach dem anderen umarmt. David starrte sie verblüfft an, doch ihm war klar, wer sie waren: Die überlebenden Chieri erschienen – wie es in der Legende hieß –, um ihren Jüngsten und Geliebtesten in diesem Augenblick des Glücks und der Wiederkehr von Leben und Hoffnung zu sehen. Um sie erhoben sich von neuem die normalen Geräusche der Nacht, und dazu kamen Stimmen, die Staunen, Freude und lachenden Kummer ausdrückten, eine Gemeinsamkeit, die zu tief war für gewöhnliche Worte. David erkannte (hatte Regis den Gedanken in das unsichtbare Netz geworfen?), dass nichts die Telepathen Darkovers mehr völlig trennen konnte. Oberflächlich gesehen, mochten sie verschiedene Ziele anstreben, aber ein seit Jahren verloren gegangenes Potenzial war zurückgekehrt, und wie die Chieri vor ihnen waren sie ein Volk, in dem jedes Einzelwesen eins war mit allen anderen.

Keral lachte und redete immer noch voller Freude über die Wiedervereinigung. Und doch brach eine Unterströmung der Furcht auf, es war, als röche man die Gefahr. David spürte, dass sich seine Körperhaare aufrichteten. Danilo schob Linnea sanft zur Seite und griff schnell wie eine Katze nach seinem Schwert. Es war keine sichtbare Bedrohung, es war reiner Instinkt. Conner sprang auf die Füße.

Und dann war es unverkennbar Rondo, der schrie – aber benutzte er Wörter? Es war ein schrecklicher Aufschrei voller Wut und Qual:

Nein! Ich habe euch ihre Pläne verraten, weil ich frei werden wollte von dieser Welt, aber sie haben mir nie etwas Böses getan, und ich will nicht teilhaben an einem Mord ...

Und eine rennende Gestalt, die plötzlich erstarrte und sich in die Luft erhob, aufwärts, körperlich aufwärts durch die sich verdichtende Luft, wie ein fliegender Dämon, umgeben von einem stärker werdenden Glanz. Mitten in der Luft packte er etwas mit einer merkwürdig drehenden Bewegung, und Körper und glühender Gegenstand schossen raketengleich höher und höher ...

Tausende von Fuß über der Burg barst das Ding wie ein gewaltiger Funkenregen von Feuerwerk. Ein stummer Schrei in unglaublichem Schmerz und ersterbender Qual – und dann war Stille, ein großes, klaffendes Loch in der Welt, wo Rondos Gedanken und Stimme und Geist gewesen waren. Dann kam das Geräusch der Explosion, gedämpft durch die Entfernung, weit draußen im Raum und harmlos, und doch erschütterte es die Burg, hallte wider – und erstarb.

Plötzlich stand inmitten der Chieri und eingehüllt von ihrem Licht eine Frau in der farblosen Kleidung des Imperiums. Sie kämpfte gegen die unsichtbare Gewalt, die sie aus ihrem Versteck gerissen hatte. Der triumphierende Ausdruck befriedigter Rache auf ihrem Gesicht verwandelte sich in Furcht, Staunen und Ungläubigkeit.

Ich habe euch alle für tot gehalten. Ich wusste nicht, dass einige von euch am Leben geblieben sind, um auf diese Welt zurückzukehren, auch wenn es nur zum Sterben war.

»Nein.« Die Stimme des ältesten Chieri, einer großen und schönen Frau, alterslos und übermenschlich, füllte den dunklen Garten. »Wir leben, wenn auch nicht mehr lange. Aber wir können nicht Tod für Tod geben, wir müssen Leben für Tod geben ...«

»Ihr Name ist Andrea«, sagte die rothaarige Freie Amazone, die sich aus den Schatten des Gartens erhob. »Ich wusste, sie hätte uns vernichtet, wenn sie gekonnt hätte, aber ich wusste nicht ...«

»Nein«, wiederholte das alte Chieri, sich mit unendlicher Traurigkeit und Sanftmut an Andrea wendend. »Wir erkennen dich wieder, auch nach diesen vielen, vielen Jahren, Narzain-ye kui, Kind des Gelben Waldes, die du uns während unserer Suche voller Verzweiflung verlassen hast. Wir betrauerten dich als lange, lange tot, Geliebte ...«

Das Gesicht der Frau war verzerrt von Qual und Leid. »Und ich gebar ein Kind auf einer der äußeren Welten, einem Fremden, dessen Namen ich nie erfuhr, dessen Gesicht ich nie sah – ein im Wahnsinn empfangenes und zum Sterben ausgesetztes Kind, denn ich hielt euch alle für tot und dahin ...«

»Die langen, langen Jahre des Wahnsinns«, flüsterte Keral. Er nahm Andreas Gesicht mit unendlicher Zärtlichkeit zwischen seine Hände. Sie öffnete die krampfhaft geschlossenen Augen, sah das Leuchten seiner überhöhten Schönheit, sah die große Kraft, die in Keral lag, die Macht des künftigen Lebens. Ruhig sagte Keral:

»Es ist nicht alles zu Ende. Ich lebe – und du siehst, was mir widerfahren ist. Vielleicht lebt auch dein Kind noch irgendwo; wir sind schwer umzubringen ...« Und seine Augen suchten in der Menge kurz nach Missy. Auf den reinen Zügen stand zu lesen, welche Überlegung er anstellte. »Unsere Rasse lebt, Andrea, in diesen Leuten. Schon als Kind wusste ich, dass unser Blut in ihnen weiterlebt. Und wie du siehst ...«

Kerals unirdische Schönheit schimmerte, und zum ersten (und einzigen) Mal nahm David ihn als das exquisite Mädchen wahr, für das er ihn anfangs gehalten hatte. Wie ein Blitz kam ihm die Erkenntnis, dass die Chieri den Höhepunkt der Veränderung und die volle Weiblichkeit (die Missy nur nachgeahmt hatte) in der Schwangerschaft erfuhren. Und jetzt verstand er auch Kerals Freudenrausch, der sie alle mitgerissen – und sie alle gerettet hatte. Wahrscheinlich hatte er die ganze Welt gerettet.

Und dann erwachte der Arzt in ihm. Vergessend, dass er noch halb nackt war, sprang er vor und fing Andrea in seinen Armen auf, als die alternde Chieri-Frau bewusstlos zusammenbrach.

Epilog

Die Frau, die sich jahrhundertelang Andrea Closson genannt hatte, saß auf einem hohen Balkon der Comyn-Burg zu Thendara und blickte auf die fernen grünen Hügel. Der Punkt, an dem es keine Umkehr mehr gab, war nahezu erreicht gewesen, und doch konnte die Welt, wie sie schon früher gedacht hatte, noch gerettet werden. Aber dazu waren Hilfsmittel erforderlich, die es auf Darkover nicht gab.

Ausgenommen ihre eigene Person.

Sie hatte sich nicht geschont. Ihr ganzes Talent, das sie zweihundert Jahre lang dazu benutzt hatte, Planeten zu vernichten, hatte sie in den Kampf geworfen, um einen einzigen zu retten, und jeder Pfennig des ungeheuren Vermögens, den das Planetenvernichten ihr eingetragen hatte, war denen zur Verfügung gestellt worden, die an allen Fronten darum rangen, Darkover wieder zu Darkover zu machen. Dies war ihre eigene Welt, und sie war ihr wunderbarerweise wiedergegeben worden, als sie erfuhr, dass eine Hand voll ihres Volkes noch existierte und ihr Blut in den darkovanischen Telepathen überlebte, die sie verabscheut hatte. Und nun, während sie auf die Geburt von Kerals Kind wartete, wusste sie, dass dieses Blut bestehen bleiben würde, wenn auch nicht als reine Linie.

Die Chieri würden wohl nicht überleben. Dies allein konnte ihrer Rasse die Kraft nicht zurückgeben. Sie hatten tatsächlich den Punkt erreicht, an dem es keine Umkehr mehr gab. Es stand fest, dass Missy niemals ein Kind haben würde. In den hunderten von Jahren, die sie einsam ums Überleben gekämpft hatte, war sie zu schwer verletzt worden. Andrea sah ihre eigene Schuld, aber es war, als sei das jemand anders geschehen. An das, was man im Wahnsinn tut, kann man sich bei wiedergekehrter Vernunft nicht mehr ohne schlimmeren Wahnsinn erinnern. Immerhin, Keral lebte, und Kerals Kind würde leben und der Telepathen-Rasse neuen Mut und neue Kräfte bringen.

»Und das ist noch nicht alles«, sagte David und trat auf den Balkon hinaus. Er hatte eine seltsame Geschicklichkeit darin, Andreas Gedanken zu folgen, und sie hatte gelernt, ihn auf ihre eigene, verstohlene Weise zu lieben. Bei ihm waren Jason, Regis und Linnea. David fuhr fort: »Zumindest die Telepathen hier werden nicht aussterben. Weißt du schon, dass – wie viele sind es, Jason?«

»Einhundertundeine«, antwortete Jason, »ich meine Frauen des Telepathen-Rates, die schwanger sind. Und mindestens neunzehn von ihnen erwarten Zwillinge, drei sogar Drillinge. Das garantiert eine blühende jüngere Generation.« Er sah Linnea an, die lachend nach Regis' Hand fasste. Sie war ihrer eigenen Zeit jetzt sehr nahe, hochschwanger, aber so schön wie immer.

»Wir werden mit dem Imperium zusammenarbeiten«, erklärte Regis. »So ist es im Rat entschieden worden. Die Darkovaner können sich von einer galaktischen Zivilisation nicht völlig abschneiden. Wir werden Telepathen für die Raumschiff-Kommunikation ausbilden. Wir wissen jetzt, dass der Kontakt mit Telepathen die latente telepathische Begabung in solchen erweckt, die nie eine Spur davon verraten haben. Vermutlich wird sich das von Darkover über die ganze bekannte Galaxis ausbreiten. Und diejenigen, die damit geboren sind, werden nicht dem Wahnsinn verfallen, so dass es in ein paar weiteren Generationen einen beträchtlichen Kern von Telepathen auf allen Planeten geben wird. Wir werden sie hierher holen und sie darin schulen, ihre Kräfte zu benutzen und dabei geistig gesund und glücklich zu sein. Und als Entgelt dafür verlangen wir, dass Darkover immer die Welt bleibt, die wir kennen und lieben und für unser leibliches und seelisches Wohl brauchen. Sie soll nie ein Glied in einer Kette identischer Welten werden.«

David lauschte wie auf eine nur ihm vernehmbare Stimme und entfernte sich. Linnea, die auch zugehört hatte, lächelte und drückte Regis die Hand. »Auch bei mir wird es jetzt nicht mehr lange dauern«, sagte sie.

Regis setzte sich neben Andrea.

Sie war in diesen langen Monaten des Kampfes sehr gealtert. In den Wäldern und auf den Bergen hatte sie gearbeitet, genaue Anweisungen gegeben, wie der Boden wieder lebendig gemacht werden konnte, welche Bäume als am schnellsten wirkender Schutz gegen die Erosion zu pflanzen seien, was in jeder Nische der komplizierten Ökologie zu geschehen habe. Aber ihr gefurchtes Gesicht war friedlich und sanft. Sie sah wieder wie ein Chieri aus und erweckte die alte Liebe und Ehrfurcht. Regis fragte: »Was wirst du jetzt tun ...« Er zögerte, dann nannte er sie bei ihrem Chieri-Namen, und sie lächelte.

»Ich warte nur auf die Geburt von Kerals Kind. Dann werde ich für die letzten paar *cuere,* die mir zugestanden sind, in den Wald zu meinem Volk zurückkehren. Aber ich werde mich zufrieden zur letzten Ruhe niederlegen, denn ich weiß, wenn meine eigenen Blätter fallen, wird es in dem Frühling, den ich nicht mehr erlebe, neue Knospen geben.«

Regis hielt ihr die Hand hin, und sie umfasste sie. Dann saßen sie schweigend da und blickten in den Nebel auf den Bergen.

Linnea sagte: »Du hast so viel gegeben ...«

Andrea lächelte. »Jetzt brauche ich kein Geld mehr.«

»Ich wünschte, du wärest früher zurückgekommen«, meinte Regis voll aufrichtigem Kummer.

»Vielleicht wäre es zu früh gewesen«, erwiderte Andrea

nachdenklich. »Ich wusste nicht mehr, wo meine eigene Welt lag ...«

»Die Leute, die sich deiner Dienste versichert haben – was werden sie tun?«

»Was können sie tun? Um mich zu fangen, müssten sie zugeben, dass sie mich angestellt haben, und das Planetenvernichten ist illegal. Ich glaube, sie werden sich geschlagen geben. Aber jetzt weiß das Terranische Imperium genau, wie sie arbeiten, und es wird ihnen schwer fallen, weitere Welten zu vernichten.«

Hinter ihnen waren Schritte zu hören, und Keral, blass und schön, trat auf den Balkon, dicht gefolgt von David. Sie gingen direkt zu Andrea. Keral drehte sich um, nahm ein kleines zappelndes Bündel aus den Armen Davids und legte es in die Andreas.

Keral murmelte: »Nicht weil du ihm in Liebe verbunden bist, sondern weil es dir mehr bedeutet als jedem anderen. Sieh her und erkenne eine wiedergeborene Welt.«

David zog Keral an sich, und so standen sie da und sahen in die grüne Welt hinaus. Ihre Gedanken kreisten um das winzige, so fremde und schöne Baby mit dem roten Flaum auf dem Köpfchen, dem ersten Glied einer zweiten Kette von Telepathen mit Chieri-Blut. Und es war ihr eigener Beitrag zu einer neugeborenen Welt. Mit einem Kind in Kerals Armen hatte diese verwickelte Folge von Emotionen und Erfahrungen begonnen. Und David dachte, immer würden sie in der Schuld Meloras und ihres Kindes stehen.

Andrea lehnte sich zurück. Sie schloss die Augen, und doch sah sie eine grüne, wachsende Welt. Leben spross aus dem Boden, Blätter fielen von den Bäumen und kehrten in einem endlosen Zyklus zurück, Flüsse, Täler, Berge schäumten über von Leben, und dahinter erhoben sich die Wälder Darkovers. Von weit her hörte sie die Musik ihres Volkes im Wald der fallenden Blätter, wo man auf sie wartete. Die Zeit würde über die Chieri hinweggehen, und sie würden nicht zurückkehren, sondern wie Blätter fallen. Doch solange Darkover lebte, würden sie nie völlig sterben. Ihr Andenken gab dem Imperium neue Kraft, die Erinnerung an ihre Schönheit und die Gabe, den Abgrund zwischen Mensch und Menschenart zu überbrücken, die Gabe, die Liebe war.

Andrea lächelte mit geschlossenen Augen. Sie spürte das kräftige Leben und die bereits aufblühende Sensibilität des Kindes in ihren Armen, sie hörte die ferne Musik, die wie der Wind in den Blättern stieg und fiel und erstarb wie ein Lufthauch im Wald.

Erst als Kerals Kind in ihren kalten Armen unruhig wurde, merkten die anderen, dass Andrea Closson, Chieri, Kind des Gelben Waldes, Planetenvernichterin und -retterin, heimgekommen war, nur um zu sterben.

Darkover bei Knaur

Eine Liste aller Darkover-Romane in chronologischer Reihenfolge

Die Entdeckung des Planeten: Ein terranisches Siedlerschiff muss auf dem Planeten Cottman IV notlanden; die Besatzung nennt ihre neue Heimat Darkover.

Die Landung

Das Zeitalter des Chaos: 1000 Jahre sind seit der Landung auf dem Planeten vergangen. Die Nachfahren der Siedler haben jedes Wissen über ihre Herkunft verloren und leben in einer mittelalterlichen Welt.

Herrin der Stürme
Herrin der Falken

Die Zeit der hundert Königreiche: Das Land ist in Königreiche geteilt, deren Herrscher sich erbittert bekämpfen. Furchtbare Waffen verwüsten den Planeten – und nur ein Mann kann Darkover den Frieden bringen ...

Die Zeit der hundert Königreiche
Die Erben von Hammerfell

Die Entsagenden: Frauen haben auf Darkover nur wenig Rechte – es sei denn, sie werden Entsagende, Frauen, die bewusst auf den Schutz durch einen Mann verzichten und selbstbewusst ihr eigenes Leben führen.

Die zerbrochene Kette
Gildenhaus Thendara
Die schwarze Schwesternschaft

Die Wiederentdeckung: Das Terranische Imperium entdeckt den Planeten Darkover wieder und meldet Rechte auf ihn als ehemalige Kolonie an. Gleichzeitig wächst auf Darkover aber auch die Unzufriedenheit mit den althergebrachten Traditionen. Ein Bürgerkrieg scheint unausweichlich, als sich eine der Domänen mit den Terranern verbünden will ...

An den Feuern von Hastur
Das Zauberschwert
Der verbotene Turm
Die Kräfte der Comyn
Sturmwind

Knaur

Darkover-Roman

Nach den Comyn: Obwohl die Terraner mittlerweile einen Raumhafen auf dem Planeten eingerichtet haben, bleibt Darkover weitestgehend vom restlichen Universum abgeschnitten. Der Kampf zwischen Tradition und Aufbruch führt zu immer neuen Kämpfen und Auseinandersetzungen ...

Die blutige Sonne
Hasturs Erbe
Retter des Planeten
Sharras Exil
Die Weltenzerstörer

Der Marguerida-Alton-Zyklus: Margaret Alton denkt, sie würde den Planeten ihrer Eltern zum ersten Mal betreten, als sie nach Darkover kommt. Bald schon aber häufen sich die Beweise dafür, dass ihre Erinnerungen manipuliert wurden – und schneller, als es Margaret lieb ist, wird sie nicht nur in das Machtspiel der herrschenden Familien verwickelt, sondern muss sich auch einer unheimlichen Bedrohung aus Darkovers tiefster Vergangenheit stellen ...

Asharas Rückkehr
Die Schattenmatrix
Der Sohn des Verräters

Anthologien: Die Darkover-Anthologien wurden von Marion Zimmer Bradley gemeinsam mit dem amerikanischen Fanclub, den »Friends of Darkover«, herausgegeben. Die Kurzgeschichten beschäftigen sich mit neuen oder auch bekannten (Neben-)Figuren des Zyklus, schlagen Brücken zwischen den einzelnen Romanen oder vertiefen die große Geschichte des Planeten und seiner Bewohner weiter.

Der Preis des Bewahrers
Schwert des Chaos
Rote Sonne
Die vier Monde
Die freien Amazonen
Die Schwesternschaft des Schwertes
Planet der blutigen Sonne
Die Domänen
Die andere Seite des Spiegels
Die Türme

Knaur

Darkover-Roman